Über dieses Buch Die ›Volyen‹ beherrschen drei Planeten, aber sie sind ein Herrschaftsvolk im Niedergang. Aufstände ereignen sich auf allen drei Himmelskörpern, und die bisher von ihnen unterdrückten und kolonialisierten Nationen erheben sich. Als ›Omarin‹, der Anführer der Aufständischen, an die Macht kommt, zeigt sich jedoch: auch dieser Machtwechsel ist nur ein Teil des kontinuierlichen Kreislaufs, der wirkliche Veränderung nicht zuläßt.
Auch der letzte Roman des *Canopus-Zyklus* erzählt vom Kampf zwischen der dunklen Macht ›Shammat‹ und der gütigen, weitblickenden Macht von ›Canopus‹. Beide greifen in die Auseinandersetzungen ein, um sich Einfluß und Herrschaft zu sichern.
Dieser Kampf wird mit allen Mitteln der Rhetorik geführt. Die von ›Canopus‹ entsandten ›sentimentalen Agenten‹ lassen sich von der Rhetorik ›Shammats‹ verführen. Da sendet ›Canopus‹ den hohen Würdenträger ›Klorathy‹, um die Agenten zu retten.
Im Gewand der Science Fiction hat Doris Lessing einen bissigen, satirischen Roman geschrieben – über die Wirkung der Rhetorik in der Politik.

Die Autorin Doris Lessing, 1919 in Persien geboren, wuchs auf einer Farm in Südrhodesien auf und kam im Alter von dreißig Jahren nach England, wo sie 1950 ihren ersten Roman publizierte. In Deutschland erlangte sie erst durch die Veröffentlichung ihres Hauptwerks ›Das goldene Notizbuch‹ im Jahre 1978 Berühmtheit. Heute zählt Doris Lessing zu den bedeutendsten Schriftstellerinnen der Gegenwart.
Der Zyklus ›Canopus im Argos‹ besteht aus folgenden fünf Bänden: ›Shikasta‹; ›Die Ehen zwischen den Zonen Drei, Vier und Fünf‹; ›Die sirianischen Versuche‹; ›Die Entstehung des Repräsentanten von Planet 8‹; ›Die sentimentalen Agenten im Reich Volyen‹.

Die Bände von Doris Lessing im Fischer Taschenbuch Verlag finden Sie auf der letzten Seite in diesem Band.

Doris Lessing

Canopus im Argos: Archive V

Die sentimentalen Agenten im Reich Volyen

Roman

Aus dem Englischen von
Manfred Ohl und Hans Sartorius

Fischer
Taschenbuch
Verlag

Ungekürzte Ausgabe
Veröffentlicht im Fischer Taschenbuch Verlag GmbH,
Frankfurt am Main, Oktober 1987

Die englische Originalausgabe erschien 1983 unter dem Titel
›Canopus in Argos: Archives. The Sentimental Agents in the Volyen Empire‹
im Verlag Jonathan Cape Ltd., London.

Umschlaggestaltung: Jan Buchholz/Reni Hinsch
Illustration von Wolfgang Rudelius
Gesamtherstellung: Clausen & Bosse, Leck
Printed in Germany
1080-ISBN-3-596-29150-X

KLORATHY, AUF DEM UNABHÄNGIGEN PLANETEN VOLYEN, AN JOHOR AUF CANOPUS.

Ich bat um Beurlaubung vom Dienst auf Shikasta: Ich finde mich auf einem Planeten mit den charakteristischen Merkmalen von Shikasta wieder. Nun gut! Ich werde diese Dienstzeit überstehen. Aber ich teile hiermit in aller Form mit, ich beantrage nach Abschluß meiner Arbeit hier, auf einen Planeten versetzt zu werden, der so rückständig und aufreibend sein mag, wie ihr wollt, dessen Bewohner jedoch nicht chronisch unter selbstzerstörerischem Wahnsinn zu leiden scheinen.

Nun zu meinem ersten Bericht. Ich bin seit fünf V-Jahren hier und kann neuere Meldungen bestätigen: Unser Agent Incent ist einem Anfall von Rhetorik erlegen – das ist schließlich nichts Ungewöhnliches und, wie ich dich erinnern darf, auch nicht immer so schlimm, wenn man es als eine Schutzimpfung gegen Gefährlicheres betrachtet – aber bedauerlicherweise hat er sich nicht erholt und leidet immer noch an hartnäckiger, ungezügelter Rhetorik.

Er geriet vor zehn V-Jahren in die Schlingen von Shammat und meldete seine Reaktionen in einem Brief, den ich beilege. Bitte sorge dafür, daß er in die Archive kommt.

Klorathy, ich erlaube mir, dir direkt zu schreiben und nicht an die Kolonialbehörde, denn bei meinem Heimaturlaub auf Canopus im letzten Jahr sagtest du, ich sei dir unterstellt worden. Aber ich glaube, ich habe etwas so Wichtiges auf dem Herzen, das über meine kleinen persönlichen Probleme hinausgeht, andererseits gibt es keine administrativen Schwierigkeiten zu berichten.

Um zur Sache zu kommen: Während meines Aufenthalts auf Volyendesta, dem zweiten Planeten dieses Planeten, im Zusammenhang mit den Unruhen, die zu dem Abzug von Volyens

Streitkräften führten, lernte ich jemanden kennen. Ich muß dir nicht sagen, daß man mir während der gesamten Ausbildung zum Kolonialbeamten und bei den Unterweisungen für meinen Einsatz die Gefährlichkeit von Shammat eingehämmert hat – mir und allen anderen! Aber stell dir meine Überraschung vor, als ich am Ende des inspirierendsten Abends meines Lebens feststellte, daß mein Gesprächspartner von Shammat kam! Ich hielt es für einen Scherz, als er sagte, er sei Krolgul von Shammat. Klorathy, ich lag die ganze Nacht gequält und gepeinigt wach. Ich kann mich nicht erinnern, je eine so schreckliche Nacht verbracht zu haben. Dann traf ich ihn zufällig wieder im Gericht, als die Rebellen verurteilt wurden. Ich erlebte einen Mann voll von Mitgefühl, Herzenswärme und empfänglich für das Leiden anderer. Das war das schreckliche Shammat, dieses wundervolle Wesen, das weinte, als man die Rebellen zur Hinrichtung führte! Ich verbrachte die nächsten Wochen in seiner Gesellschaft. Er vermittelte mir zuerst ein Bild von Volyen und dann vom »Reich« Volyen. Ich setze es in Anführungszeichen wie bei uns Canopäern üblich – aber spricht das nicht von unserer Arroganz? Das »Reich« Volyen besteht aus den beiden Monden Volyenadna und Volyendesta und zwei benachbarten Planeten, Maken und Slovin in Volyens Terminologie (die sirianischen Planeten ME 70 und ME 71). Es hält einem Vergleich mit uns oder dem sirianischen Reich kaum stand. Aber für sie ist dieses »Reich« eine große Leistung. Ich schämte mich, denn Krolgul lächelte ironisch, aber freundlich, als ich vom »Reich« Volyen sprach, und dabei, wie ich jetzt weiß, Verachtung in meiner Stimme lag.

Ich lernte nicht nur etwas über Volyen, sondern auch über Sirius und uns. Es war ein völlig anderer Standpunkt.

So anders, daß ich an einem gewissen Punkt – und ich wage kaum zu sagen mit welchem Entsetzen und welcher Bestürzung – feststellte, daß meine Haltung sich nicht länger mit der eines treuen Dieners von Canopus vereinbaren ließ.

Ich bin bereit, meinen Abschied zu nehmen. Was soll ich tun?

Wie immer dein dankbarer Schüler, Incent.

Ich antwortete darauf nicht. Doch natürlich hätte ich ihn gebeten, seine Entscheidung zu überdenken, wenn er aus dem Dienst geschieden wäre. Aber das tat er nicht. Ich erfuhr, daß er sich bei den Aufständischen auf Volyendesta engagierte. Er trug sogar eine Armverletzung davon und mußte ins Krankenhaus gehen. Da ich ohnedies in Kürze nach Volyen abreisen würde, beschloß ich zu warten, bis ich ihn gesehen hatte.
Auf Volyen brodeln Emotionen aller Art, in seinen vier Kolonien nicht weniger – und zwar in einem Ausmaß, daß es keinen Platz gibt, an den ich Incent in der Hoffnung bringen konnte, er würde dort lange genug der Stimulanz von Worten entzogen sein, um sein Gleichgewicht wiederzufinden. Nein, ich mußte ihn entweder nach Hause zurückschicken mit dem Hinweis, er sei für den Kolonialdienst untauglich, und das wollte ich nicht tun – wie du weißt, scheue ich immer davor zurück, solche Erfahrungen bei jungen Beamten nicht zu nutzen, da sie auf lange Sicht durch sie stärker werden können –, oder ich mußte ihn als einen Fall betrachten, bei dem wir Geduld aufbringen müssen.
Natürlich können wir beschließen, ihn der Totalen Immersionskur zu unterziehen. Aber das scheint mir die letzte Zuflucht zu sein. Bislang ist er immer noch im Krankenhaus.

DAS REICH VOLYEN, SEINE GESCHICHTE. ZUSAMMENFASSUNG. (EXZERPTE.)

Volyen ist der größte Planet eines Sternes der Klasse 18 am äußersten Rand der Galaxis und liegt am Endpunkt des Spiralarms. Für Harmonische Kosmische Entwicklung befindet es sich in einer sehr ungünstigen Lage und gehörte aus diesem Grund nie zum canopäischen Reich. Dreißigtausend canopäische Jahre beschränkten wir uns auf Routinebeobachtungen. Zu Beginn dieser Periode fand unter der Bevölkerung ein Evolutionssprung statt, der sie von Typ 11 zu Typ 4 brachte (das heißt galaktische Einheit). Ein Typ (den man im wesentlichen als Sammler und Jäger bezeichnen konnte) entwickelte bald Landwirtschaft, Handel, begann mit Metallurgie und baute Städte. Es gab kaum Kontakt zwischen Volyen und den umliegenden Planeten. Infolge einer kosmischen Störung – das Resultat leidenschaftlicher »Selbsterforschung« des benachbarten sirianischen Reiches, vermehrte sich die Bevölkerung mit großer Geschwindigkeit; die materielle Entwicklung beschleunigte sich; die herrschende Kaste machte sich den Planeten untertan und neun Zehntel der Bevölkerung zu Sklaven. Alle Planeten in diesem Sektor waren ähnlich betroffen. Es folgte eine historische Periode, in der sie sich als kurzlebige und instabile »Reiche« einundzwanzig C-Jahre formierten, gegenseitig überrannten und kolonisierten.

Volyen befand sich mehrmals in einer herrschenden und mehrmals in der unterlegenen Position.

Das sirianische Reich unternahm nie einen Versuch, Volyen einzugliedern. In Volyens stabiler Phase war auch Sirius mehr oder weniger stabil und hatte sich gegen weitere Expansion entschieden. Volyens Gleichgewicht wurde durch sirianische Einflüsse gestört als eine Folge der Unruhen im ganzen sirianischen Reich – die Begleiterscheinung des Konflikts zweier Parteien, bekannt als die Bewahrer und die Zweifler (dieser Konflikt spaltete sogar die auf Sirius herrschende Oligarchie, die Fünf). Einige der entfernteren Planeten rebellierten und wurden auf der Stelle bestraft. Andere baten darum, sich aus dem Verband zu lösen und sich selbst zu regieren. Es kam zu Vergeltungsmaßnahmen. Diese scharfen, um nicht zu sagen einschneidenden Maßnahmen führten dazu, daß die Zweifler ihre Proteste und die Forderungen verstärkten, Sirius müsse sein Wesen und sein Potential unter nichtausbeuterischen Gesichtspunkten untersuchen. Die Bewahrer gewannen für kurze Zeit die Oberhand, und die Zweifler wurden ebenfalls bestraft. Während dieser Umwälzungen blieb praktisch unbemerkt, daß Volyen – das sich wieder in einer aufsteigenden Phase befand – Streitkräfte aufbaute und seine beiden Monde – bzw. die Planeten des Planeten – unterwarf. Als Volyen sich selbst zum »Reich« Volyen ernannte, nahm Sirius – wie auch wir – dies

lediglich zur Kenntnis. Aber schließlich begnügte sich Volyen nicht mehr mit seinen Planeten, sondern schickte Armeen zu den beiden anderen Planeten seines Sonnensystems; und das ließ Sirius aufmerksam werden. Denn diese beiden Planeten waren seit S-Jahrtausenden Gegenstand heftiger Diskussionen und Meinungsverschiedenheiten. Als das sirianische Reich – lange vor diesem Zeitpunkt – sich gegen weitere Expansionen entschied, standen diese beiden Planeten (Maken und Slovin) als nächste auf der Liste zur Eroberung und Kolonisierung. Weder Sirius noch wir gaben diesen Planeten Namen; in ihrer Terminologie tragen sie die Bezeichnungen ME 70 und ME 71 (Mögliche Expansion). Die Zweifler wehrten sich wortgewaltig, um nicht zu sagen ungestüm dagegen, diesem »Reich« die geringste Aufmerksamkeit zu schenken. Wegen seiner Rückständigkeit bot es von ihrem Standpunkt aus keinen Nutzen. Doch sie wurden überstimmt. Die Entscheidung der sirianischen Regierung – der Vier –, Volyen zu »bestrafen« und ME 70 und ME 71 für das sirianische Reich zu beanspruchen, stand am Anfang einer erneuten sirianischen Expansion. Sie hatte nichts mit der geplanten und kontrollierten Entwicklung des Reichs unter den Fünf zu tun, sondern war das Resultat innerer Erschütterungen. Das sirianische Reich erfaßte ein unsinniger Expansionsdrang, verstärkte damit seine Instabilität, und das führte schließlich unvermeidlich zu seinem Zusammenbruch.
ANMERKUNG DES ARCHIVARS: Klorathy nahm seine Arbeit im »Reich« Volyen auf, als seine beiden kolonisierten Planeten und ME 70 und ME 71 gegen Volyen rebellierten und sich von dem »Reich« lossagten. Das geschah vor der sirianischen Invasion.

KLORATHY AUF VOLYENDESTA, MOND II VON VOLYEN, AN JOHOR.

Vergebung! Ich war damit beschäftigt, mich auf Volyens Planeten um Shammat zu kümmern, erlitt einen kurzen Anfall von Shammatis und verordnete mir Rekonvaleszenzisolation, solange er dauerte. Nach meiner Wiederherstellung wollte ich mich vorrangig um Incent kümmern, denn für Shammat nimmt er eine Schlüsselposition ein. Ich habe dir gesagt, daß Incent wegen einer Fleischwunde im Krankenhaus lag. Ich ließ ihn in die Klinik für Rhetorische Krankheiten überführen und besuchte ihn dort.

Ich habe diese Klinik auf Volyendesta eingerichtet, weil wir damit rechnen müssen, daß der Planet Volyen brutal überrannt wird, wenn das »Reich« zusammenbricht. Volyendesta bleibt davon weitgehend unberührt – ein Beweis für die gesunde Atmosphäre auf Volyendesta. Agent 23 erreichte, daß die Klinik von den Rebellen gebaut und eingerichtet wurde. An ihrer Spitze steht eine bemerkenswerte Persönlichkeit, ein gewisser Ormarin, über den ich später noch ausführlich berichten werde. Ich lerne, mich inzwischen auf seine *relative* Unabhängigkeit von Illusion zu verlassen. Das Konzept für dieses Krankenhaus, so wie ich es ihm erklärte, läuft (für ihn) auf eine völlig neue Auffassung vom (wie er es nach der gerade gängigen volyenischen Mode ausdrückte) »Wesen des Klassenkampfes« hinaus – aber wir dürfen nicht zu viel in zu kurzer Zeit erwarten. Es führte bei ihm zu einem heftigen, aber glücklicherweise kurzen Anfall von Begeisterung. Du wirst natürlich schon bemerkt haben, daß die Bereitschaft, die Klinik zu bauen, teilweise auf einem Mißverständnis unserer Absichten beruhte. Als er begriff, worum es wirklich ging, stand die Klinik und wurde bereits benutzt. Es folgten die üblichen Gefühlsausbrüche und Proteste. Aber der Versuch, den Sinn dieser Klinik zu verstehen, die Diskussionen und Debatten – von denen manche gewalttätig verliefen – setzten einen Prozeß in Gang, der zur Entstehung einer neuen Fraktion führte, die sich politisch etablierte, Ormarin inzwischen unterstützt und seine Position stärkt.

Volyendesta ist ein feuchter Planet mit einem großen, sehr schnell kreisenden Mond, der bewirkt, daß die Bewohner einem großen Spektrum wechselhafter Stimmungen unterliegen. Der Zwang, unter diesen schwierigen Bedingungen zu leben, hat eine Rasse hervorgebracht (wie du dich erinnerst, kommen ihre Vorfahren zum Teil aus Volyen), die in der Lage ist, ständige Gefühlsumschwünge unbeschadet zu überstehen, ihnen aber *scheinbar* verfällt. Bei meinem ersten Besuch auf diesem Planeten entmutigten mich die heftigen Erregungen, mit denen die Bewohner auf alles reagierten. Aber bald erkannte ich, daß man sie eher als Stürme an der Oberfläche eines davon relativ unberührt bleibenden Innenlebens betrachten kann. Ich entdeckte, daß es einigen Bewohnern sogar gelungen ist, den Zustand ständiger Stimulation zu nutzen, um innere Ruhe zu finden und zu bewahren. Zu ihnen gehört Ormarin.

Ich begab mich geradewegs in die Klinik für Rhetorische Krankheiten. Auf Ormarins Rat, den Agent 23, ohne zu zögern, befolgte, bezeichnet man sie als Institut für Historische Forschungen. Ich tarnte mich als ein Dozent, der das Institut besuchte, um sich eine Meinung darüber zu bilden, ob er einem Ruf Folge leisten sollte.

Der Standort der Klinik wurde nach Konsultationen mit ihren Geographen gewählt, um ein Maximum natürlicher Stimulation zu gewährleisten. Sie befindet sich auf einer kleinen, sehr hohen Halbinsel an einer stürmischen Küste, wo sich das Meer ständig in Aufruhr befindet und der Mond seine volle Wirkung entfaltet. Das Festland hinter der Landzunge bietet in überschaubaren Grenzen extreme Unterschiede: Auf der einen Seite erheben sich großartige, düstere Berge mit den unzähligen Gräbern allzu ehrgeiziger Bergsteiger. Auf der anderen erstrecken sich riesige, uralte Wälder, die mit Sicherheit die Gedanken in Richtung Alter, die Vergänglichkeit der Zeit und den unvermeidlichen Zerfall lenken. Beinahe bis vor die Pforten der Klinik reicht ein kahler, felsiger Hügelkamm, der in eine Wüste übergeht. Sie ist so heiß, kalt, kochend und feindselig, so reich an zerklüfteten Felsen, die steil in den Himmel ragen, der manchmal scharlachrot, manchmal violett und oft schwefelgelb leuchtet und sich ständig ändert, hier gibt es so hohe Dünen, Geröll und Sandberge – Sand, den die sich ständig drehenden Winde unablässig vor sich hertreiben –, daß man automatisch über die Vergeblichkeit und Nichtigkeit allen Tuns nachdenkt. Und wenn der Kranke unbedingt zwischen gebleichten Knochen, kahlen Ästen und Stämmen ehemaliger Wälder oder den Überresten von Schiffen herumirren möchte – diese Wüste war zu allem Überfluß sogar einmal Meeresboden – oder über Felsen klettern will, in denen er die Abdrücke von Tieren findet, die längst ausgestorben sind, dann führt das im allgemeinen zu sehr befriedigenden und heilsamen Reaktionen. Unser Agent 23 hat sie das *Gesetz der Augenblicklichen Umkehr* genannt, das demonstriert, was geschieht, wenn – in den Worten des Patienten – *»man des Guten zuviel hat«*. Das wiederum führt zu einer trotzigen, inneren Stärke, der sie mit den Worten Ausdruck verleihen: *»Na und? Man muß trotzdem essen und trinken!«*

In meiner Raumfähre überflog ich bequem und vergnügt diese schaurige Landschaft und ließ mich dann weit genug von der Klinik entfernt auf einem Hügelkamm absetzen, um sagen zu können, ich sei mit hiesigen Transportmitteln angekommen.

Große Teile der Klinik sind immer noch unbenutzt. Ich erklärte, die sich verschärfende Krise im Reich würde sie bald genug füllen, und Ormarin beruhigte seine Anhänger mit Entschuldigungen von Fehlplanungen und unzuverlässigen Vertragsunternehmen. *»Wer bezahlt das alles?«* Er erzählte ihnen ein Lügenmärchen von sirianischen Spionen, die geheime finanzielle Unterstützung anboten, und das kommt dem, was tatsächlich geschieht, nahe genug, um glaubhaft zu wirken. Die angebliche Geschicklichkeit, mit der er die Sirianer übers Ohr haut, wurde ihm als Verdienst angerechnet.

Das Gebäude unterscheidet sich nicht wesentlich von anderen, die wir unter ähnlichen Bedingungen auf mehreren unserer Kolonien eingerichtet haben.

Du weißt, mit welchem Widerwillen ich solche Plätze betrete: Und du kannst mir glauben, ich habe begriffen, weshalb ich mich dort so oft befinde. Ich habe mich sogar soweit überwunden, etwas zur Wissenschaft beizutragen: Ich werde mich in Kürze in der Abteilung für Rhetorische Logik betätigen, die ich ins Leben gerufen habe.

Ich muß berichten, Incent befindet sich in schlechter Verfassung. Ich traf ihn in Elementarer Logik an, denn weiter ist er noch nicht gekommen. Diese Station liegt an der Vorderseite des Gebäudes; die Balkone der Zimmer gehen auf die ständig tosenden, seufzenden oder murmelnden Wellen. Tag und Nacht heulen und toben die Winde. Um die Wirkung zu verstärken, spielen wir schwächende Hintergrundsmusik, die zum größten Teil von Shikasta stammt. (Siehe *Geschichte Shikastas, Empfindsamkeit und Klage, Musik des neunzehnten Jahrhunderts.*) Die meisten Patienten – viele davon unsere Agenten, denn es wird dir nicht entgangen sein, wie viele in dieser Phase des schwärmerischen Partisanenenthusiasmus der Krankheit verfallen – hatten diesen infantilen elementaren Zustand überwunden und befanden sich auf anderen Stationen. Deshalb war der arme Incent ganz allein. Bei meiner Ankunft starrte er auf das Meer hinaus, wo ein morbider Sonnenuntergang die Wellen scharlachrot tönte; ein Hausmantel aus roter und rosa Seide spiegelte seinen inneren Zustand auf das anschaulichste wider; sein soldatisch bandagierter Arm unterstrich die Schwülstigkeit seines Aufzugs und machte sie unübersehbar. Tränen rannen ihm über das blasse tragische Gesicht. Du wirst dich erinnern, daß er sich für große, schwarze melancholische Augen entschied. Vielleicht hätten wir diesem Indiz mehr Beachtung schenken sollen (mir kommt soeben zum erstenmal der Gedanke, daß du es vielleicht getan hast). Es war ein schlechtes Zeichen... Ja, große tragische schwarze Augen richteten sich trauernd auf die endlose Weite des Wassers – diesen Satz hätte ich vielleicht in dem Buch finden können, das aufgeschlagen auf seinen Knien lag; ebenfalls von Shikasta. Es trug den Titel: *Der Held einer aussichtslosen Sache.* Er beachtete den Bildschirm nicht, auf dem seine Heilmittelbehandlung für den Tag lief, ein Programm, auf das ich ziemlich stolz bin: wiederum Shikasta! Wie unsagbar wertvoll ist dieser bedauernswerte Planet für die canopäischen Behandlungsmethoden dieser Leiden! Zwei gigantische Heere, nach dem neuesten technischen Standard mit allem gerüstet, was man zum Töten braucht, bekämpfen sich vier Shikasta-Jahre lang mit größtem Heldenmut und in absoluter Pflichterfüllung auf brutalste und abscheulichste Weise. Sie kämpfen für Ziele, die ihre Nachkommen eine Generation später als Dummheit, Selbsttäuschung und Habgier beurteilen; aufgestachelt von *Worten*, die benutzt werden, um leidenschaftlichen, rivalisierenden Nationalismus zu entfachen, und hypnotisiert von *Worten* glaubt jede Nation, sie sei im Recht. Millionen sterben, und beide Nationen sind danach irreparabel geschwächt.

»Incent«, mahnte ich, »du nimmst deine Medizin nicht!«

»Nein«, rief er, sprang auf und umklammerte eine Säule des Balkons mit beiden Händen. Tränenüberströmt starrte er auf das tosende, donnernde Wasser, dessen Gischt bis zu den Fenstern heraufspritzte. »Nein, ich kann es nicht ertragen! Ich kann und will nicht! Ich kann die Schrecken dieses Universums nicht ertragen! Während ich Stunde um Stunde hier sitze und die Dokumente tragischer Verluste und Verschwendung ansehe...«

»Nun«, bemerkte ich, »du willst dich doch wohl nicht ins Meer stürzen?« Das war ein Fehler, Johor. Ich hatte seine Demoralisierung unterschätzt; es gelang mir gerade noch, ihn am Arm zu packen, als er sich über das Geländer schwingen wollte.

»Also wirklich!« hörte ich mich schimpfen, »wie unverantwortlich du sein kannst! Du weißt sehr gut, du müßtest doch nur sofort wieder zurückkommen und von vorne anfangen! Du weißt auch, was es kostet, dich wieder auszustaffieren und dich zum richtigen Zeitpunkt an den richtigen Platz zu bringen...« Ich gebe die kleine Tirade hier wieder, um dir zu zeigen, wie schnell *ich* von der allgemeinen Atmosphäre in Mitleidenschaft gezogen wurde. Bist du sicher, daß ich für diese Arbeit geeignet bin? Incent verfiel sofort in Selbstmitleid und Selbstanklagen. Er jammerte, er tauge zu nichts (ja, ich habe das Echo gehört – *Danke*!), er sei dem nicht gewachsen und verdiene das Vertrauen von Canopus nicht. Ja, er sei bereit, wenn ich darauf beharrte – denn er wisse sehr wohl, ich könne mich nicht irren –, zuzugeben, daß Shammat das Böse sei. Aber das sei lediglich eine intellektuelle Aussage; seine Gefühle stünden im Widerspruch zu seinen Gedanken, er könne nicht glauben, je wieder eine ungespaltene Persönlichkeit zu sein... All das untermalt von Tschaikowski und Wagner.

Ich schaltete ein bestimmtes therapeutisches Programm ein: Filmberichte über kürzliche Unruhen auf einem Planeten an der Grenze des sirianischen Reichs zum puttioranischen Reich. Polshi wird ständig von beiden Großmächten überrannt – einmal sind es die Sirianer, dann wieder die Puttioraner –, und die Bewohner müssen infolge dieser Zerreißproben, Spannungen und der Unterdrückung mühsam ihre planetarische Identität wahren, das Gefühl, Polshaner zu sein. Dadurch haben sie einen leidenschaftlichen, heroischen, kühnen Charakter entwikkelt, für den sie seit langem berühmt sind. In den beiden riesigen Reichen (ich spreche nicht von unserem) sind die Polshaner für ihre Dramatik und sogar Selbstaufopferung bekannt. Ihre vernünftigeren Nachbarn kritisieren sie deshalb, besonders jene, die fest unter der Knute (Verzeihung!) von Puttiora oder Sirius stehen. Doch andere, weniger bedrängte Planeten bewundern sie; die Bewunderung steht meist im umgekehrten Verhältnis ihrer Nähe zu den Zentren der Macht und Unterdrückung. Deshalb wird »die Sache Polshis« am leidenschaftlichsten auf Planeten wie Volyen hochgehalten, die in letzter Zeit nicht von anderen Mächten überfallen worden sind.
Kriege und Massaker, unter denen die Polshi immer zu leiden hatten, gab es in letzter Zeit nicht, und so ist eine Generation herangewachsen, der die persönliche Erfahrung fehlt. Die jungen Leute sind ausschließlich auf die verbale Stimulation sirianischer Rhetorik angewiesen, und sie kennen nichts außer der Idee sirianischer Tugend. Und diesem höchst bewundernswerten tapferen Volk erklärte Sirius, daß sirianische Tugend und ihre Hüter *per definitionem* planetarische Selbstbestimmung, Gerechtigkeit, Freiheit, Demokratie (usw., usw.) befürworten und bewundern. Deshalb beabsichtigte Polshi, seine Angelegenheiten in Zukunft selbst in die Hand zu nehmen. Gleichzeitig forderte er unerschrocken alle benachbarten Kolonien auf, den Weg der Selbstbestimmung, Demokratie, Gerechtigkeit, Tugend (usw., usw.) zu beschreiten. Sirius (in diesem Fall die Bewahrer) beobachtete das, ohne Überraschung zu zeigen, denn Rebellion ist der Hauptgegenstand ihrer Untersuchungen und Erwartungen. Sirius unternahm nichts, vermied jedes Ein-

greifen bis zu dem Moment, an dem die Helden vor der Bildung einer Regierung standen, die die sirianische Tugend zugunsten der eigenen ablehnte. Dann marschierten die Sirianer ein. Durch das verzögerte Eingreifen gaben sie jedem Individuum mit dem Potential für Subversion/Selbstbestimmung/Heldentum/Abtrünnigkeit/antisirianische Gefühle/polshanischer Tugend (usw., usw.) die Möglichkeit, sich bloßzustellen; so gelang es ihnen, die zu erwartende Opposition durch Verhaftungen zu vernichten, zu isolieren und zumindest für diese Generation wirkungslos zu machen.
»Klorathy!« bestürmte mich Incent mit Tränen in den Augen, »behauptest du, man sollte der Tyrannei niemals Widerstand entgegensetzen?«
»Hast du das je von mir gehört?«
»Oh, welcher Adel! Diese Selbstaufopferung! Dieser Wagemut! Dieses tollkühne Heldentum! Und du stehst mit trockenen Augen daneben, Klorathy! Du sagst, Reiche entstehen und Reiche versinken, und ich erinnere mich an deine nüchterne Exposition zu diesem Thema in unseren Seminaren auf Canopus. Aber sie versinken doch nur deshalb, weil unterworfene Völker rebellieren!«
»Incent. Stimmst du mir nicht darin zu, daß der Ausgang dieser heroischen Episode nicht allzuschwer voraussehbar war?«
»Ich möchte nicht darüber nachdenken! Ich kann es nicht ertragen! Wäre ich doch nur tot! Ich will es nicht wissen! Schalte dieses widerwärtige Ding aus!«
»Incent«, sagte ich, »du wirst mir glauben müssen. Du bist sehr krank. Doch du wirst wieder gesund werden, ich versichere es dir.«
Ich verabschiedete mich, ließ ihn schluchzend und händeringend zurück: Er breitete die Arme aus, als wolle er das Meer umarmen.
Ich unterhielt mich mit den Ärzten und erfuhr dabei, daß sich bisher kein Patient so lange gegen die Behandlung immun erwiesen habe. Ich sah, daß sie ratlos waren. Schließlich ist diese konzentrierte Mischung homöopathischer Mittel das beste – oder das schlimmste –, was wir anwenden können. Kurz ge-

sagt, einen Fall wie Incent hat es noch nicht gegeben. Jeder andere Patient mit diesen akuten Symptomen erreichte sehr schnell das Stadium von: »Na und!« und darauf folgte eine rapide Besserung.

Die Ärzte konnten keine weiteren Behandlungsvorschläge machen, und ich beruhigte sie mit dem Hinweis, ich würde über den Fall nachdenken und die Verantwortung übernehmen.

Danach stattete ich der Abteilung für Rhetorische Logik einen kurzen Besuch ab. Sie bedient sich des entgegengesetzten Prinzips: dem Entzug emotionaler Stimuli.

Die Räume befinden sich hoch oben in einem dem Land zugewandten Teil des Gebäudes. Von dort überblickt man die Ausläufer der Wüste, die Berggipfel auf der einen und die dunkle Stille des Waldes auf der anderen Seite. Die Zimmer sind völlig weiß, und abgesehen vom Klicken und Ticken der Computer, die über Fernsteuerung mit historischen Protasen gefüttert werden, herrscht völlige Stille. Etwa Kapitalismus = Ungerechtigkeit; Kommunismus = Ungerechtigkeit; Freie Marktwirtschaft = Fortschritt; Monarchie ist die Garantie für Stabilität; der Diktatur des Proletariats muß der Zerfall des Staates folgen, usw.

Aber diese Abteilung war leer. Ihre Zeit ist noch nicht gekommen.

Ich besuchte Ormarin nicht in Begleitung von Agent 23. Er beobachtete an sich unverkennbare Symptome von Rhetorik und bat darum, in Vorsorgegewahrsam genommen zu werden. Dabei stellte sich heraus, daß die Erkrankung ernster Natur war: Er konnte nicht mehr selbst erkennen, wie krank er war, und verkündete mit Emphase, die pathetische Sprache der Verfassung des »Reiches« Volyen, die jedem Bürger Glück, Freiheit und Gerechtigkeit als angeborene, unveräußerliche Rechte verheißt, sei in seinen Augen das »Bewegendste«, was ihm je begegnet sei. Er kühlt in Gemäßigter Rhetorik ab und wird bald wieder normal sein.

Ormarin.
Am schnellsten kann ich ihn charakterisieren, wenn ich sage, er verkörpert eine Reihe von Widersprüchen: Er befindet sich in ständiger Hochspannung, und darin liegen seine Kraft und seine Schwäche.
Du wirst dich daran erinnern, Volyen ermordete nach der Eroberung von Volyendesta die Ureinwohner oder versklavte sie und nahm ihnen das Land. Du wirst dich möglicherweise nicht daran erinnern – weil eine solche Sache an sich unwahrscheinlich ist –, daß dieses grausame Vorgehen mit der rhetorischen Phrase gerechtfertigt wurde, es geschehe zum Wohl besagter Ureinwohner. Die Fähigkeit, Wahrheit mit Hilfe der Rhetorik zu verschleiern, findet bei unseren canopäischen Geschichtspsychologen natürlich in Verbindung mit dem sirianischen Reich besonderes Interesse. Aber ich bin der Ansicht, sie haben die Extreme dieses pathologischen Zustandes, die sich am Reich Volyen auf exemplarische Weise äußern, übersehen. Wie auch immer, ich lenke die Aufmerksamkeit auf diesen Punkt, denn er ist von grundlegender Bedeutung für das, was ich sehe, wenn ich (meist geheim) Volyen und seine vier Kolonien bereise.
Ormarin hat sein Leben lang »den Benachteiligten« repräsentiert, obwohl es sich dabei nicht um den elenden Halb-Sklaven handelt, sondern eher um die weniger Begünstigten der siegreichen Minderheit. Als intelligentes Wesen ist er sich dieser Anomalität bewußt, und um das zu kompensieren, entströmen ihm bei der geringsten Stimulation Fluten mitfühlender klagender Worte, mit denen er ihre Lage beschreibt. Die anderen Ansiedler schätzen diese Fähigkeit, verbal zu trauern, und verlangen von ihm bei zeremoniellen Anlässen rituelle Leidensgesänge zugunsten der Ausgebeuteten, die etwa mit folgenden Worten beginnen: »Und an dieser Stelle möchte ich sagen, die Lage unserer Mitmenschen, die wie wir Arbeiter sind, nimmt in meinen Gedanken stets den ersten Platz ein…« Und so weiter.
Dies also ist der erste und schlimmste Widerspruch in Ormarin.
Der nächste läßt sich folgendermaßen beschreiben: Einerseits

repräsentiert er die ärmeren Ansiedler, von denen manche wirklich sehr arm sind, doch man kann kaum behaupten, daß es ihm an irgend etwas mangelt. Er teilt den Geschmack der glücklichen Minderheit im ganzen »Reich« Volyen; doch er muß das verbergen. In einer bestimmten Phase sah er darin Heuchelei und verfiel in seltsame Extreme: Einmal beharrte er darauf, vom gleichen Niedriglohn wie die Armen zu leben, dann wieder von seinem Gehalt als Staatsbeamter; zu einem anderen Zeitpunkt hielt er Reden, in denen er erläuterte, seine Position verlange, daß er besser lebe als der Durchschnitt, jedoch nur, um zu demonstrieren, was allen erreichbar sei, usw., usw. Doch dann kam ein anderer Faktor ins Spiel – du wirst bereits erraten haben, was und wer –: Shammat, Vater der Lügen, in Gestalt von Krolgul! Krolgul zog kreuz und quer durch die fünf Planeten dieses »Reichs« – das tut er noch immer – und bemühte sich, aus Schwarz Weiß und aus Weiß Schwarz zu machen.

Er ist ein gutaussehender Bursche und besitzt die Anziehungskraft einer robusten unbewußten Vitalität. Er nahm Ormarin für sich ein, als er mit unverschleiertem Genuß Ormarins gequälten Kompromiß in klare und unmißverständliche Worte faßte.

»Du mußt dich damit abfinden«, erklärte er, »in diesen Zeiten, in denen wir leider alle leben, bleibt uns nichts anderes übrig, als mit dem Strom zu schwimmen und uns den Umständen anzupassen.«

Er schuf für Ormarin eine *Persönlichkeit*, der die Leute, die ihn an der Macht hielten, vertrauten, denn er bot ihnen ein Image, das sie sich selbst geben oder gerne geben möchten. Krolgul lehrte Ormarin, sich als zuverlässiger, rechtschaffener, leutseliger Mann zu präsentieren – der seine Schwäche für die Fleischtöpfe ehrlich eingesteht, obwohl nur die kleinen Sünden sichtbar werden durften.

Im Fall von Ormarin ist das Bild nicht einmal so ungenau: Ormarin besitzt tatsächlich viele dieser Eigenschaften. Aber Krolgul hat diese *Persönlichkeit* im ganzen »Reich« zu Dutzenden geschaffen; wohin man auch geht, begegnet man Repräsentanten der »Arbeiter« oder »des Volkes«, die leutselig, zuverlässig usw. sind, alle rauchen ausnahmslos Pfeife, trinken Bier und Whisky (natürlich in Maßen), denn diese Gewohnheiten stehen für Zuverlässigkeit und Vernunft.

Ormarin unterließ es bald, darauf hinzuweisen, daß er Pfeife und Bier verabscheut und sich nicht viel aus Whisky macht. Er erzählte auch nicht mehr, daß er eine bestimmte Zigarettensorte und sirianischen Nektar (vom Mutterplaneten) bevorzugt, die Raumpiraten von sirianischen Raumfähren erbeuten. Die Persönlichkeit, die er sich zugelegt hat, bereitet ihm Unbehagen; und er entschuldigt sich deshalb, sobald er vermutet, man könnte ihn kritisieren. Das ist also sein zweiter Charakterzug oder Widerspruch.

Drittens: Er ist volyenischer Abstammung, hat sich jedoch zeit seines Lebens – verbal – gegen die Herrschaft Volyens gewehrt. Trotzdem ist er ein gerngesehener Gast auf Volyen, wo auch seine Kinder erzogen wurden. Volyen schöpft den Reichtum seiner vier Kolonien ab, präsentiert sich jedoch als ihr Wohltäter und bedient sich dabei Parolen wie: Hilfe für die Notleidenden und Entwicklungshilfe für die Unterentwickelten! Ormarin ist ständig mit Plänen für die »Entwicklung« von Volyendesta beschäftigt, die von Volyen stammen. Doch er formuliert ständig Proteste, hält großartige Reden, bei denen kein Auge trocken bleibt (selbst meine, wenn ich mich nicht vorsehe; *ja*, ich bin mir der Gefahr bewußt), in denen er verkündet, daß diese Pläne heuchlerisch und verlogen sind.

Viertens: Sirius. Volyen selbst ist kaum anfällig; unter der Bevölkerung herrscht eine hohe Moral, denn sie ist im Vergleich zu den Kolonien gut genährt, gut gebildet und lebt in bequemen Häusern. Deshalb ignoriert Sirius Volyen (infiltriert den Planeten jedoch mit seinen Spionen) und widmet sich mit Nachdruck den Kolonien, an erster Stelle Volyendesta. Ormarin verabscheut den »nackten Imperialismus« von Volyen – so beschimpfte er (als Stimme seiner Wähler) Volyen, die Heimat seiner Vorfahren, schon immer; und ihm fällt es leichter als den Bewohnern Volyens, mit Sirius zu sympathisieren, die immer nur als »Ratgeber« oder »Helfer« auftreten und sich in langat-

migen, höchst kunstvollen rhetorischen Beschreibungen der kolonialen Situation Volyendestas ergehen.
Auf Volyendesta herrscht ebenso wie auf Volyenadna und wie auf Maken und Slovin Mangel an Krankenhäusern für physische und emotionale Leiden, Mangel an Bildungsstätten jeder Art, Mangel an Annehmlichkeiten, die auf Volyen als selbstverständlich gelten – das alles bietet Sirius, »ohne Bedingungen daran zu knüpfen«.
Hin und wieder finden sich unter der wuchernden Rhetorik von Volyen richtige und prägnante Aussprüche. Dazu gehört zum Beispiel: »Ein freies Mittagessen gibt es nicht.« Bedauerlicherweise brachte Ormarin diese Gedächtnisstütze nicht mit seiner Situation in Zusammenhang.
Meine Situation komplizierte sich dadurch, daß ich nicht wollte, daß er sie auf mich anwendete, denn ich wäre die falsche Adresse gewesen.
Ich fand ihn schließlich bei einem offiziellen Anlaß. Er stand am Hang eines niedrigen Hügels inmitten seiner *Mitarbeiter* und blickte auf einen Straßenabschnitt hinunter, den ein sirianisches Bauunternehmen fertigstellte. Die Straße ist ein bewundernswertes Unternehmen – eine zweispurige Autobahn, die von der Hauptstadt zum Hafen am Meer führen soll. Sirius fliegt von seinen Planeten 46 und 51 ständig neue Arbeitskräfte ein, bringt sie in Lagern unter, beaufsichtigt und bewacht sie. Den bedauernswerten Wesen ist kein Kontakt mit den Einheimischen gestattet, denn dies hatte die Regierung von Volyendesta gefordert. So traf ich Ormarin, als er wieder eine seiner undurchsichtigen Rollen spielte, die für ihn so charakteristisch sind: Er und seine Kollegen konnten den Einsatz der Sklaven oder ihre Behandlung unmöglich gutheißen; und doch standen sie hier, um Beifall klatschend das »Geschenk«, die Straße, entgegenzunehmen. Bei meinem Näherkommen zogen alle Männer der Delegation ihre Pfeifen hervor, begannen zu rauchen, und die beiden Frauen versteckten hastig ein paar hübsche Schals und Schmuckstücke sirianischen Ursprungs. Ich kam gerade rechtzeitig, um Ormarins Rede mit anzuhören, die zur »Erbauung« der Arbeiter, ihrer Wachen

und der sirianischen Delegation über Rundfunk ausgestrahlt wurde.
»Im Namen der arbeitenden Männer und Frauen dieses Planeten habe ich die Ehre, diesen Abschnitt der Autobahn dem Verkehr zu übergeben und unserem großen Wohltäter, dem sirianischen Reich, unsere Dankbarkeit...« etc. Inzwischen hatte Ormarin mich entdeckt.
Ormarin mag mich und freut sich immer, wenn er mich sieht, denn er weiß, mir muß er nichts vorspielen. Doch er verdächtigt mich, ein sirianischer Spion zu sein – zumindest manchmal. Oder er hält mich für einen Spion im Dienst einer anderen Regierung, vielleicht der Zentralregierung auf Volyen. Hin und wieder sagt er im Spaß, er sollte sich »eigentlich nicht mit Spionen einlassen« und wirft mir dabei Blicke zu, in denen sich die »offene, ehrliche Bescheidenheit« seiner öffentlichen Persönlichkeit mit dem Unbehagen über seine Rolle (oder Rollen) mischt.
Ich erwidere scherzhaft, daß sich unter seinen Mitarbeitern ständig zumindest ein Spion der Zentralregierung von Volyen, einer der Zentralregierung von Volyendesta, vermutlich je einer von Volyenadna, ME 70 und ME 71 und mehrere von Sirius befinden. Er lacht. »Wenn das stimmt«, sagt er, »sind die Hälfte meiner Mitarbeiter Spione.« Ich sage im Spaß, er sehe sicherlich ein, daß dies eine präzise Beschreibung seiner Situation sei. Sein Gesicht nimmt den in solchen Momenten obligatorischen Ausdruck an, wenn man gezwungen ist, sich *unmögliche* Wahrheiten einzugestehen: säuerliches, weltkluges Bedauern, gemischt mit einer Spur Skeptizismus, der es ermöglicht, die Notwendigkeit, etwas zu tun, beiseite zu schieben.
Ihn umgeben tatsächlich alle möglichen Spione, und einige davon sind seine besten Mitarbeiter. Spione mit einem besonderen Talent für, sagen wir, Verwaltung, die zu Spionagezwecken in der Verwaltung sitzen, finden oft Vergnügen an ihrem »Nebenberuf« und steigen manchmal in hohe Positionen auf. Dann bedauern sie unter Umständen, nicht von Anfang an in den »öffentlichen Dienst« eingetreten zu sein (wie man das hier bescheiden ausdrückt), und machen sich insgeheim Vorwürfe von

der Art: »Oh, hätte ich doch nur rechtzeitig erkannt, daß ich zu richtiger Arbeit geeignet bin, anstatt mich auf das Spionieren einzulassen.« Doch das ist eine andere Geschichte.

Ormarin beendete den offiziellen Teil der Veranstaltung bald. Seine Kollegen verabschiedeten sich; mit einem kurzen komplizenhaften Lächeln streifte er sein öffentliches Ich ab, und wir setzten uns zusammen auf den Hügel. Auf dem gegenüberliegenden Hügel marschierte die sirianische Delegation zu ihren Raumschiffen. Mehrere hundert sirianische Arbeiter wimmelten auf und in der Nähe der Straße; wir hörten das Gebrüll und Geschrei ihrer Aufseher.

Das Wetter auf diesem Planeten ist sehr wechselhaft, doch es gibt Zeiten, in denen man sich nicht gegen unangenehme Hitze oder Kälte oder die verschiedenartigen Substanzen, die vom Himmel fallen, schützen muß.

Wir beobachteten kommentarlos, wie einer der Männer aus Ormarins Gruppe eilig hinter der sirianischen Delegation herlief: Er würde über mich und meine Ankunft berichten.

Erleichtert registrierte ich, daß Ormarin auf die rituelle Klage nach dem Motto: »Oh, wie schrecklich, mit Verrätern zusammenzuarbeiten...« usw. verzichtete. Statt dessen sagte er mit einem fragenden Unterton: »Das ist eine sehr schöne Straße, die sie da bauen?«

»Ja. Wenn es etwas gibt, was die Sirianer können, dann ist es Straßenbau. Dies ist eine Straße erster Ordnung für Krieg vom Typ II, Totale Besetzung.«

Ich sagte das bewußt: Ich wollte ihn endlich zu der Frage provozieren: Und *woher* kommst du?

»Ich bin sicher, man kann sie für eine Reihe von Zwecken nutzen«, erwiderte er rasch und suchte verzweifelt nach einem neutralen Gesprächsthema.

»Nein, nein«, widersprach ich entschieden. »Wenn Sirius baut, dann nur zu einem fest umrissenen Zweck! Die Straße dient der Totalen Besetzung in einem Krieg vom Typ II.«

Würde er mir jetzt die Frage stellen? Nein! »Aber, aber, man muß nicht jedem geschenkten Gaul ins Maul schauen.«

»O doch, das muß man. Ganz besonders diesem.«

Leider hatte ich die Stimulation falsch beurteilt, denn er nahm sofort eine heroische Pose ein und deklamierte, auf einem kleinen Felsen neben einem hübschen blühenden Busch sitzend: »Wir werden an unseren Stränden gegen sie kämpfen! Wir werden auf den Straßen gegen sie kämpfen! Wir werden in der Luft gegen sie kämpfen ...«
»Ich glaube, ihr werdet nicht weit kommen, wenn ihr in der Luft gegen Sirius kämpft«, erwiderte ich sachlich und in der Absicht, ihn aus der deklamatorischen Stimmung zu reißen, der sie alle so schnell verfallen.
Schweigen. Er warf mir immer wieder kurze unsichere Blicke zu. Aber er wußte nicht, was er mich fragen sollte; beziehungsweise er wollte mir *nicht* die entscheidende Frage stellen, und vielleicht war das auch ganz gut so. Das Problem ist, »Canopus« ist inzwischen eine Theorie, um die sich so viele mystische Vorstellungen ranken, daß er möglicherweise nicht in der Lage gewesen wäre, es zu begreifen, oder nicht so schnell, wie es für meine Zwecke erforderlich war.
Ich machte es ihm leicht, mich wenigstens vorübergehend für einen Sirianer zu halten. »Ich habe diese Art Straße auf einem Dutzend Planeten vor dem Einmarsch gesehen.«
Schweigen.
»Nein, nein«, sagte er. »Ich kann es einfach nicht glauben. Ich meine, wir wissen alle, Sirius hat schon genug Probleme mit seinen entfernteren Planeten. Sie werden sich nicht noch mehr Schwierigkeiten aufladen wollen ... und überhaupt ... sie sollen nicht glauben, ein Sieg über ...« Es folgten ein paar Minuten mit rituellen patriotischen Kraftworten.
Da ich schwieg, sagte er schließlich in einem anderen Ton leise und angewidert: »Ich kann es mir einfach nicht vorstellen. Ich glaube wirklich nicht, ich möchte unter sirianischer Besatzung leben.«
Ich zitierte einen Abschnitt aus der Geschichte von Volyendesta, wie sie in unseren Annalen verzeichnet ist.
»Von den vierzehn Planeten des Sterns P 79 sind drei bewohnt, Planet 3 und seine beiden Monde. Das wesentliche Merkmal ihrer Geschichte besteht darin, daß sie sich seit Jahrtausenden

gegenseitig überfallen und unterwerfen. Die längste stabile Phase dauerte mehrere Millionen Jahre; sie begann, nachdem Mond II die beiden anderen Planeten besetzte und eine besonders grausame Tyrannei ausübte...«

Wie beabsichtigt, unterbrach er mich: »Entschuldige bitte. Mond II, ist das dieser Planet, oder...«

»Das seid ihr. Volyenadna ist Mond I.«

Es war köstlich, den Ausdruck stolzer Zufriedenheit zu sehen, der unbewußt auf sein Gesicht trat. »Wir, Volyendesta, beherrschten alle drei Planeten? Volyen war damals eine Kolonie?«

»Du sagst es. Volyen und euer Bruderplanet Volyenadna waren Kolonien.«

Ihm wurde bewußt, daß sein unverhüllter Stolz einem Gegner des Imperialismus kaum angemessen war, und er korrigierte seinen Gesichtsausdruck. Dann erklärte er: »Davon steht nichts in unseren Geschichtsbüchern. Und außerdem...«, der Gegner des Imperialismus kämpfte um die passenden Worte, »... die Ansässigen, die Einheimischen hier sind ziemlich rückständig. Ich meine, es ist nicht ihre Schuld...« Er warf verstohlene Blicke nach allen Seiten, um sich davon zu überzeugen, daß niemand ihn hörte. »... Es gibt einleuchtende historische Gründe dafür, aber sie sind einfach ein bißchen, sagen wir...«

»Rückständig«, half ich nach, und er wirkte erleichtert.

»Wie es immer der Fall ist«, sprach ich weiter, »kam eine Zeit, in der die Völker der beiden versklavten Planeten durch die erduldeten Härten stark und selbstbewußt wurden und insgeheim Methoden und Technologien entwickelten, um sich aus der Tyrannei zu befreien – nicht ihr, sondern eure Vorfahren. Sie wurden beinahe völlig vernichtet. Eine ziemlich unangenehme Rasse. An ihnen war nicht viel verloren, oder zumindest fanden das alle, die unter ihrer Macht gelitten hatten. Doch wenn man weiß, wonach man Ausschau halten muß, findet man unter den Einheimischen hier immer noch Züge von ihnen.«

»Unglaublich«, murmelte er, und in seinem breiten, aufrichtigen Gesicht (im großen und ganzen wirklich *ehrlich*) spiegelte

sich die Last der historischen Perspektive. »Und von all dem wissen wir nichts!«
Das war das Stichwort für mich zu sagen: »Aber glücklicherweise wir...« Doch ich hatte beschlossen, das Thema »Canopus« diesmal nicht zu berühren. Ich sah, wie seine Augen listig und nachdenklich auf meinem Gesicht ruhten; er wußte sehr viel mehr, als er sagte, und vermutlich mehr, als er sich selbst eingestand.
»Willst du nicht das Ende der Geschichte hören?« fragte ich. »Du mußt zugeben, es ist ein ziemlicher Schock.«
»Was ich sagen werde, steht in euren Geschichtsbüchern, allerdings mit Sicherheit anders als in unseren. Also weiter: Mond II – ihr – und Mond I standen mehrere V-Jahrhunderte hindurch unter volyenischer Herrschaft. Das war gar nicht so schlecht. Mond II, dieser Planet, sank in Barbarei, denn eure früheren Untertanen von Volyen hatten euch vernichtend besiegt. Die Volyener, erst vor kurzem noch eure Sklaven, besaßen großes Selbstvertrauen, beherrschten alle möglichen Techniken und Fertigkeiten, die sie von euch gelernt hatten. Man könnte sagen, sie bewahrten euch euer Erbe – zumindest teilweise. Diese Fähigkeiten wurden von den Volyenern hierhergebracht... oder zurückgebracht, wenn du willst, und von Volyenern bewahrt – obwohl die beiden Rassen sich so schnell vermischten, daß es schwerfiel zu sagen, welche Züge des neuen vitalen Volks von Volyen und welche einheimisch waren. Der gleiche Prozeß vollzog sich auch in den gemäßigteren Zonen von Volyenadna, dort sogar noch schneller, denn die schrecklichen Härten des eisigen Planeten hatten immer starke zähe Rassen hervorgebracht. Sehr bald vertrieb Mond I oder Volyenadna die Eindringlinge von Volyen oder absorbierte sie, eroberte Volyen und besiedelte diesen Planeten.«
»Einer meiner Vorfahren«, erklärte Ormarin stolz, »war ein Westermann von Volyenadna.«
»Man sieht es«, sagte ich.
Bescheiden streckte er die Hände aus, damit ich sie bewundern konnte. Es waren die sehr großen starken Hände, das Charakteristikum der Westermänner von Volyenadna.

»Na ja, wir mußten hart kämpfen. Es war alles andere als ein Spaziergang«, prahlte er.
»Nein. Bei ihrer Landung empfing sie eine Armee von tausend Volyendestanern, und sie wurden bis auf den letzten Mann umgebracht. Die Waffen von Mond I haben euch alle in die Luft gesprengt.«
»Richtig. Unsere tapferen Tausend. Und die Eindringlinge... neun Zehntel von uns fielen, obwohl die Volyendestaner vergleichsweise primitive Waffen besaßen.«
»Welches Massaker der Angreifer und der Angegriffenen.«
»Ja.«
»Ein ruhmreiches Kapitel in den Annalen beider Nationen.«
»Ja.«
»Ich habe heute gerade die beiden Denkmäler auf dem großen Platz in eurer Stadt bewundert, die zum Gedenken an diesen ruhmreichen Tag errichtet wurden. Das eine für die tapferen Tausend, die Volyendestaner oder Mond II, das andere für die heldenhaften Volyenadnaner oder Mond I. Deine Vorfahren, deren Blut in deinen Adern rinnt... zusammen mit dem Blut der Volyener und vieler anderer natürlich.«
Er musterte mich unverwandt und nachdenklich mit einem Anflug von Bitterkeit.
»Ich verstehe. Inzwischen kenne ich dich gut genug. Wovor willst du mich warnen?«
»Nun, denk nach, Ormarin!«
»Glaubst du wirklich, Sirius wird...?«
»Ihr seid schwach, gespalten, verbraucht.«
»Wir werden gegen sie kämpfen, zu Lande...«
»Ja, ja, aber glaubst du nicht auch...«
»Wie kannst du so sicher sein, wenn du kein sirianischer Agent bist? Ich beginne mich zu fragen...«
»Nein, das bin ich nicht, Ormarin. Und ich bin sicher, daß du in Wirklichkeit nichts dergleichen denkst. Weshalb brauche ich besondere Informationsquellen, die mich in die Lage versetzen, um das zu sehen, was auf der Hand liegt? Ein schwacher, gespaltener, verbrauchter Planet wird beinahe immer von einem stärkeren Planeten oder einer Gruppe von Planeten überrannt.

Ist es nicht Sirius, dann eine andere Macht. Weshalb glaubst du, dieses Gesetz träfe auf euch nicht zu, Ormarin?«
Unten im Tal wurde es dunkel. Die vielen hundert versklavten Arbeiter mußten sich auf der neuen Straße in einer Zweierreihe aufstellen; ihre Aufseher trieben sie fluchend und schimpfend für die Nacht ins Lager.
»Arme Kreaturen«, stieß er plötzlich erregt und voll Mitgefühl hervor. »Und das soll unser Schicksal sein?«
Ich erklärte: »Das sirianische Reich ist weit über seinen Höhepunkt hinaus. Es hat sich seit langem langsam vergrößert... Wenn ich dir sagen würde, wie viele Jahrtausende lang, könntest du dir etwas darunter vorstellen? *Deine* Geschichte umfaßt ein paar tausend eurer Jahre. *Flächenmäßig* ist das sirianische Reich das größte in der ganzen Galaxis. Es hat Phasen gegeben, in denen sein Wachstum zum Stillstand kam, Phasen, in denen es als Folge von Unsicherheiten der sirianischen Herrscher schrumpfte. Aber insgesamt gesehen, ist es gewachsen. In der jetzigen Phase vollzieht sich ein hektisches, ungeplantes, wildes Wachstum, denn innerhalb der herrschenden Klasse auf Sirius kam es zu Auseinandersetzungen. Es ist sehr interessant, daß in der Theorie der Gedanke an Expansion zur Zeit ausgeklammert ist. Die Sirianer sind nicht dumm, zumindest nicht alle. Zumindest einige wissen, daß sich ihrer Kontrolle entzieht, was sie tun, und allmählich sehen sie ein, daß etwas anderes möglich ist: Ein Reich kann seine Entwicklung kontrollieren, indem es sich an... aber das ist ein anderes Thema.« Ich suchte in seinem Gesicht nach einem Hinweis auf einen Funken von Verständnis, und hätte ich auch nur das geringste Anzeichen dafür entdeckt, hätte ich von Canopus gesprochen und von dem, was *uns* regiert. Aber ich sah nur die Anstrengung, Gedankengängen zu folgen, die vielleicht zwar nicht über seinen Horizont gingen, aber zumindest noch zu neu waren, um sie problemlos zu assimilieren. »In letzter Zeit... natürlich relativ gesprochen... hat Sirius mehrere neue Planeten erobert. Jedoch nicht auf Grund einer wohlüberlegten, durchdachten Entscheidung, sondern als Folge überstürzter Entschlüsse, um einer Katastrophe entgegenzuwirken.«

»Überstürzt«, murmelte Ormarin und wies dabei auf die großartige Straße unter uns, auf der die Sklavenarbeiter für die Nacht in ihr Lager marschierten.
»Die Entscheidung zum Bau dieser Straße fiel vor einem Jahr... einem sirianischen Jahr. Als Volyen die beiden Planeten eroberte, die Sirius als Teil seines Reiches betrachtete.«
»Du bist mit deinem geschichtlichen Abriß noch nicht zu Ende.«
»Die Westermänner, diese skrupellosen Eroberer, auf deren Blut du so stolz bist, schufen hier und auf Volyen eine höchst differenzierte Gesellschaft mit vielen Fähigkeiten und Fertigkeiten.« Ich beobachtete, daß er seine großen Westermannhände mit einem schiefen Lächeln betrachtete. »Aber wie es immer der Fall ist, Mond I und seine beiden Kolonien verloren ihre Antriebskraft... Volyen war wieder an der Reihe, sich zu erheben und zu erobern. Das augenblickliche ›Reich‹ Volyen war ein interessantes kleines Reich mit ein paar gemäßigten Vorstellungen von Gerechtigkeit. Es zeigte sich zumindest in der Theorie nicht gleichgültig gegenüber dem Wohl seiner Untertanen und versuchte, die oberen Ränge der unterworfenen Völker in seine herrschende Klasse zu absorbieren...«
Ich bemerkte, daß er sich schämte, und hörte ihn seufzen.
»Nun ja«, sagte ich, »du hättest dich dafür entscheiden können, in den Baracken und Lagern bei den Einheimischen zu wohnen, anstatt Kompromisse zu schließen. Aber du hast es nicht getan...«
»O glaube mir«, rief er mit der belegten, leidenden Stimme, die ich beinahe bewußt provoziert hatte, »ich liege nächtelang wach und hasse mich.«
»Ja, ja, ja«, sagte ich, »aber du hast nun einmal getan, was du getan hast, und als Ergebnis nimmst du eine entscheidende Position auf diesem Planeten ein. Und wenn die Sirianer einmarschieren...«
Doch ich hatte ihn falsch eingeschätzt. Der Reiz war zu stark.
Er sprang auf – der Hügel lag inzwischen im Dunkel, und hinter ihm gingen leuchtend die Sterne auf, darunter auch Volyen,

sein derzeitiger Herr und Meister –, hob die rechte Faust – seine Westermann- oder Volyenadnafaust – und trompetete: »Hier stehe ich als freier Mann auf meinem Grund und Boden und atme freie Luft! Ehe ich mich der Tyrannei fremder Aggressoren unterwerfe, werde ich, wenn nötig, Steine von den Hügeln sammeln und Stöcke im Wald und bis zum letzten Atemzug kämpfen und ...«

»Ormarin!« versuchte ich, ihn zu unterbrechen. »Was haben all die großen Worte mit deiner Situation zu tun? Außerdem besitzt ihr wirkungsvolle moderne Waffen, ihr freien Völker im ›Reich‹ Volyen ...« Aber es half nichts.

»Welcher Mann, in dessen Adern echtes Blut fließt, würde ein Leben als Sklave wählen, wenn er kämpfend sterben kann? Welcher Mann, welche Frau und welches Kind unter euch, wer von euch, die ihr wißt, was es heißt, aufrecht zu stehen ...«

Ich muß leider berichten, daß es sich um einen schweren Anfall handelte. Ich mußte ihn ein paar Tage lang im Krankenhaus unterbringen.

Aber es kommt noch schlimmer. Im Krankenhaus besuchte ich auch den bedauernswerten Incent und stellte fest, daß er relativ vernünftig und in der Lage war, über seine Situation zu sprechen. Ich bat ihn, einen Test durchführen zu dürfen.

Es handelte sich um den einfachsten Test überhaupt, und er basierte auf dem Wort *Geschichte*.

Das Wort an sich brachte ihn noch nicht aus der Fassung. Beim Wort *historisch* beschleunigte sich sein Pulsschlag, beruhigte sich jedoch wieder. Bei *historische Prozesse* blieb er standhaft. *Perspektive der Geschichte*, so weit, so gut. *Der Wind der Geschichte* – schon zeigten sich die ersten Anzeichen von Erregung, die sich nicht wieder legte. Leider beschloß ich, die Dosis zu erhöhen, und versuchte es mit *Logik der Geschichte.* An diesem Punkt begann ich einzusehen, daß sein Zustand im Augenblick bedenklich ist. Sein Atem ging schnell, er wurde bleich, und seine Pupillen weiteten sich. *Unvermeidbarkeit der... Lektionen der...* Historische *Aufgaben...*

Aber erst bei *Mülltonne der Geschichte* brach ich ab. Er sprang auf, schäumte vor Erregung, breitete beide Arme aus und setzte zu einer großen Rede an. Ich sagte kopfschüttelnd: »Incent, *was* sollen wir mit dir nur tun?«

Die Umstände müssen diesen rhetorischen Höhenflug entschuldigen.

Ich gab Anweisung, ihm die beste Pflege zukommen zu lassen.

Er ist entflohen. Man mußte mir nicht sagen, wohin. Ich mache mich auf den Weg nach Volyenadna. Dort ist Krolgul am Werk. Ich werde mich von dort wieder melden.

KLORATHY AUF VOLYENADNA, MOND I VON VOLYEN, AN JOHOR.

Dies ist kein besonders attraktiver Planet. Das Eis, das ihn bis vor kurzem bedeckte, ist bis an die Pole zurückgewichen, und geblieben ist die typische Landschaft: Sie ist rauh, trocken, gefurcht und aufgerissen von Eis und Sturm. Die Vegetation ist dürftig und eintönig. Die wilden Flüsse führen noch immer schmelzende Schnee- und Eismassen; sie sind schwierig zu befahren und bieten kaum Möglichkeiten, sich dort zu vergnügen oder zu erholen.

Die Ureinwohner haben sich aus den Geschöpfen des Eises entwickelt; sie waren schwerfällig, massig, langsam und stark. Die großen Hände, auf die Ormarin so stolz ist, haben Wände aus Eisblöcken errichtet, Tiere aus halb zugefrorenen Gewässern gezogen und sie erdrosselt, haben gehämmert, gezerrt, gebrochen, zerrissen, haben Werkzeuge aus Geweihen und Knochen gefertigt. Invasionen weniger harter Völker (im Gegensatz zu Mond II wurde dieser Planet mehr als einmal von den Planeten ME 70 und ME 71 erobert und kolonisiert) haben die einheimische Bevölkerung nicht geschwächt, denn die Lebensbedingungen blieben hart, und alle, die sich nicht anpassen konnten, starben.

Die Geschichte dieses Planeten unterscheidet sich nicht allzusehr von der Geschichte Volyendestas und zeigt anschaulich die

Macht des natürlichen Lebensraums. Hier lebt ein hartes melancholisches Volk; es ist schwer zu bewegen, doch neigt es zu schrecklichen Wutausbrüchen und Jähzorn. Wenn einer von ihnen mißtrauisch den Kopf dreht und in den Augen eine wachsame Spannung liegt – sie scheinen ebensosehr zu lauschen wie zu sehen –, kann man sich heute noch vorstellen, daß ihre Vorfahren nie mit anderen Geräuschen rechneten als mit Warnungen und Drohungen, mit dem Heulen und Jammern des Windes, Knirschen und Knacken berstenden Eises, dem dumpfen Klatschen von Schneemassen auf Schnee.
Die letzte Eroberung durch Volyen hat die Lage noch verschlechtert. Der Planet ist sehr reich an Mineralen, und deshalb sieht man überall Fabriken, Bergwerke, ganze Städte, die nur dem Zweck dienen: Minerale für Volyen abzubauen und zu verarbeiten. Die Einheimischen, die in den Bergwerken arbeiten, leben wie Sklaven. Sie sterben jung an Krankheiten, die meist durch Armut (Staub oder Strahlungen, die bei der Verarbeitung der Rohstoffe entstehen) hervorgerufen werden. Die herrschende Klasse des Planeten lebt entweder auf Volyen oder in den wenigen, etwas begünstigteren Gebieten dieses Mondes. Dort werden sie von Volyen mit allem versorgt; und sie tun alles, um nichts von dem schrecklichen Leben ihrer Landsleute zu wissen.
Die Lebensbedingungen auf Volyenadna sind so extrem, daß man meiner Ansicht nach von einem Sklavenplaneten sprechen kann. Es wird dich sicher nicht erstaunen zu erfahren, daß Krolgul ihn auch so bezeichnet: »Oh, du Sklavenplanet, wie lange willst du deine Ketten noch ertragen?«
Ich traf dort an einem grauen und trostlosen Tag in der Nähe einer grauen und trostlosen Stadt ein, begab mich zu dem großen Platz im Zentrum, wo Krolgul vor einer grauen, trostlosen und stummen Menge eine Rede hielt. »O Sklavenplanet, o Volyenadna, wie lange willst du deine Ketten noch tragen?«
Aus der Menge stieg ein lang anhaltendes Stöhnen auf; dann herrschte wieder Schweigen. Die Leute hörten zu.
Krolgul stand auf dem Sockel der überlebensgroßen Statue eines Bergarbeiters mit erhobenen geballten Fäusten und starrte

über die Köpfe der Menge. Krolgul imitierte diese Pose bewußt – eine berühmte Pose, denn die Statue dient als Symbol der Arbeiterbewegung. In Krolguls Nähe sah ich Incent. Seine Nervosität und Erregung bildete einen starken Kontrast zu Krolgul. Manchmal lächelte Incent, runzelte dann wieder düster die Stirn, denn es gelang ihm nicht, in der Öffentlichkeit eine befriedigende Pose zu finden und beizubehalten. Krolgul entdeckte mich, wie ich beabsichtigt hatte. Inmitten dieser schwerfälligen, langsamen Menschen ragten drei heraus: ich, eigentlich Canopäer, werde hier aber für einen »Volyener« gehalten, denn Fremde können nichts anderes sein; Incent, schlank, schmächtig und nervös, und Krolgul, obwohl er alles unternimmt, um wie ein Volyenadnaner auszusehen.
Du wirst dich vielleicht an Krolgul noch erinnern: ein kräftiger, um nicht zu sagen dicker Mann, umgänglich und leutselig, der alles tut, um zu gefallen. Seine Anpassungsfähigkeit ist ein Triumph der Selbstdisziplin. Er hat sich das *Image* eines ernsthaften, sich aufopfernden, heroischen Kämpfers zugelegt; man weiß, daß er in einem kahlen Raum lebt und sich mit weniger als dem Lohn eines Arbeiters begnügt; er lächelt so selten, daß sich um sein Lächeln Balladen ranken.

... Volyens Handlanger feuern in die Menge.
Unsere Helden fallen sterbend im Gedränge.
In Krolguls Augen schwelt düstere Glut.
»Wir marschieren«, tönt es voll Wut,
»Wir rächen das vergossene Blut.«
Und Krolgul lächelt...

Das Problem besteht darin, daß die Leute hier so phlegmatisch sind und Krolgul wenig Gelegenheit hat »zu lächeln«. Er möchte, daß sich »alle bis zum letzten Mann erheben, ein für allemal mit Volyen aufräumen und die Macht übernehmen«.
Verhindert hat das bisher nur der gesunde Menschenverstand der Volyenadnaner, die aus bitterer Erfahrung gelernt haben, daß die volyenischen Streitkräfte schlagkräftig und grausam sind.

Deshalb begann Krolgul damit, eine Zielscheibe für den allgemeinen Haß zu suchen; zuerst lenkte er ihn auf ganz Volyen, und nachdem sich das als zu allgemein erwies, um wirkungsvoll zu sein, auf Lord Grice, den volyenischen Gouverneur. Man schmückt seinen Namen inzwischen mit Schimpfworten wie mit zusätzlichen Titeln, etwa der greise Grice, der grausige, grimmige, geizige Grice. Das ist bereits zu einer Selbstverständlichkeit geworden, und man kann hören, wie jemand sagt: »Lord Grausegrice hat gestern Soundso besucht.« Er selbst scheint nichts mehr dabei zu finden, denn wie man erzählt, hat Lord Grice sich beim offiziellen Besuch eines Gouverneurs mit den Worten vorgestellt: »Sie wissen doch, ich bin der Gruselgrice.«
In Wirklichkeit ist er ein großer, unauffälliger, eher schmächtiger Mann, dessen Hang zur Melancholie durch die Härten dieses Planeten noch verstärkt wird; seine Rolle als Gouverneur erfüllt ihn mit Selbstzweifeln.
Dieser aufrechte Repräsentant Volyens stand an einem Fenster der Residenz, das auf den Platz hinausging, und hörte Krolguls Rede zu, ohne den geringsten Versuch zu machen, sich zu verbergen.
Er stellte eine Bedrohung für Krolguls Pathos dar, denn die Leute auf dem Platz mußten nur den Kopf drehen, um den *Verbrecher* mit eigenen Augen zu sehen...
»Und was sollen wir über diesen Erzscharlatan Grice, den Gierigen, den Unersättlichen sagen? Er verkörpert in seiner Person das ganze Verbrechertum der volyenischen Tyrannei! Ein Blutsauger...« Und so weiter.
In der Menge regten sich Unmut und dumpfe Wut. Die lethargischen stoischen Leute zeigten endlich die Bereitschaft zum Handeln.
Es lag jedoch nicht in Krolguls Absicht, daß sie die Residenz stürmten. Er wollte Grice noch einige Zeit als Mittel zum Zweck benutzen. Deshalb stimmte er geschickt ein kämpferisches Lied an: »Wir marschieren, wir marschieren, wir siegen...«, und die Masse fiel brüllend ein.
Ein paar Jugendlichen ganz hinten genügte das nicht; sie sehn-

ten sich nach Aktion. Sie drehten sich um und entdeckten am Fenster der Residenz die einsame Gestalt. Sie stürmten die Terrasse hinauf und schrien dem Beobachter trotzig zu: »Wir werden ihn uns holen! Versucht nicht, ihn zu verstecken! Wo ist Grice, das graue Schwein?«

»Hier«, erklärte Grice und trat bescheiden und bereitwillig durch die Tür hinaus zu ihnen.

Die Kerle spuckten und traten nach ihm. Sie versetzten der Luft ein oder zwei Tritte und forderten, Gricegraus zu warnen, denn »es würde bald Knies geben«. Dann sprangen sie wieder hinunter und schlossen sich dem Gesang der Menge an.

Die Menge sang jedoch weniger leidenschaftlich, als Krolgul wünschte. Ich betrachtete die vom Singen verzückten Gesichter, und mir fiel auf, daß sie immer noch nachdenklich, sogar geduldig wirkten.

Ich ging in ein kleines Eßlokal am Platz und beobachtete, wie die Versammlung sich auflöste.

Krolgul stieg lächelnd vom Sockel und nahm die Huldigung der Menge (kameradschaftliches Grüßen) entgegen. Neben ihm stand Incent, erregt, bebend und mit blitzenden Augen. Doch er tat alles, um die strenge hingebungsvolle Ernsthaftigkeit zu wahren, die dem militärischen Aussehen entsprach, das er anstrebte. Die beiden marschierten wie zwei Soldaten auf das Gasthaus zu, gefolgt von der üblichen Schar Anhängerinnen und ein paar jungen Männern.

Sie nahmen an einem Tisch Platz, und Incent entdeckte mich. Er schien sich zu freuen und keinerlei Schuldgefühle zu empfinden. Er sprang auf, lief auf mich zu, erinnerte sich jedoch an seine neue Rolle und näherte sich mir mit großen Schritten. »War das eben nicht das Bewegendste, was du je erlebt hast?« sprudelte er hervor und setzte sich strahlend mir gegenüber.

Zeitungen wurden gebracht. Die Überschriften: »Ermutigend... Bewegend... Begeisternd...« Incent griff nach einem Blatt und vertiefte sich hingebungsvoll in einen Bericht, obwohl er an der Versammlung teilgenommen hatte.

Krolgul bemerkte mich und warf mir einen sarkastischen, beinahe zynischen Blick zu, den er jedoch augenblicklich zugunsten seiner revolutionären Düsterkeit verwarf. Er saß so in einer Ecke, daß er durch die Fenster beobachten konnte, wie sich die Menge draußen verlief, gleichzeitig aber auch im Auge behielt, was hier drinnen vor sich ging. Angeführt von Calder, betrat ein Trupp Bergarbeiterführer das Gasthaus. Calder nickte Krolgul kurz zu und nahm mit seinen Gefährten in einer anderen Ecke Platz.

Incent bemerkte es nicht. Er starrte die Männer voll glühender Bewunderung an, und Krolgul warf ihm einen kalten, warnenden Blick zu.

»Sie sind wunderbar, einfach *großartig*«, erklärte Incent im Versuch, Calders Aufmerksamkeit auf sich zu ziehen, der ihm schließlich freundlich zunickte.

»*Incent*«, mahnte ich.

»Oh, ich weiß, du wirst mich bestrafen. Du wirst mich in die schreckliche Klinik zurückschicken!«

»Dir schien es dort recht gut zu gefallen.«

»Das war etwas ganz anderes. Jetzt befinde ich mich mitten im wirklichen Geschehen.«

Inzwischen waren alle Tische besetzt, nur mit Bergarbeitern, ausnahmslos Volyenadnanern – abgesehen von uns dreien: ich, Incent, Krolgul. Fremde hält man generell für Beamte oder Spione von Volyen oder – aber diese Vermutung äußert man erst seit kurzem – von Sirius. Die etwa fünfzig Bergarbeiter versammelten sich hier, um ihre Lage zu besprechen und um sich ihre Zusammengehörigkeit zu beweisen. Offensichtlich fragten sie sich, wie es dazu kam, daß Krolgul und sein Schatten Incent sie repräsentierten.

Krolgul spürte, wie die Leute ihn musterten, und vertiefte sich in eine ernste, gewichtige Diskussion mit einer jungen Frau aus der Stadt, einer Einheimischen; er raschelte mit Papieren und bot das Bild effizienter Geschäftigkeit.

Doch es fiel nicht schwer zu bemerken, daß Calder unzufrieden war. Er wechselte mit seinen Kameraden ein paar Worte und erhob sich.

»Krolgul«, sagte er. Das Gasthaus war nicht groß, und er zog die Aufmerksamkeit aller auf sich, als er aufstand.

Krolgul erwiderte die Anrede mit einer modifizierten Form des Saluts mit der erhobenen Faust: Er hob die locker geballte Faust bis in Schulterhöhe und öffnete und schloß sie ein- oder zweimal wie einen Mund.

»Ich und die Genossen sind nicht sehr glücklich darüber, wie die Sache läuft«, sagte Calder.

»Aber wir haben die beschlossenen Ziele konkretisiert«, entgegnete Krolgul.

»Das zu entscheiden ist an uns, oder?«

Angesichts der Konfrontation, und darum handelte es sich, blieb Krolgul keine andere Wahl als zuzustimmen; doch Incent fuhr auf, klammerte sich mit beiden Händen am Stuhl fest, und in seinem Gesicht zeigte sich Enttäuschung. »Oh«, rief er, »aber das war doch das *Bewegendste*... also wirklich... das *Bewegendste*...«

»Ja, ja«, unterbrach ihn Calder. »Aber ich finde, es war nicht ganz in der Richtung, auf die wir uns geeinigt hatten.«

»Aber in unserer Analyse der Situation waren wir alle der Ansicht...«, setzte Krolgul an, aber Calder schnitt ihm das Wort ab. »Der da, ist das ein Freund von dir?«

Womit er natürlich mich meinte. Fünfzig Augenpaare richteten sich auf mich – harte, graue, mißtrauische Augen.

»Ich glaube, so könnte man sagen«, erklärte Krolgul, von stummem Lachen geschüttelt, das verschiedene Interpretationen zuließ. Aber Calder gefiel es ganz und gar nicht.

»Rede für dich selbst«, wendete er sich an mich.

»Nein, ich bin kein Freund von Krolgul«, erklärte ich.

»Bist du vielleicht auf Besuch hier?«

»Er ist mein Freund, mein Freund!« rief Incent. Dann fragte er sich, ob das richtig gewesen war, und sank mit offenem Mund und einem schiefen Lächeln auf seinen Stuhl zurück.

»Ja, ich mache einen Besuch.«

»Kommst du vielleicht von Volyen?«

»Nein«, sagte ich.

»Ein Freund von diesem Burschen hier, der ein Freund von Krolgul ist, aber kein Freund von Krolgul«, sagte jemand sarkastisch, und alle lachten.

»Willst du einen Reiseführer schreiben?« Gelächter. »Eine Analyse unserer Situation?« Gelächter. »Einen Bericht für...«
»Für Canopus«, erklärte ich und wußte, das Wort würde in ihren Ohren wie ein altes Lied, wie eine Legende klingen.
Schweigen.
Krolgul konnte sein Erschrecken nicht verbergen. Plötzlich begriff er, daß meine Anwesenheit ernst zu nehmen war, daß wir seine Aktivitäten in dieser Zeit ernst nahmen. Wie merkwürdig, daß Menschen, die sich halb spöttisch, halb tastend in absolut theatralische Intrigen einlassen, oft die Fähigkeit verlieren, sich und ihre Situation im Auge zu behalten. Der Genuß an *Manipulation*, an Macht, daran, *sich selbst in einer Rolle zu sehen*, trüben das Urteilsvermögen.
Ich blickte langsam von Gesicht zu Gesicht – knochige graue Gesichter, in denen sich die Mühsal ihres Lebens spiegelte, Gesichter wie Steine. Ich sah in ihren Augen, den langsamen, grauen Augen, daß sie sich erinnerten, daß sie versuchten, sich zu erinnern.
Calder stand immer noch; seine großen Hände lagen auf der Stuhllehne. Er war der Bergarbeiterführer, den die Verzweiflung dazu gebracht hatte, sich zum Objekt von Krolguls Manipulationen machen zu lassen. Er blickte mich lange und prüfend an und sagte schließlich: »Du kannst deinen Leuten sagen, daß wir hier sehr unglücklich sind.«
Auf diese Worte folgte ein langes, unwillkürliches Aufstöhnen; dann herrschte wieder Schweigen.
Was hier geschah, unterschied sich in jeder Hinsicht von den Ereignissen auf dem Platz und von allem, was von Krolgul ausging. Mein Blick richtete sich auf Incent, denn schließlich war er der Schlüssel in dieser Situation; ich sah, daß er beeindruckt schwieg und sogar nachdenklich wirkte.
Auch Krolgul begriff, daß dies ein entscheidender Moment war. Er erhob sich langsam und bedächtig und streckte beide Fäuste aus. Nun richteten sich alle Augen auf ihn.
»Unglücklich«, sagte er leise, kaum hörbar, so daß sich alle anstrengen mußten, ihn zu verstehen. »Ja, das können wir sa-

gen, wir können es immer und immer wieder sagen...« Er hob die Stimme und hob langsam auch die Fäuste. »Unglück war das Erbe eurer Väter, Unglück ist euer tägliches Brot, und Unglück wird das Los eurer Kinder sein.« Er endete mit größter Lautstärke, und die Fäuste sanken schlaff herunter. Er appellierte an die Bergarbeiter mit seinem opferbereiten Körper, mit dem blassen Gesicht und den Augen, denen es tatsächlich gelang, eingesunken und hungrig zu wirken.

Aber er hatte sich verrechnet. Er hatte sie nicht mitreißen können.

»Ja, ich glaube, das wissen wir alle«, erklärte Calder und wendete sich mir zu. »Du von... woher kommst du noch gleich? Aber das ist nicht wichtig... was hast du zu sagen?« Das war halb spöttisch gemeint, doch sagen wir *hoffnungsvoll* spöttisch. Nun wendeten sich alle Augen wieder mir zu; die Männer beugten sich gespannt vor und warteten.

»Ich würde sagen, ihr könntet damit beginnen, einmal eure derzeitige Lage genau zu beschreiben.«

Das ernüchterte sie; Incent sah mich plötzlich an, als habe ich ihm bewußt einen Schlag versetzt, in der Absicht, ihn zu verletzen. Johor, es wird für Incent nicht leicht sein. Es gibt in der Galaxis nichts Schwereres, als sich von der berauschenden Wirkung von Worten unabhängig zu machen, wenn man sich zum Spielball von Worten, Worten, Worten hat machen lassen.

»Ich glaube, dazu sind wir alle in der Lage«, erklärte Calder trocken, nahm wieder Platz, wendete sich von mir ab und seinen Genossen zu. Aber nicht ganz; er behielt mich immer noch im Auge, die anderen ebenfalls.

Krolgul saß inzwischen wieder und starrte unverwandt Incent an. Incent rutschte unter diesem Blick unruhig hin und her; er fühlte sich nicht wohl in seiner Haut und litt unter einem schrecklichen Konflikt. Ich empfand ihn als ein Vakuum, aus dem Krolgul die Kräfte von Canopus saugte und herauszog. Incent mochte zwar als mein »Freund« hier am Tisch sitzen, doch er befand sich in Krolguls Macht. Krolgul erkannte, daß er seine Gefolgsleute, die Volyenadnaner, verloren hatte, wenn auch nur vorübergehend, wie er hoffte, und so blieb ihm nur noch Incent. Mir kam es vor, als beobachtete ich, wie einem keuchenden Opfer das Blut ausgesaugt wird, bis es in sich zusammensinkt; aber nicht Incent nährte sich von diesem Blut, sondern Krolgul.

Meine einzige Hoffnung ruhte auf Calder.

Ich erhob mich, so daß alle mich sehen konnten.

»Du gehst?« fragte Calder enttäuscht.

Mit dem, was jetzt folgte, hatte ich gerechnet. Calder sagte: »Vielleicht könnten wir in den Genuß einer objektiven Meinung kommen, der Ansicht eines Außenstehenden.«

»Ich mache dir einen Vorschlag«, erwiderte ich, »du rufst so viele deiner Leute zusammen wie möglich, dann treffen wir uns mit Krolgul und sprechen das Ganze durch.«

Sie stimmten nicht sofort zu, willigten aber schließlich doch ein. Krolgul blieb keine andere Wahl, obwohl ihm die Vorstellung einer Konfrontation höchst unangenehm war.

Natürlich hätten wir das auf der Stelle im Gasthaus tun können, doch ich machte mir Sorgen wegen Incent.

Ich forderte ihn nicht auf, mich zu begleiten, als ich ging, doch er folgte mir, das heißt sein *Körper* folgte mir.

Ich nahm ihn zu meiner Unterkunft in einem armen Teil der Stadt mit. Ich wohnte bei der Witwe eines Bergarbeiters, die Kinder zu ernähren hatte und Zimmer vermietete. Sie hatte mich mit den Worten begrüßt: »Wir sind unglückliche Leute.« Sie sagte das mit einer Ruhe und Würde, die, wie ich glaube, sie alle vor Krolgul bewahren konnte. Die Frau willigte ein, uns das Abendessen auf mein Zimmer zu bringen.

Es gab nicht viel zu essen; sie sind wirklich arme Leute.

Incent und ich saßen bei Brot und ein wenig Obst am Tisch.

»Incent«, fragte ich, »was soll ich mit dir nur tun?« Es war alles andere als rhetorisch gemeint.

»Du wirst mich bestrafen, du wirst mich bestrafen«, jammerte er immer wieder, doch mit dem Genuß, wie er es von Krolgul gelernt hatte.

»Ja, natürlich, du wirst bestraft werden. Aber nicht von mir, nicht einmal von Canopus, sondern von den inhärenten Gesetzen von Aktion und Reaktion.«

»Wie grausam, wie grausam«, schluchzte er und schlief ein. Seine emotionalen Funktionen waren völlig durcheinander; und seine intellektuellen Mechanismen hatten sich diesem Chaos unterworfen. Aber physisch ist er stark, und das ist immerhin etwas.

Ich ließ ihn schlafen, bat die Vermieterin, ein Auge auf ihn zu haben, und verbrachte die Nacht in den Bars der Stadt und der Vororte. Überall bemerkte ich Unruhe, ja, das Gefühl einer bevorstehenden Rebellion. Es ist schwer zu entscheiden, ob dies in erster Linie auf die sich verschlimmernden Bedingungen zurückzuführen ist oder auf Krolguls Wirken ... über den man interessanterweise sehr viel weniger spricht als über Incent. Kein Wunder, daß Incent so erschöpft ist. Er scheint alle wichtigen Zentren auf Volyenadna besucht und sogar die meisten kleineren Orte nicht ausgelassen zu haben. Um das Wesentliche in Worte zu fassen, das die Leute an ihm finden: *Er fällt auf.* Er hat einen Eindruck hinterlassen. In einer Stadt nach der anderen sprach er auf einer Versammlung nach der anderen: in Lokalen, Bergarbeiterclubs, Frauenclubs; und seine Berechtigung, überall zu sein, zieht er aus der Überzeugung, daß die Sache, für die er eintritt, ihn überall willkommen macht. Er beruft sich auf keine Autorität; in den seltenen Fällen, in denen man ihn darauf anspricht, bestreitet er ungeduldig, sogar verächtlich die Notwendigkeit solcher Referenzen und vermittelt den Eindruck, als ließen seine Zuhörer Kleinlichkeit und Schlimmeres erkennen. Und nach den stundenlangen ernsten, anfeuernden Reden – die seine Zuhörer eindeutig überfordern; selbst nach mehreren Tagen bemerkt man an ihnen noch Zeichen nervöser Überreizung – ist er schon wieder unterwegs zur nächsten Verabredung mit dem Schicksal.

Kann ich behaupten, man vertraue ihm nicht? Der Fall ist interessanter ...

In Zeiten, in denen ein potentieller Wechsel in der Luft liegt, taucht stets ein besonderer Typ des Revolutionärs auf. Anfänglich ist er unsicher, sogar furchtsam, doch dann staunt er darüber, daß er mit seiner leidenschaftlichen Überzeugung auch andere überzeugen kann ... und empfindet bald Verachtung für sie. Er kann kaum glauben, daß er, dieses kleine, unbedeutende Etwas (denn zumindest in der ersten Zeit sieht er sich vielleicht noch als fehlbares Individuum), von Älteren mit größeren Erfahrungen als er ernstgenommen wird – von hochgeschätzten Leuten, die manchmal die Massen repräsentieren. Trotzdem gelingt es ihm, mit der Fackel der gerechten Überzeugung und nur gerüstet mit seinen Qualitäten, zu ihnen vorzudringen, sie zu überzeugen und sie zu beeinflussen. Er fordert Vertrauen – das an allererster Stelle –, danach Geld und dann, daß sie ihren Einfluß geltend machen. Im Handumdrehen gibt es überall Gruppen, die ihm gehorchen, untereinander in Kontakt stehen und ihm zuhören. *Zuhören*, darauf kommt es an. Man begegnet ihm vielleicht im Café, an einer Straßenecke, überall – ein junger Mann mit flammendem Blick, der wie eine gespannte Feder seine Beute mit den Augen fixiert, sie in der Überzeugung gemeinsamer Zielsetzungen, einer Verschwörung bannt – auf immer –, in einer kleinen Sache gegen die ganze Welt vereint zu sein. Doch weitet sich diese *kleine Sache* beinahe augenblicklich höchst bemerkenswert aus. Es ist so leicht, für etwas Überschaubares einzutreten, etwa für die Schaffung einer lokalen Institution, für einen Versammlungsplatz, für eine bescheidene Eingabe; doch plötzlich stellt er – die anderen nicht weniger – überrascht fest, daß die Sache zu einer städtischen, einer planetaren und schließlich interplanetaren Bewegung wird. »Wir werden die Sterne für unsere Sache in Bewegung setzen!« rief Incent vom Podium einer Stadt, und als jemand aus dem Publikum rief: »Halt die Luft an, junger Mann, wir wollen vielleicht etwas bescheidener anfangen«, erntete er nur freundliches Gelächter. Natürlich! Wenn man aus so bescheidenen Umständen so schnell so hoch gestiegen ist – in diesem Fall, auf diesem Planeten, wo die Leute im allgemeinen völlig erschöpft, müde und ausgelaugt sind und sich nach etwas Besserem sehnen –, weshalb dann nicht die »Sterne in Bewegung setzen« und alles verändern?

»Ist dieser Augenblick nicht dynamisch?« rief Incent auf einem Podium nach dem anderen, und seine ganze Persönlichkeit verströmte dabei Dynamik, so daß die armen müden Menschen, die ihm zuhörten, sich ebenfalls dynamisch fühlten – aber nicht allzu lange, denn merkwürdigerweise fühlen sie sich noch müder, noch erschöpfter, wenn Incent bereits auf dem Weg zum nächsten Versammlungsort ist, den er beschlossen hat zu aktivieren.

»Die neuen Lebensformen werden dynamisch dramatisch«, ruft er, obwohl er sich eben noch mit einer Frage aus dem Zuschauerraum beschäftigt hat, ob der Versuch sinnvoll sei, Lohnerhöhungen mittels einer Petition an Volyen (über den Geizkragen Grice) zu erreichen.

Wie wir wissen, setzt ein solcher Mensch nicht »die Sterne in Bewegung«, aber er setzt viele Menschen in Bewegung, die selbst, auch wenn sie unter seinem Bann stehen, ein gewisses Unbehagen empfinden, die aber auch Unbehagen darüber empfinden, daß es so ist. Wie abgestumpft sie sind! Wie hat das Leben sie geschwächt! Wie weit sind ihnen die flammenden Tage ihrer Jugend gerückt, die sie in Gestalt dieses edlen, begeisterungsfähigen Jünglings wieder vor sich sehen, der, wenn er sich vorbeugt und sie mit seinen Augen durchbohrt, ihr ganzes Leben zusammenzufassen und ihnen in Gestalt einer Frage vorzulegen scheint.

»Was ist aus dir geworden?« fragen die dramatischen, feuchten, schamlosen Augen. Denn dieser junge Held wird natürlich unbewußt alle Mittel einsetzen, die ihm zur Verfügung stehen, um den Widerstand zu brechen, den er in verschiedenen Formen in den Gesichtern entdeckt. Dazu gehören Sex, mütterliche und väterliche Liebe (»Oh, wenn doch nur mein Sohn so wäre!«), die leuchtende Flamme des Versprechens und des Handelns (»Hätte ich doch nur einen solchen Mann geheiratet!«).

Aber sie fühlen sich nicht wohl dabei. Vielleicht geschieht es um einer guten Sache willen, aber *wie* werden sie manipuliert. Und wie ist es möglich, daß dieser Mann – dieser junge Bursche, der eigentlich kaum mehr als ein Kind ist – nicht nur mit dem eigenen (natürlich) unwürdigen Ich spielt, sondern auch mit dem geachteten und würdigeren Kollegen?

Dieser Manipulateur hat von Anfang an, und zwar instinktiv, begriffen (beinahe all dies geschieht instinktiv und nicht berechnet: Unser Held arbeitet auf der Wellenlänge des reinen Gespürs. Er hat sich nie überlegt: »Wie kann ich den armen Wicht unter meinen Einfluß bekommen?«), daß man natürlich einen »Namen« benutzen muß, um einen anderen zu beeindrucken. »Ich habe Hadder heute getroffen«, bemerkte er vertraulich und nebenbei, »er hat gesagt, er will mit Sev sprechen. Und als ich gestern bei Bolli vorbeikam, versicherte sie mir, sie wisse, wie man an... herankommt.« Eine große, beinahe unglaublich hohe Summe scheint sich zu materialisieren; der begeisterte Jüngling und das hypnotisierte Opfer denken schweigend darüber nach. »Ja-a-a-a«, murmelt das Opfer schließlich, »ich verstehe...« Und über beide Gesichter huscht der Anflug eines befangenen Lächelns, das die Absurdität eingesteht.

Er schafft es allein. Er besitzt das Flair, den Funken, den Impetus, die Energie; er kann Menschen oder Gruppen in Bewegung setzen. Er – *wer*? »Wer bin ich?« fragt er sich vielleicht in Augenblicken der Panik, wenn er sich umblickt und überall sieht, wie die Puppen tanzen. Aber wie ist das möglich...? Alle diese fähigen, intelligenten, erfahrenen Menschen beugen sich seinen Befehlen?

Er kommt sich vor, als hinge er zappelnd im leeren Raum. Die Augenblicke der Panik wiederholen sich; er weicht ihnen aus, meidet sie, entflieht ihnen... Er arbeitet intensiver, schneller, eilt von Ort zu Ort, schläft kaum und ißt nur als Teil des Vorgangs, Menschen zu überzeugen und zu manipulieren. »Nein, danke. Nur eine Scheibe Brot bitte. Ich esse nicht...« »Ein Glas Wasser vielleicht, ich trinke nicht...« Doch inzwischen geschieht etwas. Zweifellos. Zwar nicht genau im prophezeiten Rahmen von »die Sterne in Bewegung setzen«, aber ganz gewiß auch nicht so, wie er es sich in den ersten ängstlichen (feigen?) Momenten vorgestellt hat. Nein, als er zum erstenmal die göttlichen Schwingen von Gerechtigkeit und Überzeugung ausbreitete, dachte er: »Vielleicht kann ich erreichen, daß sie nur eine Spur von dem sehen, was...« Nein, davon hat er sich weit entfernt. Entstanden, wirklich und wahrhaft entstanden sind Organisationen – zahlende Mitglieder, Etats, Broschüren, Briefköpfe, Versammlungen. Sie wirken. Merkwürdigerweise erscheint *sein* Name nie. Weshalb nicht? Ganz einfach: Ein dürftiger Briefkopf, eine Liste von Sponsoren können der Bedeutung seiner Präsenz, seiner Ansprüche und seiner beherrschenden Wirkung nie gerecht werden. Vielleicht taucht sein Name jedoch irgendwo ganz klein gedruckt auf – als zweiter Sekretär oder so etwas Ähnliches. Außerdem haben seine Aktivitäten immer etwas Zweifelhaftes an sich. Seine Verachtung für die Leute, die er manipuliert, wächst ebenso wie das Staunen über sich, während er verspricht und überredet; und das verleitet ihn dazu, Aussagen über Geldsummen zu machen, die es nicht gibt; er behauptet, Soundso habe dies und jenes gesagt, was alles nicht der Wahrheit entspricht; hinter den wirklich vorhandenen, greif- und faßbaren Dingen – die Organisation, die Versammlungen, die Sponsoren, die Ziele – türmt sich ein gigantisches Lügengebäude.

Lügen, Lügen, Lügen! Schmeicheln, Speichellecken und Lügen!

An irgendeinem Punkt, manchmal erst Jahre später, fragen sich die Opfer plötzlich: »Ach ja, dieser... wie hieß er noch? Im Grunde war er verrückt... oder?«

Unser Held hatte inzwischen tatsächlich einen Anfall von Wahnsinn. Er mußte sich in ärztliche Behandlung begeben, oder er lebt auf einem anderen Planeten.

Es scheint, als habe er mit dem geschäftigen und fieberhaften Treiben nie etwas zu tun gehabt. Sein Name fällt nie oder kaum einmal. Das liegt nicht nur daran, daß die Leute, die nach seiner Pfeife getanzt haben, sich schämen und wünschen, sie könnten ihre Rolle dabei völlig streichen. Es hängt auch damit zusammen, daß irgend etwas nicht stimmt. Es war nicht leicht, diesen elektrisierenden Namen auf einen Briefkopf zu setzen oder unter einen Aufruf mit Fakten und Zahlen (Geschriebenes dieser Art muß im allgemeinen der Wahrheit näherkommen als das, was gesagt wird), denn diese mitreißende Erscheinung besaß eine andere Schwingung als all die anderen, eher durchschnittlichen Individuen; und so fällt es rückblickend schwer, ihm in der nüchternen und abgeklärten Erinnerung einen Platz einzuräumen. Dieses und jenes hat sich wirklich ereignet – vielleicht

gibt es selbst jetzt noch eine dahinsiechende Gesellschaft oder Partei, aus der alles Leben gewichen ist – aber man wird doch nicht behaupten wollen, dieser *Psychopath* habe sie gegründet?
So geschieht es, daß die Namen dieser Helden in der Geschichte fehlen. Man sucht vielleicht vergeblich in Berichten über Ereignisse, die man von Anfang bis Ende selbst erlebt hat – und über die man deshalb genau Bescheid weiß –, denn die Namen dieser Wunderwirker, ohne deren Zutun diese Ereignisse nie stattgefunden hätten, tauchen nirgends auf.
Incent wird wie die anderen dieser Art nicht in die Geschichtsbücher aufgenommen werden. Im Augenblick aber reden alle von ihm.
»Ja, er war letzte Woche hier. Wir haben ihm die ganze Nacht lang zugehört. Er meint es ehrlich!«
»O ja, das kann man sagen. Er meint es wirklich ehrlich.«
»So etwas Bewegendes habe ich noch nie erlebt«, berichtet jemand vielleicht nachdenklich, »ja...«
Als ich in den frühen Morgenstunden in mein Zimmer zurückkam, stellte ich fest, daß Incent bereits ausgegangen war. Die Vermieterin hatte ihm beinahe die ganze Nacht zugehört und wirkte erschöpft und matt.
»Er hat sehr viel Mitgefühl, dieser junge Mann«, sagte oder murmelte sie im Halbschlaf, »ja wirklich... er ist nicht wie diese Sirianer. Ihr kommt beide vom selben Planeten... stimmt das?«
Damit habe ich jetzt meine Last.
Incent kehrte mittags zurück; er war so von sich selbst berauscht, daß er mich nicht erkannte. Er hatte mit Krolgul und Calder gesprochen und einer Stadt in der Nähe einen Blitzbesuch abgestattet, die »für die Wahrheit bereit ist«. Er marschierte mit starren, glasigen Augen in das kleine Zimmer im obersten Stockwerk des Hauses, wo ich ihn erwartete, und salutierte mit geballter Faust.
»Für mich, gegen mich«, tönte er und marschierte durch das Zimmer, denn es gelang ihm nicht, den Schwung zu bremsen, der ihn seit Tagen beflügelte.

»Incent«, sagte ich, »setz dich.«
»Fü' mi', gen' mi'!«
»Incent, ich bin Klorathy.«
»'mi, 'en mi'.«
»Klorathy!«
»Ach, Klorathy, hallo, Servus, alle Macht den ... *Klorathy*, ich habe dich gar nicht erkannt! Wunderbar, ich muß dir erzählen...« Lächelnd sank er auf mein Bett und schlief ein.
Ich ging aus. Mit Calder und seinen Freunden hatte ich vereinbart, unsere »Konfrontation« solle in einem der Clubs oder Versammlungslokale der Bergarbeiter stattfinden. Doch unter Krolguls Einfluß hatte Incent, ohne das mit Calder zu besprechen, einen Saal im Gerichtsgebäude für diesen Anlaß gewählt und Calder einfach davon in Kenntnis gesetzt. Normalerweise finden in diesem Saal die Verfahren gegen die Einheimischen statt, die wegen kleiner Unbotmäßigkeiten angeklagt sind. Incent hatte überall in der Stadt auf Flugblättern und Plakaten »Eine Herausforderung der Tyrannei« angekündigt.
Ich ging zu Calder und traf ihn mit einer Gruppe seiner Leute in seinem Haus an. Er war außer sich vor Wut.
Ich erklärte, meiner Ansicht nach solle die »Konfrontation« abgesagt werden, und wir – er, ich, Incent und Krolgul – könnten uns statt dessen vielleicht mit zehn Vertretern der Bergarbeiter informell in seinem Haus oder in einem Lokal treffen.
Doch seit unserer ersten Begegnung hatte man ihn mit Rhetorik überschwemmt. Er war wütend, daß die »Kräfte, die am Werk sind«, ihn »überlistet« und anstelle eines ihrer Clubs einen Schauplatz gewählt hatten, der ein Symbol für Volyens Hegemonie war. Auf sich selbst war er wütend, weil er sich von Incent, dem er mißtraute, sobald er ihm den Rücken kehrte, hatte beeinflussen lassen, und er war zornig, denn Krolgul beteuerte in einer Nachricht, er habe nichts mit Incents Manövern zu tun. Deshalb sah Calder in mir jetzt einen Komplizen von Incent.
»Du und er, ihr kommt beide von demselben Planeten«, knurrte er mich an, als ich ihm gegenübersaß und mich etwa ein Dutzend kalter, wütender Augenpaare unverwandt musterten.

»Ja, das stimmt. Doch das bedeutet nicht, daß ich sein Vorgehen billige.«
»Du behauptest, daß ihr zwei von diesem fernen Planeten kommt, und daß du *nicht* mit ihm unter einer Decke steckst?«
»Calder«, sagte ich, »du mußt mir glauben, ich habe nichts mit diesen neuen Plänen zu tun. Ich halte sie für einen Fehler.«
Doch es nützte nichts: Er – sie alle – war stundenlang Incents glühender Aufrichtigkeit ausgesetzt gewesen.
»Wir treffen euch dort in Volyens Gericht. Jawohl, wir treffen euch dort, und dann soll die Wahrheit siegen«, schrie Calder und schlug mit der großen Faust auf die Tischplatte – offensichtlich ein Ritual, um die Diskussion zu beenden.
Und so wird es also geschehen.
Krolgul läßt sich klugerweise nicht blicken. Incent schläft immer noch; er wirft sich jedoch ab und zu unruhig hin und her, richtet sich lächelnd auf und stößt abgehackte Phrasen hervor; dann sinkt er lächelnd in die Kissen zurück und träumt von der »Konfrontation«, die – wie ich fürchte – kaum gut ausgehen wird.

Und das geschah:
Kurz bevor Incent aus dem langen Schlaf erwachte, trat eine Änderung ein: Er lag schlaff und reglos auf dem Bett. Er erwachte langsam und war noch einige Zeit völlig benommen. Ganz offensichtlich konnte er sich nicht an das Geschehene erinnern. Wo war jetzt der »dynamische«, feurige, leidenschaftliche Verschwörer? Schließlich erhob er sich mühsam vom Bett und murmelte: »Krolgul... ich muß zu Krolgul.«
»Weshalb?«
Er sah mich verblüfft an. *»Weshalb?«*
»Ja, weshalb? Es ist nicht notwendig, daß du überhaupt etwas mit Krolgul zu tun hast.«
Er ließ sich wieder auf das Bett sinken und starrte vor sich hin.
»In wenigen Minuten müssen wir uns auf den Weg in den

Justizpalast machen, um dort in Raum Nummer drei mit Calder und seinen Genossen zu sprechen«, sagte ich.
Er schüttelte den Kopf, als wolle er sich von Gedanken befreien, die ihm durch den Kopf schwirrten.
»Arrangiert hast du es«, sagte ich.
»Klorathy«, fragte er, wieder ganz er selbst – zögernd, ehrlich und standhaft, »ich glaube, ich war wohl ein bißchen verrückt?«
»Ja, das stimmt. Aber versuche bitte zu bleiben, was du jetzt bist. Wir müssen zu diesem sogenannten Tribunal oder dieser Konfrontation gehen.«
»Was wirst du mit mir tun?« fragte er.
»Nun ja, wenn du dich halten kannst, wie du jetzt bist – nichts. Wenn nicht, mußt du dich der Totalen Immersion unterziehen... fürchte ich.«
»Aber das ist entsetzlich, nicht wahr?«
»Wir wollen hoffen, daß es nicht soweit kommt.«
Das Verhandlungszimmer oder der Gerichtssaal der volyenischen Staatsmacht veranschaulicht die Prinzipien der Gerechtigkeit: Recht und Unrecht; gut und schlecht; Strafender und Bestrafte. Auf der einen Seite des runden Raums, dessen Wände mit glänzend braunen Steinen verkleidet sind, so daß die Bewegungen der Anwesenden sich im stumpfen Glanz der düsteren Oberfläche spiegeln, steht das Instrument der Macht: ein imposanter Sessel oder Thron. Ihm zugeordnet sind etwas schlichtere, aber ähnliche Sessel, Pulte für Ankläger und Zeugen. Sie stehen (zwangsläufig) den bedauernswerten Vertretern der Einheimischen auf der anderen Seite des Saals feindselig gegenüber. Dort befindet sich ein Dutzend harter Bänke.
Dieser volyenische Gerichtssaal ist so angelegt, daß sich *zwei* Ansichten gegenüberstehen. Wenn man das Wort *Ansicht* überhaupt für etwas verwenden kann, das stets mit Gefängnis, Folter oder Hinrichtung der Leute auf der einen Seite des Raums endet, während die auf der anderen Seite nach Hause zurückkehren, um sich dort zu erholen und auf einen neuen Tag vorzubereiten, an dem sie bestimmen, was »Gerechtigkeit« ist.
Aber wir vertraten *drei* Ansichten; ohne uns absprechen zu

müssen, gingen wir instinktiv dorthin, wo die niedrigen Bänke standen. Wir ignorierten den Pomp des Gerichts und stellten die Bänke in einem Dreieck auf. Calder und seine Männer nahmen auf einer Seite Platz, Krolgul setzte sich allein auf die andere – allerdings nach einigem Zögern, das einnehmend bescheiden wirkte. Wie üblich trug er eine Art Uniform, in der seine Haltung zum Ausdruck kam: ein schlichtes graues Obergewand, eine weite Militärhose und um den Hals einen graugrünen Schal, wie ihn hier alle benutzen, um die Augen vor der blendenden Helligkeit der immer noch vorhandenen Gletscher und Schneefelder zu schützen. Er bot das Bild des verantwortungsbewußten Kämpfers.

Aber in Wirklichkeit war er völlig verwirrt. Das lag an Incent, seinem Geschöpf. Incent trottete teilnahmslos und erschöpft neben mir her. Man konnte glauben, er stehe unter Drogen oder Hypnose. Und genau das dachten außer Krolgul auch die Volyenadnaner. Calder begriff im ersten Moment nicht, daß dieser blasse, schwerfällige junge Mann, der neben mir auf der Bank zusammensank, der brillante und überzeugende Incent war. Mir kam das auch sehr ungelegen, denn ich hoffte, daß Incent einen Standpunkt vertrat – aber natürlich nicht Krolguls Standpunkt.

Krolgul hatte sich ebenfalls ausgerechnet, Incent würde für *ihn* sprechen.

Da saßen wir nun ruhig auf unseren Bänken. Niemand sprach.

Die Situation war nicht ungefährlich, denn natürlich benutzten wir den Gerichtssaal unerlaubterweise für unseren Zweck. Aus einem plötzlichen Impuls heraus hatte Incent auf einer Rednertribüne im armen Teil der Stadt geschrien: »Wir werden unsere Sache dort vorbringen, wo Volyens Herz schlägt!«

Deshalb konnte man damit rechnen, daß »Volyen« jeden Augenblick in Gestalt der Polizei, wenn nicht sogar der Armee auftauchen würde.

Schließlich erhob sich Calder, obwohl es keinen Grund dazu gab. Niemand mußte stehen. Er tat es, weil die Volyener ihm beigebracht hatten, daß man in Anwesenheit von Höhergestellten stehen muß. Calder, ein kantiger Brocken von einem Mann, so hart und undurchlässig wie die Schichten von Schiefer, Stein und Ton, die er bearbeitete, musterte Incent und bemerkte: »Wie es scheint, hat unser junger Held heute nicht viel zu sagen.«

Ich erwiderte, aber ohne aufzustehen, wie er und alle Volyenadnaner wüßten, habe Incent viel zu sagen gehabt. Er habe tage-, wenn nicht sogar wochenlang geredet und sei erst vor ein paar Stunden völlig erschöpft zusammengebrochen. Ich sagte das leise, humorvoll, um auf Calders ruhigen, beinahe ironischen Ton einzugehen.

»Und nun?« erkundigte sich Calder. Ich stellte erfreut fest, daß er sich wieder setzte.

»Darf ich vorschlagen«, sagte ich, »daß du die Situation erläuterst. Schließlich müssen deine Leute und du die Folgen jeder Aktion tragen.«

»Richtig, richtig!« stimmten die Männer hinter Calder im Chor zu. Ich erkannte, daß sie darüber miteinander bereits gesprochen hatten. »Er hat gut reden, aber wir dürfen später dafür ins Gefängnis wandern.«

Ich war natürlich ein Risiko eingegangen, denn ich wollte unter allen Umständen vermeiden, daß Krolgul aufstand und das Wort an sich reißen würde. Ich hoffte, das Gespräch ruhig und sachlich zu führen. Krolgul saß müßig auf der Bank, beobachtete alles, ohne sich das jedoch anmerken zu lassen, und versuchte, Incents Blick auf sich zu ziehen, damit er den Jungen wieder unter seinen Einfluß bekam.

Ich spürte Incent neben mir als ein Vakuum, als eine Leere. Er war nicht Krolguls Geschöpf, aber er war auch nicht er selbst. Er fungierte nicht als Kanal für die Kräfte und Mächte des Planeten, die Krolgul anzapfte; er ließ sich nicht den Geist von Canopus aussaugen. Er war ein Nichts. Ich hoffte, ihn in diesem Zustand halten zu können, bis die heilenden Kräfte von Canopus zu wirken begannen.

Krolgul wahrte Schweigen. Er setzte darauf, Incent seinen Willen wieder aufzuzwingen.

Calder beriet sich kurz mit seinen Gefährten, dann erklärte er knapp und kurz, aber mit einem zornigen Unterton: »Wir sind hier, weil ihr uns eingeladen habt – Volyen oder Sirius oder Canopus. Für uns ist das alles eins. Unsere Situation ist unerträglich geworden, und wir sind bereit, jeden Vorschlag anzuhören.«

»Es handelt sich weder um Volyen noch um Sirius, noch um Canopus... sondern um Shammat«, erwiderte ich, »Krolgul von Shammat.«

Damit riskierte ich sehr viel. Canopus klang in ihnen wie ein Echo uralter Geschichten und Legenden, und Shammat bedeutete ihnen nichts. Es war nicht mehr als Flüche und Verwünschungen, deren Quelle sie längst vergessen hatten.

»Shammat ist es?« fragte Calder und wurde zornig. Seine Sicherungen brannten durch. Er begriff nichts mehr. »Na ja, wer immer es auch ist, wir sind hier, um zuzuhören. Wer von euch fängt an?«

Ich fragte leise: »Weshalb nicht *du*, Calder?«

Calder sprang auf und erklärte aufgebracht: »Unsere Situation sieht so aus: Wir arbeiten alle Tag und Nacht, unser ganzes Leben lang. Unser Leben ist kurz, schwer und mühsam. Die Ergebnisse unserer Arbeit fließen alle nach Volyen. Und mehr ist dazu nicht zu sagen.«

»Und«, half ich nach, »nach Ansicht Krolguls von Shammat solltet ihr das abstellen, indem ihr rebelliert... obwohl nicht deutlich wird, wie diese Rebellion aussehen soll... und Grice, den Generalgouverneur, ermordet. So ist es doch, nicht wahr? Und dann sind eure Leiden alle zu Ende.«

Als die Männer um Calder den Sachverhalt in diesen nüchternen Worten hörten, entstand Unruhe und Gemurmel. Calder erhob sich und erklärte für unsichtbare Berichterstatter und Spione: »So etwas habe ich nie gesagt und keiner von uns.«

»Nein«, erwiderte ich, »doch das war das Thema gewisser Reden in letzter Zeit. Ich habe davon gesprochen, daß es vielleicht Alternativen gibt. Und ich bin bereit, sie darzulegen.«

Jetzt griff Krolgul ein. Er tat jedoch nicht mehr, als leise vor sich hin zu murmeln: »Grice, der Geier... Grice, der Gierschlund.« Er blieb sitzen, hatte die Hände um die Knie ge-

schlungen und lächelte, als lausche er einer unhörbaren Musik.
Das weckte Incent, er kam zu sich. »Das ist es!« schrie er oder schrie er beinahe, und das Lächeln, das seine Selbsthypnose begleitet, trat wieder auf sein Gesicht, »Grice... Grice, der Graus... der Geier...« Er verstummte wieder und sank in sich zusammen.
»Wie es scheint, ist der junge Herr aufgewacht«, bemerkte Calder.
Inzwischen hatte ich hoch oben auf der braunen Wand vor mir einen blassen Fleck entdeckt, der vorher nicht dagewesen war. Ein kurzer Blick nach hinten zeigte mir über dem Thron des Richters eine kleine Öffnung, in der ich das Gesicht von Grice sah – ebenso fahl, krank und leidend wie am Vortag, als er der Rede auf dem Platz zuhörte.
Bislang hatte ihn niemand bemerkt.
Ich erklärte laut und entschieden: »Ich werde kurz zusammenfassen, was ihr meiner Ansicht nach tun könntet...«
Krolgul sprang auf, hob die Faust wie das lebende Standbild der Arbeiterschaft und schrie: »Tod dem Tyrannen! Tötet Grice! Tötet...« Incent erwachte wieder zum Leben und stand lächelnd neben mir. »Tod«, stammelte er, und dann gewann seine Stimme an Kraft: »Tod dem volyenischen Schinder, Tod...«
Ist es möglich, Johor, daß wir manchmal dazu *neigen*... ich drücke es bewußt so vorsichtig aus... die Macht der Vernunft zu überschätzen? Ich betone mit Nachdruck, Calder ist ein zuverlässiger, vernünftiger Mann, der nichts anderes tut, als *maßvoll* die Dinge einzuschätzen und zu beurteilen.
Während Incent leicht schwankend, noch immer leichenblaß, aber sichtbar wiederauflebend, dort stand, lächelte Calder verlegen und beinahe mitleidig.
Ich fragte leise und ruhig: »Calder, habe ich das Wort?«
»Wenn sie dich reden lassen«, erwiderte Calder mit einem halb geringschätzigen und halb bewundernden Lachen und wies mit dem Kopf auf Incent und Krolgul, die in heroischen Posen tönten: »Tod...«

»Nur du kannst sie zum Schweigen bringen«, bemerkte ich.
Calder sagte: »Laßt ihn sprechen...«
Krolgul brach sofort mit einem sarkastischen und verächtlichen Schulterzucken ab, nahm seine übliche Haltung ein, mit der es ihm gelang, bescheiden und nicht anmaßend Bedeutung zu suggerieren, gleichzeitig aber eine unbeschreibliche Überlegenheit.
Incent psalmodierte weiter, bis Calder sich halb erhob und zu ihm sagte: »Setz dich, mein Junge. Laß die Opposition zu Wort kommen.« Incent setzte sich, außer Atem, und sah erst mich entsetzt und entschuldigend an und warf dann Krolgul entschuldigende und verschwörerische Blicke zu.
Ich sagte: »Ihr müßt eure Wirtschaft diversifizieren.«
Ich wußte, das würde sie in höchste Erregung versetzen, denn es klang so einfach und kam völlig unerwartet.
Volyenadna war ein Minenplanet. Das war er, und das war er gewesen, solange die von Volyen aufgezeichnete Geschichte zurückreichte.
Schweigen. Krolgul gestattete sich als erster einen langen, stummen Lachanfall und brach dann in schallendes Gelächter aus. Dann lachten die Volyenadnaner. Incent starrte ausdruckslos, benommen und mit offenem Mund vor sich hin. Um ihn machte ich mir besondere Sorgen, denn wenn ich ihn nicht retten, ihn nicht wieder zur Vernunft bringen konnte, dann...
»Laßt ihn sprechen«, rief Calder, aber sein Gesicht verriet nichts als Hohn.
Ich erklärte: »Ihr seid ein Sklavenplanet, wie Krolgul sagt. Ein reicher Planet, dessen Reichtum abgezogen wird von...«
»Von dem gefräßigen Geier«, bemerkte Krolgul leise und scheinbar nachdenklich.
»Nein«, widersprach ich, »seit Generationen werden euch die Früchte eurer Arbeit weggenommen. Aber so war es nicht immer. Habt ihr vergessen, ehe ihr Volyens Untertanen wurdet, standet ihr unter der Herrschaft des Planeten Maken und davor unter der des Planeten Slovin. Und beide haben euch die Erze genommen, die ihr abbaut. Doch davor seid ihr die Eroberer

gewesen! Es gab eine Zeit, in der ihr Volyendesta und Volyen unterworfen hattet...«

»Womit?« fragte Krolgul, »mit Eis und Schnee?«

»Als das Eis zurückwich, habt ihr euch in der Tundra angesiedelt und vermehrt. Ihr hattet nicht mehr genug zu essen, und euch fehlten auch die Mittel, um euch warmzuhalten. Ihr habt Raumschiffe von Slovin gestohlen, die hier auf einem Raubzug landeten. Damit seid ihr nach Maken und Volyen vorgedrungen. Ihr habt Raumschiffe gebaut und vier Planeten beherrscht und sie genauso ausgeraubt, wie es jetzt mit euch geschieht...«

Calder hörte sich dies an und fragte leicht höhnisch: »Behauptest du, daß wir so imperialistische Blutsauger waren, wie Volyen es ist?«

»Ich behaupte, ihr seid nicht immer Sklaven gewesen und habt anderen zu Reichtum verholfen.«

»Und du willst andeuten...«

»Ihr seid eine reiche Pfründe für Volyen, und daran wird sich auch nichts ändern, wenn Volyen abtritt, denn Reiche entstehen und zerfallen, zerfallen und entstehen. Volyen wird von diesem Planeten ebenso verschwinden, wie Maken und Slovin schwächer wurden und verschwanden, und wie es euch erging: Eure Stärke schwand, und die von euch unterworfenen Planeten gewannen die Oberhand. Doch wer immer Volyen ablöst« – natürlich konnte ich auf Sirius nicht einmal hinweisen, dieses Wort konnte man nur Ormarin zuflüstern, denn er besaß als einziger die Kraft, es zu hören. Auch Krolgul ahnte nicht, wie bald Volyens Macht zusammenbrechen und das Reich erobert werden würde –, »wer auch immer nach Volyen kommt, wird euch genauso behandeln, wenn ihr nicht dafür sorgt, daß es *nicht* geschieht. Ihr könntet etwas tun, um stärker zu werden. Ihr könntet Bauern und Bergarbeiter sein und...«

Krolgul lachte; er schüttelte sich vor Lachen. »Bauern«, prustete er, und Calders Männer lachten. »Bauern... auf dieser Eiswüste.« Seine Verachtung für den Planeten kam so unverhüllt zum Vorschein, daß es Calder mißfiel.

»Was sollen wir anbauen?« fragte er mich.

»Wenn du und deine Leute mir zuhören, werde ich es euch erklären. Ihr seid nicht der einzige Planet mit solchen klimatischen Bedingungen.«

»Und du glaubst, Volyen wird das zulassen? Volyen möchte, daß wir bleiben, wie wir sind. Sie interessieren sich nur für unsere Bodenschätze, sonst für nichts.«

Ich erwiderte: »Doch ihr habt einen Generalgouverneur, der meiner Ansicht nach auf euch hören würde.«

Krolgul schrie erregt: »Grice der Geier, Generalgouverneur Gierschlund...«

Plötzlich erwachte Incent wieder zum Leben, sprang hellwach auf. Er war wieder ganz Krolguls Geschöpf.

»Nieder mit Grice«, schrie er, »befreit euch von Grice und...«

Ich ließ Calder nicht aus den Augen und sagte über den Lärm hinweg: »Vergiß nicht, Calder, ich kann euch helfen. Vergiß meine Worte nicht.«

Calder wich meinem Blick aus, und das ist immer ein Zeichen, daß man für die Leute nicht mehr vorhanden ist. Tatsächlich hatte ich ein paar Minuten lang das Gefühl, für die Leute unsichtbar geworden zu sein, denn all die harten feindseligen grauen Augen der Arbeiter und natürlich auch Incents schwarze leidenschaftliche Augen wichen mir aus; sie sahen sich alle gegenseitig an. Krolgul hielt den Kopf gesenkt, als betrachte er nachdenklich den Fußboden, während er in Wirklichkeit unter schweren Lidern seinen hypnotischen Druck auf Incent aufrechterhielt, der jetzt wieder völlig unter seinem Einfluß stand.

»Eindeutig«, begann Incent beschwörend, beinahe singend – er sprach leise, doch seine Stimme gewann zunehmend an Kraft –, »eindeutig befinden wir uns am Wendepunkt einer dynamischen Entwicklung! Welche Perspektiven eröffnen sich uns, während wir mit einem Fuß in der schmachvollen Vergangenheit stehen und mit dem anderen in einer Zukunft, in der das Leben immer erregender, immer strahlender wird, in der wir nicht länger zu ängstlich sind, Möglichkeiten mit beiden Händen zu ergreifen. Und wir werden dort das Glück bauen, wo jetzt nichts als trostloses Leid herrscht...«

In Calders Gruppe wurde Murren laut, und Calder rief: »Heraus mit der Sprache, Junge! Wir wollen konkrete Vorschläge hören!«
Aus dem Konzept gebracht, vermochte Incent nur vage zu lächeln, während seine Rhetorik in ihm Purzelbäume schlug, so daß ihm Mund und Hände zuckten.
Krolgul sagte leise: »Ein konkreter Vorschlag! Ihr fordert Handeln, eine Tat! Ich will euch sagen, was für eine Tat auf euch wartet, um...«
»... das Gebot der Unvermeidlichkeit der Geschichte zu erfüllen...«, ergänzte Incent beinahe zögernd; sein Schwung war gebremst, und er konnte ihn nicht wiedergewinnen.
»Jawohl«, sagte Krolgul etwas lauter, »eine Tat, die für euch zu den Tyrannen sprechen, die...«
»... sich an eurem Elend mästen!« schrie Incent.
Krolgul: »Grice der Geier. Volyens Vasall, Volyens Symbol. Er verkörpert Volyen hier unter euch. Ergreift ihn und...«
»Ergreift Grice!« schrie Incent und sprang erregt auf und ab. »Schleppt ihn vor die... vor die...«
»Schranken der Geschichte«, soufflierte Krolgul. Mit einer beinahe unmerklichen Handbewegung brachte er Incent zum Schweigen; Incent blieb mit offenem Mund und halbgeschlossenen Augen reglos stehen wie ein Schlafwandler oder jemand, der sich in Trance befindet.
Plötzlich ertönte aus den Reihen der Arbeiter der Ruf: »Jawohl! Schleppt ihn vor Gericht! Machen wir ihm den Prozeß...«
»Nieder mit ihm!« schrie Incent. »Wir zerren ihn aus seinem Palast. Hier vor uns allen soll er stehen.«
»Vor dem *Volk*«, half Krolgul nach – Incent war verloren! Er hatte die Arme hoch über den Kopf gehoben, er leuchtete und strahlte vor Leben, das Krolgul ihm einflößte. Jetzt gab es kein Hindernis mehr, Incent gehörte ihm, und alle in diesem Gerichtssaal hingen mit einer Art Sehnsucht, einem gierigen Hunger an ihm. Ich muß dir berichten, Johor, auch ich konnte mich der Wirkung nicht völlig entziehen. O wie klein, erbärmlich und unbedeutend erschienen mir plötzlich all unsere Bemü-

hungen, ganz besonders unsere Sprache, die so kühl, maßvoll und *gewählt* ist. In diesem Moment sah ich mich so, wie diese Bergarbeiter mich sahen: Ein Mensch, der nichts mit ihrem Leben, ihren Anstrengungen zu tun hatte, ein Fremder, der ruhig, gleichgültig und teilnahmslos auf seiner Bank saß.

Gerade wegen meiner Distanz, und weil alles, was ich sagte, falsch, sogar brutal wirkte, wußte ich, sie würden mir zuhören. Ohne die Stimme zu heben, ohne gespielte Selbstaufgabe oder Opferbereitschaft erklärte ich: »Was wird es Volyen ausmachen, wenn ihr Grice aus der Residenz schleppt und vielleicht sogar umbringt? Ihr habt sofort einen neuen Gouverneur, und vermutlich wird er sehr viel schlimmer sein als Grice.«

Den Männern entrang sich ein gequältes Stöhnen und Seufzen. Sie blickten auf den exaltierten Incent wie auf die Verkörperung ihrer entschwundenen Hoffnungen. Doch Calders Blick streifte mich einmal kurz; in seinen Augen lag Abneigung, und ich war schwach genug, um sie als schmerzlich zu empfinden.

»Und?« fragte ich, »wie stellt ihr euch das vor, ihn aus seinem Palast zu schleppen?«

Krolgul erwiderte: »Wir gehen auf die Straße, an die Versammlungsplätze, und sagen zu den Leuten: ›Kommt mit uns!‹ ... Mehr ist nicht notwendig.«

»Ich glaube, ganz so einfach ist das nicht«, erklärte ich trocken. Ich drehte den Kopf gerade weit genug, um zu sehen, daß jeder Grice entdecken würde, der zu dem kleinen Fenster hinaufblickte. Grice beugte sich vor und blickte düster und leidenschaftlich auf uns herab. Ganz besonders fixierte er Incent, den edlen Jüngling, der leise vor sich hin sang: »Freiheit oder Tod, Tod oder Freiheit.«

Ich lachte. O ja, mein Lachen war ebenso berechnet wie alles, was Krolgul tat.

Über das Gemurmel und die entrüsteten Zwischenrufe hinweg sagte ich zu Calder, der als einziger der Bergarbeiter genug Selbstkontrolle bewahrte, um noch eine Verbindung mit mir aufrechtzuerhalten: »Soll ich dir sagen, wann ich diesen Ruf ›Freiheit oder Tod‹ zum letztenmal gehört habe? Soll ich es dir sagen, Calder?«

Die steingrauen Augen weigerten sich immer noch, meinen Blick tatsächlich zu erwidern. Sie glitten über mich hinweg, und ich fragte: »Calder, habe ich das Recht zu sprechen?«

Voll Abneigung sah er mich schließlich an und nickte.

»Na dann los«, sagte er.

Während Incent immer noch sang: »Freiheit oder Tod!«, begann ich zu erzählen: »Das alles spielte sich auf einem anderen Planeten ab. Die Bewohner eines bestimmten Landes verarmten, und die wirtschaftliche Lage wurde völlig chaotisch. Das Volk wollte sich von einer Reihe Parasiten befreien, die auf seine Kosten lebten. Darunter befand sich auch eine Institution, die man *Kirche* nannte, und die euch hier zumindest erspart geblieben ist. Während die Leute berieten, debattierten und sich verschworen... alles unter großen Risiken... schwangen sich ein paar Berufsrevolutionäre zu ihren Führern auf, und zwar mit Parolen wie: ›Freiheit oder Tod!‹ ›Wir können nur durch Blut neu geboren werden...‹«

»Erneuerung durch Blut...«, sang Incent, und die Worte schienen ihm Kraft zu geben. Er schien durch die Macht der Worte, die er benutzte oder die ihn benutzten, zu schweben.

»Der König und die Königin, im Grunde wohlmeinende und verantwortungsbewußte Menschen, dienten als Sündenböcke; auf sie lenkten die Revolutionäre den Haß und den Zorn der Menge. Lügen und Verleumdungen ließen das Bild monströser, genußsüchtiger Herrscher entstehen. Ein Bild, das sich bis in die letzten Jahrhunderte hielt. Die Revolutionäre ermordeten den König, die Königin und alle, die sie umgaben, als Repräsentanten der Tyrannei. Und als die Menge sich mehr und mehr und immer mehr an Worten berauschte, wurden die Morde willkürlicher, und bald brachten die Revolutionäre sich gegenseitig um. Eine Orgie des Tötens fand statt, während verbrecherische und skrupellose Elemente, die in solchen Zeiten immer gedeihen, an die Macht kamen und taten, wonach ihnen der Sinn stand. In der Raserei des Tötens und der Rache, in den Orgien der Worte, Worte, Worte, an denen sich jedermann beteiligte, geriet das Ziel der Revolution, die die wirtschaftlichen Bedingungen hatte ändern und das Land stark und gesund machen sollen, in Vergessenheit. Denn in allen von uns liegt, gerade noch kontrollierbar, *das Tier*: Das Tier, das auf diesem Planeten noch vor kurzer Zeit rohes Fleisch aß, Blut trank und morden mußte, um zu leben. Die Kräfte des bedauernswerten Landes flossen in das Töten um des Tötens willen, in den Genuß an Worten ...«

»Töten, töten, töten«, intonierte Incent.

»Und bald herrschte überall Chaos! Und dieses Chaos machte sich ein Tyrann zunutze; er bediente sich mitreißender Worte, einte die zerstrittenen Menschen durch Worte, übernahm die Kontrolle und gab der Klasse, die sich an den Armen mästete, die Macht zurück, vergrößerte sie sogar noch. Dann ging er daran, alle Nachbarstaaten zu unterwerfen. Dieser Tyrann wurde durch die Macht der Worte – der *Lügen* – groß. Aber auch er fiel ihnen zum Opfer, nachdem er gemordet, geplündert und zerstört hatte. Das Land, in dem die Worte ›Freiheit oder Tod‹ einmal so edel und erhaben geklungen hatten, befand sich wieder in den Händen der durch Erbfolge gesicherten herrschenden Kaste, die den Reichtum kontrollierte. All das Leid, das Töten, das Heldentum, all diese Worte, Worte, Worte waren umsonst gewesen.«

Calder und die Bergarbeiter hörten mir inzwischen aufmerksam zu. Von dem unglückseligen Incent, der immer noch monoton seine Parolen intonierte, nahmen sie keine Notiz mehr. Auch Krolgul würdigten sie keines Blickes, der mir insgeheim den Sieg zugestand und bereits an Plänen für die Zukunft arbeitete. Er, ein bescheidener Mensch, beobachtete, das Kinn in die Hand gestützt, die Szene mit einem ironischen Lächeln: Es war das beste, was er tun konnte.

»Calder«, erklärte ich, »es gibt Leute, die von *Worten* leben. Worte sind ihre Nahrung, ihr Brennstoff. Worte sind ihre Existenz. Sie unterwerfen sich Gruppen, Armeen, Nationen, Länder, *Planeten* durch Worte. Und wenn all das Geschrei, das Singen, die Reden und der Rausch der Worte vorüber ist, hat sich *nichts* geändert. Ihr ›erhebt‹ euch, wenn ihr wollt! Zerrt Grice oder eine andere Marionette vor die Schranken der Geschichte, der Geographie oder der ›revolutionären Unausweichlichkeit‹, berauscht euch und euer Volk an Geschrei... und am Ende wird sich nichts geändert haben. Grice ist etwa so schuldig wie ein...«

Ich bemerkte, daß plötzlich alle nicht mich ansahen, sondern an mir vorbeiblickten. Der blasse Fleck hoch oben an der glänzenden Wand war verschwunden. Incents Gesicht, eben noch glühend vor Erregung und im Bann von *Blut... Tod... Freiheit...*, verzerrte sich zu einer Grimasse echten Hasses: Mitten unter uns, neben Incent, stand Grice! Er war ebenso erregt, ebenso blaß, so edel wie Incent; und in derselben Pose bereitwilligen Leidens hob er die Arme, reckte das Kinn und sagte mit leuchtenden Augen: »Ich bin Grice. Ich bin Grice der Schuldige.«

»Unsinn«, erwiderte ich, »nichts dergleichen. Du hast deine Aufgabe erfüllt, und nicht einmal so schlecht. Mach dir nur keine aufgeblasenen Vorstellungen von dir selbst.«

Inzwischen herrschte beklommenes Schweigen. Selbst Incent hatte seinen Singsang abgebrochen. Die Anwesenheit des leibhaften Grice wirkte wie ein Schock. Niemand hatte ihn bisher anders gesehen als halb verborgen in den unterschiedlichen volyenischen Uniformen, die alle dazu gedacht sind, das Individuum auszulöschen. Natürlich wußten sie, daß Grice kein fettes Ungeheuer war, das sich vom Blut und Fleisch seiner Opfer nährte. Aber trotzdem, die Gestalt vor ihren Augen ließ sich nur schwer mit ihrer Vorstellung in Einklang bringen. Grice ist klapperdürr, blaß, wirkt ungesund, und sein Gesicht trägt die tiefen Spuren zielloser Selbstbefragung. Ihn schwächt ein ungelöster Konflikt.

Würdevoll erklärte Grice: »Subjektiv kann ich sagen, ich bin nicht schuldig. Ich habe mich nicht gemästet. In letzter Zeit habe ich sogar nach einer strengen Diät gelebt. Ich mache mir nicht viel aus Kleidern, Luxus interessiert mich nicht, und Macht ödet mich an. Aber objektiv gesehen, in einer historischen Perspektive, bin ich schuldig. Deshalb: Macht mit mir, was ihr wollt!«

Er breitete die Arme aus, stand vor uns und wartete auf eine Apotheose des Schicksals.

»Moment mal«, sagte Calder angewidert, »wo ist deine Leibwache?«
»Sie wissen nicht, daß ich hier bin. Ich habe mich heimlich davongeschlichen«, erklärte Grice stolz. »Ich habe verkleidet eure Versammlungen besucht, wenn auch nicht so oft, wie mir lieb gewesen wäre... Ich habe soviel von dir zu lernen. Ich bin einer deiner größten Anhänger, Calder. Ich bewundere, was du tust. Ich stehe auf deiner Seite.«
Incent war in sich zusammengesunken. Er saß auf der Bank, starrte den Bösewicht an, und ich sah, daß er sich im Zustand eines klinischen Schocks befand. Ich mußte etwas tun. Ich erhob mich und zog Incent auf die Beine.
»Grice überlasse ich dir«, sagte ich zu Calder, der sich mit seinen Männern beriet. Ich ging, zog Incent hinter mir her und hörte gerade noch, wie Calder angewidert und gereizt zu Grice sagte: »Also, Gouverneur, du verschwindest wieder in deinem Palast, und zwar schnell! Wir möchten nicht, daß man uns vorwirft, wir hätten dich entführt oder etwas Ähnliches.«
Ich brachte Incent in unsere Unterkunft zurück. Er befand sich tatsächlich in einem jämmerlichen Zustand. Er fieberte vor Rhetorik, denn er hatte sich nicht von all den Worten befreien können, die in ihm wühlten.
Ich setzte ihn auf einen Stuhl und erklärte: »Tut mir leid, Incent, aber ich muß es tun.«
»Ich weiß, ich habe es verdient«, erklärte er mit Genugtuung.
Es mußte also Totale Immersion sein. »Ich werde dich die Schrecken der Ereignisse, die ich Calder im Gericht geschildert habe, tatsächlich durchleben lassen«, sagte ich.
Ich machte ihn zu einem Metallarbeiter in Paris. Natürlich lebte er nicht in tiefster Armut, denn der Revolutionär eines bestimmten Typs darf nicht unter schlimmstem Hunger und Kälte leiden oder die Verantwortung für eine Familie tragen müssen. Die fanatischsten Revolutionäre gehören immer der Mittelklasse an; sie können ihre ganze Zeit auf die Revolution verwenden. Incent traf sich mit seinesgleichen an den zahllosen Treffpunkten der Armen, in Gießereien, Cafés, allen

möglichen Buden, hielt Reden und hörte sich Reden an; er stürmte mit dem Mob durch die Straßen und schrie *Worte*: »Tod... Blut... Freiheit... Gerechtigkeit... Nieder mit... Auf die Guillotine mit...« Gierig verschlang er alle *Nachrichten* über den König, die Königin, über den Hof und die Priester. Er glich einem Kanal für Worte, Worte, Worte; er lebte ständig im Fieber der Rhetorik, stand unter dem Bann all der Scharlatane, der Hypnotiseure der Öffentlichkeit. Als Worte schließlich die Macht völlig übernahmen und der Wahnsinn der Worte ganz Paris erfaßt hatte, rannte er neben dem Schinderkarren zu den Plätzen des rituellen Mordes, beschimpfte und schmähte König, Königin, Aristokraten; sein Haß richtete sich auch gegen ehemalige Verbündete wie Madame (›Nur durch Blut können wir uns erneuern‹) Roland, und bald brüllte er mit der Menge Beifall, wenn die Köpfe ehemaliger Idole rollten. Als ganz Paris über die Grausamkeiten jubelte, schrie er am lautesten und leidenschaftlichsten. Als die Pariser nach dem Aufruf der Kommune neun Gefängnisse stürmten und im Blutrausch innerhalb von fünf Tagen vierzehnhundert Menschen töteten, überbrachte er Dantons Reaktion auf diese Nachricht: »Zum Teufel mit den Gefangenen, sollen sie doch sehen, wo sie bleiben.« Und Incent tötete und tötete, stets mit den Worten auf den Lippen: »Tod dem... Tod, Tod, Tod...« Als das Morden sich legte und die Menschen anekelte, sang er sentimentale Lieder über das Schicksal der Ermordeten und rannte wie eine Ratte oder ein Käfer durch die Stadt, denn er mußte rennen und schreien. Er konnte nicht aufhören. Als der neue Tyrann an die Macht kam, rannte, schrie und jubelte er: »Hoch... Ruhm dem...« Er erkämpfte sich mit Lug und Trug den Weg in das Heer des Tyrannen – inzwischen nicht mehr der leidenschaftliche, gutaussehende beredte Jüngling, sondern ein dicker Mann, aufgedunsen von Worten, Zügellosigkeiten und Grausamkeit. Mordend und raubend marschierte er mit dem Heer von einem Land in das nächste. Schließlich nahm er auch am letzten Eroberungsfeldzug des Tyrannen teil, der mißlang; und mit vielen tausend anderen starb er vor Hunger im Schnee, nahm den Mund bis zuletzt voll Worte

und schmähte das Volk, dessen Land er hatte erobern wollen.
Incent kam wieder zu sich. Er saß mir gegenüber auf dem Stuhl, blinzelte und starrte mich an, als die Realität der Gegenwart stärker wurde als das Leben, das er gerade hinter sich gelassen hatte.
Er begann zu weinen. Zunächst weinte er beinahe lautlos, während die Tränen aus seinen leeren, entsetzt aufgerissenen Augen quollen, und dann hemmungslos schluchzend. Er krümmte sich auf dem Stuhl und preßte das Gesicht in die Armbeuge.
Ich ließ ihn dort zurück und ging auf die Straße. Alles wirkte wie üblich. Das heißt, in den besseren Plätzen der Stadt – Parks, Restaurants und Cafés – drängten sich die Volyener, während die Volyenadnaner die Cafés und Clubs in den Seitenstraßen bevölkerten. Es schienen nicht mehr bewaffnete Patrouillen als üblich unterwegs zu sein. Im Palast brannte hoch oben hinter einem Fenster ein einsames Licht.
Ich ging zurück und warf einen Blick auf Incent: Er war im Sitzen eingeschlafen.
Ich ging über den Platz zur Residenz und bat um eine Unterredung mit Generalgouverneur Grice. Man teilte mir mit, er sei überraschend nach Volyen abgereist.
Ich hinterließ an allen Plätzen, von denen ich wußte, daß Calder sie besuchte, eine Nachricht für ihn: »Ich bin bereit, mich jederzeit mit dir zu treffen.« Ich wartete mehrere Tage auf Antwort; nichts geschah. Ich hörte Incent zu, der mir alles über das Leben erzählen mußte, das er gerade durchlebt hatte: Das Fieber hatte ihn – leider nur vorübergehend – verlassen. Die stokkenden, zögernden, mühsamen Worte hatten nichts Glühendes und Begeisterndes mehr an sich. Er schauderte und zitterte, manchmal erstarrte er vor Entsetzen über das, was er gesehen und getan hatte.
Aber eines ist klar: Ich muß nach Volyen reisen. Ich kann Incent nicht mehr Zeit lassen, sich zu erholen. Ich sagte ihm, er könne mich begleiten oder bei Krolgul bleiben, und überließ die *Entscheidung* ihm – wie ich es natürlich tun muß, selbst

wenn es für ihn noch so gefährlich wäre, die falsche Wahl zu treffen. Aber bei der Erwähnung von Krolgul schüttelte er sich vor Entsetzen.
Wir machen uns sofort auf den Weg.

KLORATHY AUF VOLYENDESTA, AN JOHOR.

Ich habe auf meiner Reise nach Volyen hier Station gemacht, um Ormarin zu besuchen.
Die sirianische Präsenz ist sehr stark. Überall entstehen Straßen, Brücken und Häfen. Überall sieht man die Lager der Sklavenarbeiter. Am Himmel schweben sirianische Raumschiffe verschiedenster Typen. Man redet von nichts anderem als von der bevorstehenden sirianischen Invasion. »Sirius, Sirius«, sagen sie. Aber wer ist Sirius? Während meines Aufenthaltes verschwanden die Raumschiffe, und der Himmel blieb leer. Am nächsten Tag tauchten sie wieder auf. Irgendwelche Machtverschiebungen auf dem Mutterplaneten; aber die Leute auf Volyendesta wissen nichts von den Kämpfen dort. Für sie ist es einfach »Sirius«.
Ormarin, unsere größte Hoffnung, befindet sich in der Klinik! Ein Rückschlag! Man hätte seine Therapie besser dosieren können. Sie unterzogen ihn Leichter Immersion und wählten dafür fünf verschiedene historische Episoden, alle unter dem Aspekt der Eroberung von Schwachen durch Imperien auf dem Höhepunkt ihres Expansionsdrangs. Es handelte sich um kurzlebige Reiche auf Shikasta, aus der Zeit der vielen kurzlebigen Reiche am Nordwestrand. Da es sich um Leichte Immersion handelte, nahm er an den Ereignissen nicht tatsächlich teil, sondern beobachtete sie nur. Leider muß ich berichten, daß die Behandlung ihn in eine Geistesverfassung versetzt hat, die sich kaum von Incents Febriler Rhetorik unterscheidet. Ormarin sitzt in seinem Zimmer hoch oben in der Klinik, starrt weinend auf die Wüste und wird geschüttelt von einem Anfall des: »Was ist der Sinn von allem?« Oder: »Die Vergeblichkeit allen Tuns?«

»Komm zu dir, Mann, reiß dich zusammen!« mahnte ich. »Du weißt sehr gut, die Sirianer oder sonstwer werden bald angreifen, und du sitzt hier in diesem jämmerlichen Zustand.«
»Ist mir gleichgültig«, erwiderte er. »Was hat es für einen Sinn? Wir werden kämpfen... oder nicht. Wir wehren uns gegen sie, wenn sie hier sind... oder wir wehren uns nicht. So oder so werden wir zu Tausenden... zu Millionen sterben. Diese armen Kreaturen, die sirianischen Sklavenarbeiter, sterben zu Millionen, denn das ist ihre Funktion. Wir Volyendestaner werden sterben. Und dann wird das sirianische Reich zusammenbrechen, wie alle Reiche früher oder später...«
»In diesem Fall sehr viel früher als später«, unterbrach ich ihn.
»Und dann? Das weitere Beispiel eines gescheiterten Unternehmens für die Geschichtsbücher, ein nutzloses Unterfangen, etwas, das auf Blut und Leid aufbaute und besser nie in Angriff genommen worden wäre...«
In diesem Stil ging es einige Zeit weiter, und ich hörte aufmerksam zu, denn ich hatte bisher selten Gelegenheit, einen so klassischen Fall dieses Zustandes zu erleben. Er bediente sich aller Formulierungen, die zu den deutlichsten Symptomen gehören, und er benutzte sie wirklich schön und elegant.
Ich ließ das Gespräch als Unterlage für die Ärzte sogar aufzeichnen.
Eigentlich hatte ich gehofft, ihn nach Volyen mitnehmen zu können, damit er mir bei der Behandlung des armen Incent half.
Die Ärzte versichern, daß Ormarin bald wieder der alte und bereit sein wird, seine Rolle in unserer himmlischen Scharade zu spielen – eine Redewendung, die er ständig wiederholt. Ich finde sie sehr ansprechend, denn sie berührt jene Aspekte in mir, die *meine* Immersion in diese Ereignisse, wie ich weiß, kurieren oder zumindest leichter kontrollierbar machen sollen.
»Euer himmlisches Theater«, sagte Ormarin, und in seinem ehrlichen Gesicht spiegelte sich Erschöpfung – das Ergebnis des Schwelgens in Ironie –, »diese Peep-Show für die Fein-

schmecker der Vergeblichkeit. Dieses Spiel, das auf Planeten und in Sternbildern stattfindet, an dem sich, wie man annehmen darf, Beobachter ergötzen, deren Gaumen nach einer immer stärkeren Stimulation durch das Absurde verlangen...«

»Ormarin«, sagte ich, »du bist vielleicht krank, und unsere lieben Ärzte haben in deinem Fall möglicherweise ein bißchen übertrieben, doch ich muß dich zumindest dazu beglückwünschen, daß sich dein allgemeines Verständnis vergrößert und deine Perspektive erweitert hat. Ich freue mich sehr darauf, mit dir zusammenzuarbeiten, wenn es dir ein bißchen besser geht.«

Er nickte düster; seine Augen richteten sich auf geisterhafte Invasionsarmeen, die alles vernichteten, was ihnen in den Weg kam; diese Armeen wurden beinahe augenblicklich hinweggefegt; sie verschwanden, um von anderen ersetzt zu werden...

Ich erinnere mich, selbst unter einem langen schweren Anfall dieser Krankheit gelitten zu haben. In dieser Zeit bereitete ich den für mich Verantwortlichen – unter anderem natürlich dir, Johor – sehr große Schwierigkeiten. Aber ich kann behaupten, daß sie auch etwas Trostbringendes an sich hat: Eine stolze, verkapselte Melancholie begleitet das Nachdenken über all das, was dem kindlichen Gemüt als Vergeblichkeit erscheinen muß. Und das ist im Grunde sehr angenehm. »Also gut«, bemerkt dieser philosophische Betrachter kosmischer Ereignisse, den die kosmische Perspektive lähmt, und wendet sich dabei an den Kosmos selbst, »also gut, wenn du so bist, dann ist es deine Sache!« Man verschränkt die Arme, lehnt sich im Sessel zurück, läßt ein zynisches Lächeln um die Lippen spielen; man schließt halb die Augen und ist bereit zuzusehen, wie ein Komet auf einen hübschen kleinen Planeten stürzt oder wie ein anderer Planet von – sagen wir – einem momentanen sirianischen Expansionsdrang geschluckt wird, weil das Bedürfnis nach einem Mineral oder einer Ware besteht – und wie sich herausstellt, war es ein unsinniges Bedürfnis, denn es beruhte auf einer Fehleinschätzung der Wirtschaftsexperten.

»Wir sehen uns bald wieder, Ormarin«, sagte ich. »Insgesamt

bin ich sehr zufrieden mit dir. Du bist auf dem Weg der Besserung.«
Aber er hat sich zu der Frage durchgerungen: »Nun gut, wenn du nicht Volyen bist, wenn du nicht Sirius bist, wer bist du dann mit deinem Autoritätsgehabe?« Ich erwähnte Canopus – und sein Blick schweifte ab. Er möchte es nicht so endgültig und eindeutig wissen...

KLORATHY IN VATUN AUF VOLYEN, AN JOHOR.

Ich besuchte sofort den armen Incent. Es war nicht leicht gewesen, den richtigen Platz für seine Wiederherstellung zu finden. In seinem Zustand war das Fehlen jeglicher Stimulation notwendig. Doch wo findet man das heutzutage auf Volyen, wenn selbst in den einsamsten ländlichen Gebieten im nächsten Augenblick alles unter dem Dröhnen von Maschinen oder von aufgezeichnetem oder gesendetem Lärm vibrieren kann? Einer unserer Freunde hat ein Hotel im Zentrum von Vatun. Ja, in der Hauptstadt gelang es mir, das zu finden, was ich suchte: Ein großes Zimmer in der Mitte des Gebäudes, gut isoliert und vor allem ohne jede Öffnung zur Welt draußen. Du wirst dich erinnern, Vatun besitzt viele Parkanlagen und Gärten; vielleicht sind sie jedoch nicht mehr so gut gepflegt wie damals, als Volyen auf dem Höhepunkt seiner Macht stand. Ich wollte Incent unbedingt vor den schwächenden Gedanken schützen, die die Prozesse der Natur unvermeidlich hervorrufen. Der Kreislauf von Geburt, Wachstum, Verfall und Tod, die Verwandlung von einem Element in das andere, die ganze Unrast... nein, das war nichts für Incent, nicht in seinem Zustand. Schon die leichteste unzuträgliche Stimulation wirkte schädlich.
In einem Brief, den ich Incent mitgab, erklärte ich unserem Freund, dem Besitzer des Hotels, daß natürlich keinerlei Gewalt angewendet werden dürfe. Doch Incent sei vermutlich nur allzu bereit, eine neutrale, nichtstimulierende Umgebung zu akzeptieren.

Und dort fand ich ihn auch. Ich ließ den Krach und den Lärm, das Rufen, Schreien und Singen auf den Straßen von Vatun und die beunruhigenden Gedanken, die seine Parks unvermeidlich wecken, hinter mir und begab mich in – eine vollkommene Stille. Ich näherte mich einer hohen weißen Tür am Ende eines mit dicken Teppichen ausgelegten Gangs, öffnete sie und stand in einem hohen weißen Raum. Dort ruhte Incent auf einer Liege und starrte an die weiße Decke. In diesem Refugium gab es keinen einzigen natürlichen Gegenstand – nicht einmal einen Faden aus Pflanzenfasern in den Teppichen oder Bettdecken, keine einzige Erinnerung an die Tierwelt in Form von Fellen, bzw. auch nur Fellstücken, nicht einmal eine Blume, eine Blüte oder ein Blatt. Welch ein vollkommener Friede! Ich brauchte selbst dringend Ruhe, um mein inneres Gleichgewicht wiederzufinden. Ich muß gestehen, Ormarin hatte es mit seinen philosophischen Folterungen durcheinandergebracht. Ich sank neben ihn in einen bequemen Sessel und blickte ebenfalls auf das Weiß um uns herum und lauschte wie Incent auf – nichts.

»Ich werde hier nicht mehr weggehen!« sagte Incent, »ich werde mein Leben ruhig und ungestört in diesen vier Wänden verbringen, ohne jemandem zu schaden.«

Ich machte mir nicht die Mühe, darauf zu antworten.

»Wenn ich an die Schrecken denke, die ich mitangesehen und die ich mit verursacht habe... wenn ich...« Aus seinen großen, dunklen Augen strömten die Tränen.

»Incent«, mahnte ich und lieferte ihm eine Auswahl der tröstenden und nützlichen Floskeln, die ich erst vor kurzem bei Ormarin benutzt hatte.

»Nein«, er schüttelte den Kopf, »ich weiß inzwischen, wozu ich fähig bin. Ich habe beschlossen zu beantragen, daß ich nach Hause zurückkehren darf. Doch zuvor muß ich noch zwei Dinge tun. Erstens, ich muß mich bei Gouverneur Grice entschuldigen.«

»Aha.«

»Zweitens, ich will Krolgul suchen und... und... ich dachte... ich will versuchen, ihn zu bekehren.«

»Aha.«

Langes Schweigen.
»Nun ja, du weißt«, sagte ich, »du kannst tun, was du glaubst, tun zu müssen. Das ist das Gesetz. Die Freiheit der Entscheidung. Wenn du glaubst, es sei deine Bestimmung, Shammat zu bekehren, von Puttiora ganz zu schweigen...«
»Jetzt machst du dich über mich lustig! Das ist nicht nett!«
»Schon gut«, sagte ich, »vielleicht ist es zu früh. Meiner Ansicht nach solltest du noch ein bißchen hierbleiben und dich richtig ausruhen. Aber natürlich kannst du jederzeit gehen, wenn du möchtest.«
Ich brach auf und stellte erleichtert fest, daß Incent blieb, wo er war. Wenn man eine Ruhelage, in der die Füße sich in gleicher Höhe wie der Kopf befinden, als heroisch bezeichnen kann, dann kam Incents Pose dem Heroischen nahe: Arme trotzig verschränkt, das Kinn in Opposition zur Decke, die Füße in Habtachtstellung.
Ich verließ das Hotel; in der Halle herrschte aufgeregtes Durcheinander – eine Handelsdelegation des sirianischen Hauptquartiers auf dem Planeten Motz reiste gerade ab; die Delegierten trugen alle große Selbstzufriedenheit zur Schau. Ich ging geradewegs in den Park gegenüber. Ein paar frei laufende Gazellen kamen herbei, um mich zu begrüßen. Wie es der Zufall wollte, stammten sie von Shikasta. Sirius hatte sie gestohlen und als Teil eines Staatsgeschenks hierhergebracht. Sie beschnupperten und leckten meine Hände. Ich wußte, mein Gefühlssystem stand kurz vor der Überlastung: Pflanzen in jedem Stadium des Wachstums; Vogelgezwitscher – kurz gesagt, der übliche Angriff auf die stabilisierenden Mechanismen. Es fiel mir so schwer, mein emotionales Gleichgewicht zu wahren, daß ich beinahe zu Incent zurück ins Hotel gehen wollte.
Oh, der Zauber des *natürlichen* Lebens! Die Täuschungen der Instinkte! Die Verlockungen all dessen, das pulsiert und oszilliert! Wie ich mich nach Canopus sehne und nach seinen... genug davon! Verzeih mir die Schwäche.
Natürlich befand ich mich auf dem Weg zu Krolgul. Beinahe hätte ich ihn noch vor Incent aufgesucht.

Shammat hat auf Volyen eine Schule der Rhetorik eingerichtet. Sie folgt in etwa dem Prinzip der äußerst erfolgreichen Schule der Rhetorik, die in der Spätzeit von Shikasta lange unter der Leitung von Tafta blühte. Dort diente sie dem Zweck, sich die Auswirkungen von Religion und Politik zunutze zu machen. Doch als Tafta seinen großen Fehler beging und die falsche Junta auf Shammat unterstützte, wurde die Schule vernachlässigt und schließlich nutzlos. Krolgul beschäftigte sich mit der Geschichte dieser Schule und beantragte bei den neuen Herren von Shammat, eine solche Institution auf Volyen ins Leben rufen zu dürfen. Kurz nach deinem Besuch hier wurde sie gegründet. Sie blüht und gedeiht infolge der Turbulenzen auf Sirius.

Ich kann mich nicht erinnern, daß du Taftas Schule auf Shikasta erwähnt hättest. Sie bestand aus einem als theologisches Seminar getarnten Zweig und einer Schule der Politik. Das theologische Seminar befand sich in einem prunkvollen, grandiosen Gebäude, das die Sinne in jeder Hinsicht ansprach und befriedigte. Die Schule der Politik war in einem schmucklosen, funktionalen Gebäude untergebracht. Die Studenten des theologischen Seminars trugen eine Vielfalt sehr kostbarer Gewänder und besaßen reichverzierte Gegenstände. Die Kleidung in der Schule der Politik war einfach und schmucklos. Doch in den beiden scheinbar so unterschiedlichen Seminaren bediente man sich einer beinahe identischen Sprache, so daß die Studenten das Religiöse in das Politische übertragen konnten und umgekehrt. Ja, man ermutigte sie sogar dazu, und im allgemeinen mußten sie nur ein paar Worte in einer Passage ihrer Deklamation austauschen, um diese Aufgabe zu bewerkstelligen.

Es erwies sich als unmöglich, dieses Konzept auf Volyen exakt zu kopieren, denn das volyenische »Streben nach dem Höheren« war hier immer identisch mit den politischen Idealen. Aber es gibt zwei Hauptzweige der Rhetorik, und zwei sehr unterschiedliche Gebäude repräsentieren sie: Der Stil des einen ist streng und schlicht, während man sich in dem anderen aller erdenklichen sinnlichen Hilfsmittel bedient – angefangen bei Licht- und Farbspielen bis hin zu Blumen und Pflanzen in kunstvollen Anlagen und Bepflanzungen. Selbstverständlich nutzt man auch Töne als bezaubernde Geräuschkulisse. Ein Besuch in diesem Zweig der Rhetorik, den sie salopp »mit allen Tricks« bezeichnen, erinnert einen an das Religionsseminar auf Shikasta; der andere Zweig befindet sich in einem schlichten, schmucklosen Gebäude, und die Studenten dort tragen einfache Kleidung; und das weckt andere Vergleiche mit Shikasta: Wie du dich vielleicht erinnerst, genügte es, daß ein Politiker der machtgierigsten Sorte schlichte Kleidung trug und sich der Sprache des einfachen Volkes bediente, um die Wirrköpfe mit seiner »Ehrlichkeit« und »Aufrichtigkeit« zu beeindrucken.

Aber da die Politik alle volyenischen Sehnsüchte »nach dem Besseren« auf sich gezogen hat und es noch immer tut, bietet sie tatsächlich so etwas wie die »ganze Fülle des Lebens«, um das Motto über dem Eingang von Krolguls Schule zu zitieren. In der Vergangenheit war Volyen mehrmals ein unterworfener Planet gewesen: In Ansichten und Gedanken finden sich immer noch viele Spuren der Rhetorik von Sklaven. Es war auch ein unabhängiger Planet gewesen, der kaum Kontakte zu Nachbarplaneten aufnahm: Die Sprache einer stolzen und autarken Isolation ist immer noch lebendig, obwohl die Volyener die Autarkie schon lange nicht mehr besitzen. Es war ein schnell wachsendes, rücksichtsloses Reich: Lieder, Gedichte, hochtrabende und pathetische Redewendungen sind immer noch lebendige Beweise dieser Phase. Im Augenblick ist es ein auseinanderbrechendes, sterbendes Reich, aber die Sprache hat sich diesem Zustand noch nicht angepaßt. Bald wird es eine sirianische Kolonie sein; nun ja, man wird keine neuen Ausdrucksformen entwickeln müssen, denn die Phrasen aus den Sklavenepochen müssen nur wieder hervorgeholt und mit neuem Leben erfüllt werden.

Doch ich merke, die Darstellung dieses Kreislaufs löst in mir Symptome von Ormarins Leiden aus, und ich werde damit aufhören.

Wie sich herausstellte, kam ich zu einem günstigen Zeitpunkt in die Schule, denn es fanden gerade Prüfungen statt. Krolgul

saß mit ein paar anderen Prüfern am Kopfende eines Saals hinter einem Tisch, während ein Student nach dem anderen vortrat, um zu zeigen, was er konnte.
Der Prüfungssaal ist ein schlichtes Rechteck, und nichts darin spricht durch Form, Farbe, Duft oder Geräusche die Gefühle an. Man vermeidet jede Art von Stimulation, um die Wirkungen der Rede auf die Kandidaten genau beurteilen zu können.
Ich durchquerte zunächst eine Halle, in der die vielen aufgeregten Prüflinge warteten. Sie kamen von Volyen, Volyenadna, Volyendesta und den beiden äußeren Planeten Maken und Slovin. Ich entdeckte unter ihnen einige unserer Agenten, interessanterweise auch 23 und 73 – aber meine Berichte über sie liegen dir sicher schon vor. Da sie schon nach kurzer Dienstzeit in Shammats Hände fielen, konnten sie die Verbindung nie richtig herstellen und sind deshalb für Shammat nutzlos. Krolgul versteht nicht, weshalb all seine Bemühungen um die beiden, die genauso enthusiastisch sind wie Incent, erfolglos bleiben. Der Konflikt in ihnen ist schwächer, und dadurch wirken sie stabiler und beständiger. Deshalb erwartet er von ihnen mehr als von dem bedauernswerten Incent... Glücklicherweise versteht Krolgul so vieles nicht!
Ich begrüßte unsere beiden (im Augenblick) verlorenen Agenten, und sie grüßten verlegen zurück. In ihrem Herzen wissen sie, daß sie zu Canopus gehören und reden sich irgendwie ein, ihr Dienst für Shammat sei immer noch Dienst für uns. Die anderen Agenten erkannten mich nicht.
Bei meinem Eintreten war gerade eine junge Kandidatin durchgefallen. Krolgul und seine Kollegen gaben das Zeichen, die Kontakte zu dem Apparat zu entfernen. Plötzlich entdeckte er mich, sprang vom Podium und eilte mir entgegen, um mich zu begrüßen. Er strahlte. Krolgul freut sich immer, mich zu sehen! Überrascht dich das? Mich überraschte es, und ich mußte darüber nachdenken. Zum einen sieht er in unserer Anwesenheit einen Beweis für die Bedeutung dessen, was er, was Shammat tut. Auf Planeten, wo sie manchmal – scheinbar – ohne unser Wissen am Werk waren, verlieren sie den Mut und zwei-

feln, ob sich die Anstrengung überhaupt lohnt. Ja, meine Ankunft im »Reich« Volyen gab ihnen allen großen Auftrieb. Außerdem wissen sie sehr gut, wie bruchstückhaft ihr Wissen ist, und daß unsere Absichten für einen Planeten auf Plänen basieren, die weit über ihr Verständnis hinausgehen. Krolgul arbeitet mit beachtlichem Geschick an einer Massenerhebung »im ganzen Reich und alle zur gleichen Zeit! Nur das, und das ist genug« – ein Zitat aus einer seiner letzten Reden –, doch in seinem Innersten weiß er, daß ich auf Grund *unseres Wissens* beinahe mit Sicherheit etwas völlig anderes erwarte.
Er eilte mit ausgestreckter Hand und einem breiten Grinsen auf mich zu; er erinnerte dabei an einen Affen, aber seine Freude war echt.
Er trug wieder eine Pseudouniform, denn es handelt sich nicht um Uniformen einer bestimmten Art oder für einen bestimmten Zweck. Doch die meisten jungen Leute im ganzen »Reich« Volyen tragen selbsterfundene Uniformen. Das hängt mit ihrer Konditionierung durch die Kriege der letzten Zeit und die Aufstände in den Kolonien zusammen, bei denen immer in Uniform gekämpft wurde. Jede Armee, und sei sie auch kaum mehr als eine Guerillagruppe, benutzte Uniformen und erzwang Uniformität bis hin zur letzten Schnalle, zum Gürtel und Kragen. Jede, selbst die leichteste Abweichung wurde bestraft – manchmal sogar mit dem Tod. Es ist ihnen inzwischen sogar unmöglich, sich einen Krieg ohne Uniformen vorzustellen. Diese Prägung erstreckt sich inzwischen auf jeden Aspekt ihres Lebens. Es gibt eine bestimmte Bekleidung für die unteren Gliedmaßen. Sie besteht aus dickem, hartem Stoff immer von derselben Farbe. Sie ist sehr eng und betont den Hintern und die Genitalien. Dieses Kleidungsstück wird nicht nur in jedem Winkel des »Reichs« getragen, sondern sogar auf den Nachbarplaneten von Sirius. Ein junger Mensch, der aus dem einen oder anderen Grund so etwas nicht besitzt, hält sich für einen Außenseiter und wird von anderen auch dafür gehalten.
Krolguls Uniform ist insofern seine eigene Erfindung, als der untere Teil aus einem Rock besteht, in der Art, wie ungelernte

Arbeitskräfte – üblicherweise Ausländer – ihn auf Volyen tragen. Diese Leute raffen ihn jedoch zwischen den Beinen und stecken den Zipfel in den Bund. Doch Shammats Beine sind zu behaart und knotig, um sie zu zeigen. Deshalb läßt er den Rock darüberfallen, der außerdem bunt ist. Shammat liebt kräftige Farben, aber als Vorwand dient die Entschuldigung: »Schwarz zu tragen, also die Farbe der Arbeitskleidung der arbeitenden Massen, ist eine falsche Identifikation.« Über dünnen roten, blauen, grünen, gelben Baumwollröcken werden kurze, enggeschnittene braune Jacken getragen, deren Hauptmerkmal unzählige geknöpfte Taschen auf der Vorderseite und auf der unteren Rückenpartie sind. Das vermittelt den Eindruck eines Menschen, der zwei freie Hände braucht, um vielleicht ein Gewehr zu halten.

Krolgul trug einen leuchtendblauen Rock, und die Jackentaschen waren vollgestopft mit Papieren, Schreibutensilien und verschiedenen elektronischen Geräten.

»Servus«, sagte er und schüttelte mir die Hand, »willkommen. Möchtest du zuhören?«

»Glaubst du, ich könnte dabei viel lernen?« fragte ich scherzhaft.

»Wer weiß?« sagte er zufrieden, »wir schmeicheln uns... aber du wirst es selbst sehen.« Er gab das Zeichen, den nächsten Kandidaten eintreten zu lassen, blieb jedoch neben mir stehen und warf mir anscheinend unbewußt kurze, beinahe flehende Blicke zu.

»Du willst mich nach Incent fragen?«

»Ja, ja«, sagte er eifrig, versuchte aber, es beiläufig klingen zu lassen.

»Er hat sich keineswegs schon erholt«, sagte ich. Krolgul strahlte. Erstaunlich, wie durchschaubar, wie einsehbar er wird, wenn seine Persönlichkeit nicht hinter einer Rolle zurücktritt. »Und ich glaube, er wird sich auch so schnell nicht erholen. Wie du natürlich weißt, ist es eine sehr große Anstrengung für ihn, wenn du ihn als Kanal benutzt, wie du es tust.« Er warf mir ein paar kurze schnelle Blicke zu – zweifelnd, triumphierend, entschuldigend, sogar verlegen. Denn Krolgul

schien zu glauben, wir wüßten nicht, wie wichtig Incent für sie im Kampf zwischen uns, zwischen Canopus und Shammat, ist, obwohl alle unsere Aktionen, sowohl Shammats als auch meine, seit meiner Ankunft hier deutlich darauf hinweisen. »Du riskierst es, ihn sehr krank zu machen«, sagte ich, »im Augenblick unterzieht er sich einer Behandlung.«
»Für uns ist er nur einer eurer Agenten«, sagte Krolgul großspurig und schien selbst nicht zu glauben, daß diese Lüge überzeugend wirkte. Er zog eine Pfeife hervor und zündete sie an.
»Krolgul«, sagte ich – wie ich hoffe gelassen und mit dem »Humor«, ohne den man hier nicht einen Tag überleben würde –, »du machst uns eine Menge Schwierigkeiten.« Er strahlte und fühlte sich wieder geschmeichelt; er drehte und wand sich mit einem leisen zufriedenen Lachen. »Aber weißt du, du bist auf dem Holzweg.« Ich sagte es, um zu sehen, wie die Mutlosigkeit ihn überkam. Und das geschah sehr plötzlich! Vor mir stand ein sichtbar bestürzter Krolgul, der mich wie so oft an einen Affen, an ein Tier erinnerte, ohne daß etwas an seinem Äußeren darauf hingewiesen hätte – ein blinzelnder Krolgul. Ja, Shammats oberster Vertreter im Reich Volyen stand mit offenem Mund und hängenden Schultern neben mir, und in seinen Augen lag nichts als die flehende Bitte: Sag es mir! Sag es mir! Sag es mir!
Doch seine Helfer hatten inzwischen den Prüfungskandidaten an das Meßgerät angeschlossen, und Krolgul mußte zu seinem Platz auf dem Podium zurückkehren. Ich lehnte es ab, ihn zu begleiten, und blieb allein an der Wand stehen.
Es war ein junger Mann aus Volyenadna, ein stämmiger, graugrüner schwerfälliger Mensch, der ohne ein Zeichen von Nervosität sofort begann. Er hob vorsichtig die Hand, um die Kabel der Monitoren nicht durcheinanderzubringen.
»Kameraden! *Freunde!* Ich weiß, was wir zusammen unternehmen werden, erlaubt mir, euch Freunde zu nennen.«
Die Diagramme und Leuchtanzeigen, auf denen seine emotionalen Reaktionen ablesbar waren, wurden auf einen großen Bildschirm hoch an der Wand projiziert, damit er sie nicht

sehen und vielleicht davon beeinflußt werden konnte. Ich und die Prüfer auf dem Podium beobachteten ihn und konnten gleichzeitig den exakten Zustand seines Gefühlssystems verfolgen.
Es zeigte sich bereits, daß er nicht lange durchhalten würde – trotz der scheinbaren Schwerfälligkeit und Gelassenheit: Bei dem Wort *Freunde* hatte sein ganzer Organismus reagiert und bei *zusammen unternehmen* packte es ihn so, daß er beinahe den Grenzwert überschritt.
»... Nein, ihr fragt euch nicht: ›Was?‹, denn ihr wißt es schon. *Wir* wissen es schon...«
Aber der junge Mann war schon durchgefallen. Bei diesem *Wir* versagte ihm die Stimme, und der Summton, der das *Durchgefallen* signalisierte, ertönte.
Auf den Mann folgte eine kräftige, gutaussehende junge Frau aus Volyendesta, die sehr selbstsicher wirkte und uns allen gelassen zulächelte.
Sie brachte den ersten Abschnitt mit dem gefährlichen und bewußt plazierten *Freunde* gut hinter sich; bei dem *Wir* zeigten die Geräte einen kaum sichtbaren Ausschlag. Doch dann wuchs die Erregung in ihr: »... Wenn wir uns nicht über die Gründe einig sind, wie das, was geschehen ist, geschehen konnte, dann sind wir uns doch einig über das Heilmittel. Wir stehen hier, vereint in dem Wissen, daß es so nicht weitergehen kann! Warum leben wir inmitten eklatanter Ungleichheit, schreiender Ungerechtigkeit, entsetzlicher Armut und zynischen Reichtums...« Das Timbre ihrer Stimme verriet, daß Tränen in ihr aufstiegen, und sie konnte nicht mehr lange durchhalten. Doch sie gab nicht auf, obwohl der Ausdruck von Ungeduld und Verärgerung über sich selbst auf ihrem Gesicht uns zeigte, sie wußte, daß sie versagt hatte. »... Weshalb sind wir mit einer aufgeblasenen, stupiden Bürokratie geschlagen, die unter der Last ihrer eigenen Unfähigkeit stöhnt? Warum sehen wir in der einen Straße die Gesichter junger Leute, die nie erlebt haben, wie es ist, eine Lohntüte für ihre ehrliche Arbeit zu öffnen...«
Bei *Arbeit* versagte ihr die Stimme, und der Summer ertönte.

Tapfer ging sie mit großen Schritten hinaus, doch die Tränen verrieten ihre Enttäuschung.
Als nächstes kam eines der ernsten, blassen Wesen von Slovin, die immer große Schwierigkeiten haben, die kräftigen, schwerfälligen und robusten Bewohner der anderen Planeten von ihrer Kraft zu überzeugen. Sie sind zäh und ausdauernd, und ihr Nervensystem ist weit weniger anfällig für emotionale Erregungen als das der meisten anderen. Wenn man sie einmal erlebt hat, schätzt man sie sehr. Auf dem Podium erhoffte man sich große Dinge von dieser scheinbar zerbrechlichen Revolutionärin. Und tatsächlich nahm sie mühelos die Reizworte, über die alle anderen gestolpert waren. »... ehrliche Arbeit zu öffnen, und in der nächsten die übersättigten Nichtstuer, deren Anblick uns anwidert. Warum? Warum?« Durch die beiden *Warum* gerieten ihre Werte beinahe in die Gefahrenzone. Doch sie fing sich. »Warum? Wir wissen alle, warum! Aber was tun? Wir wissen es. Auch das wissen wir. Oder nicht? Unsere Lage ist schlimm. Sie ist entsetzlich, aber sie ist nicht hoffnungslos. Wir sollen und müssen bereit sein zu Opfern!« Und schon war es passiert. Aber der Ausschlag der Nadeln kam so plötzlich, daß man auf dem Podium beriet und ihr sagte, sie könne sich ausruhen und zu einem zweiten Versuch zurückkommen. (Dann bestand sie mühelos.)
Es folgte ein einheimischer volyenischer Arbeiter. Diese Leute sind nicht gerade besonders attraktiv. Sie haben eine graubraune Haut, sind massig, und im großen und ganzen fehlt ihnen jede Anmut. Aber man weiß, daß sie emotional nicht labil sind. Bei *Freunde, Arbeit, Opfer* zuckten die Nadeln bedenklich, beruhigten sich jedoch wieder. »Jawohl, Opfer. Und von uns wird nicht nur verlangt, daß wir den Gürtel enger schnallen, obwohl das verlangt *wird*. Nicht nur, daß wir achtzehn Stunden am Tag, sogar vierundzwanzig Stunden am Tag arbeiten, sondern auch, daß wir unsere vereinzelten und jämmerlich kleinen individuellen Willen und Gedanken dem großen Ganzen unterordnen, dem großen Willen, dem großen Ziel, der großen *Entscheidung*... daß wir ein für allemal uns darüber einig sind, daß es so nicht weitergehen darf. Jawohl, ein für

allemal Kameraden... Brüder... Schwestern... *Freunde*...«
Die Nadeln schlugen heftig aus. Der Kandidat hob die Hand und bat um einen zweiten Versuch etwas später. Er wurde ihm gewährt.
Und wieder erschien ein Volyener. »Und wo sollen wir beginnen? Wo? Natürlich bei uns selbst! Wie können wir mit alten Herzen und alten Willen eine neue Welt schaffen? Wir brauchen neue, saubere, junge Herzen...«
Bei *Herzen* war dieser Bedauernswerte verloren. Aber allen, die bis zu dieser Stelle durchgehalten hatten, wurde ein zweiter Versuch gestattet.
Es folgten mehrere Kandidaten, die gleich zu Anfang, beim ersten Testwort versagten. Dann überstand endlich einer die ganze Rede. Auch er war einer der silbrigen, zarten, scheinbar so verletzlichen Bewohner von Slovin. »Wir leben in einer Zeit ungeheuerer Ereignisse, in deren Licht künftige Generationen ihr eigenes Schicksal sehen werden. Das gegenwärtige Geschick der Planeten übertönt wie ein Aufschrei das gemeinsame Donnern der Zeiten. Wir brauchen einen klaren Blick und eine unerschütterliche Entschlossenheit. Wir werden unser Werk zum Klang von Liedern und Gesängen der Arbeiter beginnen und beenden. Unser Werk ist keine Sklavenarbeit, sondern ein erhabener Dienst am Vaterland aller ehrbaren Leute. Opfer! Ein vereinter Wille! Nur dieser Weg führt uns hinaus, führt uns zur Rettung, zu Wärme und Zufriedenheit. Opfer. Und reine Herzen. Reine Hände. *Liebe*...«
Dieser erste erfolgreiche Kandidat zog sich scheu und bescheiden zurück, wie es hier Sitte ist, wenn jemand Erfolg hatte, und das Podium beriet sich. Ich konnte sehen, daß es eine Unterbrechung geben würde. Ich wußte es, weil Krolgul die ganze Zeit über Fingernägel kauend auf seinem Stuhl gesessen hatte und seinen Kollegen die Arbeit überließ, das Können der Kandidaten zu überprüfen, während er über meinen Worten brütete. Er wollte wieder zu mir kommen, um mich so lange zu drängen und zu bearbeiten, bis ich ihm sagte, was ich wußte... bis er wußte, welche Pläne Canopus hatte, welches Wissen Canopus besaß...

Aber in diesem Moment geschah etwas Unerwartetes: Den Prüfungssaal betrat – ruhig und unauffällig in einer Variante der Kleidung der hiesigen administrativen Klasse – Incent. Er sah mich auf meinem Platz und bedeutete mir mit einer Geste: Sei unbesorgt.

Doch er vermied es, meinem Blick zu begegnen. Ein schlechtes Zeichen. Das bedeutete, nichts, was ich sagte, würde ihn erreichen. Ich lehnte mich zurück, damit geschehen konnte, was geschehen mußte...

Krolgul war bei seinem Anblick aufgesprungen. Ihn erfüllten neue Energie und Entschlossenheit. Er rief: »Incent...«, erinnerte sich dann jedoch an meine Anwesenheit und blickte in meine Richtung – allerdings vermied er wie Incent, meinem Blick zu begegnen.

Incent benahm sich Krolgul gegenüber – es gibt nur ein Wort dafür – hoheitsvoll. Er stand auf dem Platz des Kandidaten und bedeutete den Helfern, ihn an das Gerät anzuschließen.

»Ich habe die Absicht, diese Prüfung zu bestehen«, sagte er auf diese ruhige, beinahe gleichgültige Weise, die eine Folge seiner Krankheit war. Denn natürlich war er krank, obwohl die Prüfer das nicht unbedingt merken mußten. Er war noch immer aller Emotionen beraubt; er war leer nach diesem Exzeß. Niemand erholt sich in ein paar Tagen oder sogar in vielen Tagen von der Totalen Immersion. Seine emotionalen Reservoire waren auf einem niedrigen Stand. Deshalb wirkte er ruhig, daher der Anschein huldvoller Liebenswürdigkeit.

Nachdem alle Kabel und Drähte angeschlossen waren, stand er aufrecht auf seinem Platz und lächelte mir zuversichtlich zu.

»Ich bin bereit«, erklärte er.

Nun, es war schlimm, sehr schlimm.

»Kameraden, *Freunde*...« Ich glaube, Krolgul erwartete, daß er über dieses erste Stolperwort fallen würde. Doch es geschah etwas weit Alarmierenderes. Auf den Monitoren hinter Incent konnten wir sehen, daß die Nadeln keineswegs beunruhigende Gefühlsgipfel, -schwankungen und -höhen registrierten, sondern meist am unteren Ende der Skala den Blicken entschwanden. Incent befand sich in einem solchen Tief, daß sein ganzer

Organismus in das andere Extrem verfiel. Das Wort *Freunde* folgte natürlich im richtigen Abstand auf *Kameraden*, so daß die Nerven der Prüfer erwartungsvoll vibrierten; doch das hatte nur zur Folge, daß der kleine Rest Emotion, der ihm noch geblieben war, plötzlich versickerte. Die Zeiger tauchten nur hin und wieder kurz zuckend am unteren Ende der Diagramme auf. Incent sprach eintönig, beinahe liebenswürdig, traf jedoch die Intonation perfekt und machte die richtigen Pausen an der richtigen Stelle. *Eklatante Ungleichheit und schreiende Ungerechtigkeit und so weiter* nahm er gut, obwohl im wahrsten Sinne des Wortes kein Brennstoff mehr in ihm war. Ich beobachtete, daß die Prüfer unruhig wurden und miteinander flüsterten. Krolgul hatte panische Angst und ließ mich nicht aus den Augen. So etwas hatte er noch nicht erlebt und auch nicht gewußt, daß es einen solchen Zustand überhaupt gab. Er fürchtete, ich würde ihn bestrafen.

Doch von allen Wesen in unserer Galaxis kann Krolgul sich vermutlich am wenigsten etwas unter freiem Willen vorstellen – zumindest noch nicht und noch lange Zeit nicht.

Incent leierte seinen Text herunter: »Opfer, jawohl, Opfer...«

Plötzlich kippte er um, und die Kabel lösten sich.

Ich ging zu ihm und brachte ihn wieder zu sich.

Er fragte nicht, wo er sich befand, denn er wußte es sofort. Er stand auf – schwach, aber er selbst. Tief beschämt sah er mich an und sagte: »Am besten bringst du mich ins Hotel zurück, Klorathy. Ich habe einen Narren aus mir gemacht.«

Und zu Krolgul: »Nun gut. Aber ich bin noch nicht fertig mit dir. Ich wollte dir zeigen, daß ich deine Prüfung bestehen kann. Und dann wollte ich mit dir diskutieren, nachdem ich bewiesen hätte, daß ich immun bin gegen...« Er weinte, doch es waren Tränen der Schwäche und inneren Leere... wenige kraftlose schmerzliche Tränen.

Krolgul lief aufgeregt um uns herum, während wir zur Tür gingen, und rief: »Aber... aber... ich hoffe, ihr macht uns nicht dafür verantwortlich. Ich wußte nicht, daß Incent hierherkommen würde. Ich weise jede Verantwortung dafür energisch zurück.«

Incent war zu schwach, um das Gebäude sofort verlassen zu können. Wir blieben eine Weile in der Vorhalle sitzen und beobachteten, wie die Kandidaten sich auf die Prüfung in Rhetorik vorbereiteten; sie benutzten sich gegenseitig als kritische Zuhörer einer Rede, die vom Tenor und den Reizwörtern her noch schwieriger war als der eigentliche Prüfungstext.
»Was wollen wir also? Was? Ganz einfach. Nichts anderes als eine sichere, glückliche, strahlende Zukunft für uns alle und für unsere Kinder. Was steht diesem Paradies im Weg? Wir alle wissen es. Nichts! Unsere Erde birgt den Reichtum von Ernten und Bodenschätzen; das Meer und die Luft schenken uns Nahrung. In unseren Herzen liegen Liebe und das Verlangen, glücklich in einer glücklichen Welt zu leben, in der es kein Leid mehr gibt. Was hat in der Vergangenheit Leid und Gefühllosigkeit hervorgebracht? Nur der mangelnde Wille, diese Dinge zu beseitigen. Jetzt ist alles anders, denn wir haben den Willen, und wir haben die Mittel. Vorwärts ... nehmen wir unser rechtmäßiges Erbe selbst in die Hand ... ergreifen wir das Glück. Glück und Liebe.«
Incent hörte nicht ganz ohne Emotionen zu. Ich freute mich festzustellen, daß er Verachtung empfand.
»Was für ein entsetzliches Geschwafel«, murmelte er.
»Ich freue mich, das von dir zu hören, und hoffe, daß du auch in Zukunft so denkst.«
»Also, ich hätte die Prüfung bestanden, wenn ich nicht ohnmächtig geworden wäre.«
»Ja, aber Shammat hat Worte der Macht, auf die sie in diesem Text völlig verzichtet haben.«
»Wirklich? Welche? Nein, sag nichts, sonst werde ich vermutlich doch noch schwach. Ich fühle mich wirklich schrecklich krank, Klorathy. Mir ist schwindlig, ich muß mich hinlegen.«
Er legte sich mit dem Gesicht nach unten auf eine Bank und hielt sich die Ohren zu; ich beobachtete das lebhafte Treiben nicht ohne gemischte Gefühle – wie du dir vorstellen kannst, Johor! Wie attraktiv sie doch waren, diese Auserwählten aus dem ganzen »Reich« Volyen. In erster Linie auserwählt, weil

sie fast alle zu den Privilegierten gehörten. Die Armen und Notleidenden haben selten die Energie, Machtstellungen anzustreben. Auserwählt, denn sie besaßen natürliche Fähigkeiten; auserwählt, denn ihren Fähigkeiten bieten sich Möglichkeiten – viele Möglichkeiten, jetzt, wo das »Reich« zerfällt. Die meisten sind jung; sie sind gebildet in dem Sinne, wie man dieses Wort hier in diesem rückständigen Winkel der Galaxis versteht; sie sind aufgeweckt und entschlossen, Erfolg zu haben. Von den Kandidaten, die ich beobachtete, während Incent dort lag und versuchte, sein inneres und äußeres Gleichgewicht wiederzufinden, gelang es nur wenigen, die selbstgewählte Rede durchzuhalten. Und noch wenigere würden die Prüfung bestehen. Aber alle würden sich für weitere Studien in Krolguls Akademie einschreiben. Sie glauben an sich und an die Zukunft, die ihnen Krolgul verheißt.

Shammat durchstreift das »V-Reich« – um den umgangssprachlichen Ausdruck zu gebrauchen – und hält bei jeder öffentlichen Versammlung nach Talenten Ausschau. Ein junger Mensch, der vielleicht aus wirklicher Betroffenheit über das Los der Unglücklichen aufgestanden ist, um anzuklagen, jemand, der vielleicht wirklich eine strahlende Zukunft vor sich sieht, findet diese verständnisvolle Person an seiner Seite, die seine innersten Gedanken, Träume und Wünsche kennt und teilt. »Wie wundervoll du bist«, sagen die beredten, mitfühlenden Augen des neuen Freundes. »Wie sehr sprechen doch deine wunderbaren Gedanken für dich! Bitte, mach weiter ...«

Der Erwählte, von Shammat Erwählte, erlebt, daß seine Bemühungen ermutigt, daß seine Reden mit Beifall aufgenommen werden. Und vor allem vermittelt sich durch jedes Wort das Gefühl, daß die beiden, diese neuen Kameraden, diese *Freunde* verstehen, was andere nicht verstehen. Er stellt fest, daß man ihn für edler, besser und tapferer hält als die meisten anderen. Oh, wie geschickt Shammat die Instinkte für eine Entwicklung hin zum Besseren ausnutzt, die in jedem Wesen der Galaxis lebendig sind! Doch während der Neuling sich auf dieses großzügige und einfühlsame Verständnis stützen kann, erlebt er auch kluge und intelligente Kritik. »Das hättest du vielleicht eine Spur besser ausdrücken können«, flüstert Krolgul, wenn er es tatsächlich ist – oft genug ist das tatsächlich der Fall, denn seine Energie ist bewundernswert. »Wenn ich vielleicht vorschlagen dürfte...« Der strebsame junge Mensch ist über diese wahre Freundschaft nur allzu glücklich, in der er etwas lernen kann, und natürlich darüber, daß er gefördert wird. Und so kommt eine Laufbahn in Gang, die in der bestehenden Ordnung keine Zukunft hat, und die sich nur auf eine Idee stützt: Der junge Mann (oder die junge Frau) blickt sich im Chaos, der Häßlichkeit und Unordnung einer Zeit des Zerfalls um und sieht irgendwo in weiter Ferne eine unendlich edle Gesellschaft, über die er/sie herrscht. Doch Shammat hat bei seiner kompetenten Kritik niemals gesagt: »Du strebst die Macht über deine Mitmenschen an«, sondern nur: »Du willst dienen.« Mit Shammat an der Seite lernen die jungen Leute, durch Rhetorik Gefühle zu wecken, und wenn man sie für reif genug hält, bietet man ihnen einen Lehrgang an...

»Du kannst das sehr gut«, sagt Krolgul bescheiden, kameradschaftlich und komplizenhaft – darauf hat Shammat sich spezialisiert, und in jedem Lächeln, jedem Blick und jedem Händedruck liegt unterschwellig die Aussage: *Du und ich, wir stehen gegen die anderen, die anderen, die nichts begreifen.*

»Möchtest du nicht vielleicht noch besser werden? Wir können dir das beibringen, weißt du. Wir? Sagen wir *Freunde*. Aber du hast einen schwachen Punkt – ich darf doch darüber sprechen? Es ist wundervoll, es ist großartig, wirklich inspirierend zu erleben, wie du die anderen mitreißt, zu erleben, wie du von deiner Leidenschaft mitgerissen wirst, zu erleben, wie du dich an deinen Visionen berauschst. Aber wenn du weiterkommen, wenn du das professionell beherrschen willst, mußt du dieses Stadium hinter dir lassen!« Dann mildert Shammat den Schock, lindert die momentane Desillusion des Neulings durch Verständnis. Denn im »V-Reich« – das heißt, auf Volyen und seinen Kolonien – stehen auf Grund des volyenischen Einflusses Gefühle hoch im Kurs. Diese Bewertung basiert auf den Verlogenheiten des Reiches, auf *der* Emotion der herrschenden Klasse des Herrscherplaneten. (Obwohl diese Herrschaft von unserem Standpunkt aus so kurz gewesen ist, dauerte sie doch lange genug, um eine ganze Gruppe von Planeten mit dieser Krankheit zu verseuchen.) Es handelt sich um die Emotion: »Wir Volyener, wir opfern uns, um euch, unseren Kindern, die unschätzbaren Vorteile eurer Entwicklung unter unserer Anleitung zu gewähren.« Unechte Emotionen bringen andere hervor: Weinen, Sicheinfühlen, zeigen, daß man weint und einfühlsam ist, und diese monströsen Perversionen werden hoch geschätzt, selbst bei den aufgeweckten jungen Leuten, die die Verlogenheit der »Anleitung« durchschauen und sich »endgültig« von Volyen befreien wollen. Zu hören, daß sie lernen müssen, ihre Sehnsüchte nach einer vollkommenen Welt von ihren verbalen Äußerungen, von ihrem kühlen, kritisch beobachtenden Verstand trennen müssen... das zu akzeptieren, fällt ihnen schwer, und Shammat weiß es. »Nein, nein«, murmelt Krolgul voll Sympathie, »ich verlange von dir nicht, du sollst weniger für das Leid anderer empfinden. Kannst du das von mir glauben, nachdem du mich so gut kennst? Vergiß es! Niemals! Doch um wirkungsvoll zu sein, um ein Instrument des Aufwärtsstrebens in der Galaxis zu werden, um die großen und berechtigten Sehnsüchte der Armen, der Leidenden, der Unfreien anzusprechen – wenn du das willst, mußt du lernen, Worte zu benutzen, ohne von ihnen benutzt zu werden.«

O ja, es sind die verdrehtesten Gedanken, die ich je gehört habe – und zwar sehr oft, denn ich war anwesend, wenn Shammat am Werk ist, obwohl Shammat es nicht ahnte –, eine Karikatur von Canopus, eine schäbige Imitation!

Und weil Shammat Worte benutzen kann, die den unsrigen so ähnlich *klingen*, befanden sich an diesem Tag so viele von unseren Leuten unter den Anwärtern auf einen Titel der krolgulschen Schule der Rhetorik. Ich bemerkte sie und sprach mit den beiden, die mich kannten; ich benutzte unsere ruhigen Worte, die sie vielleicht daran erinnern, die sie *bestimmt* daran erinnern werden, wenn die Zeit gekommen ist, daß sie nicht zu Shammat gehören, und daß ihre Zukunft nicht darin liegt, zu den Machthungrigen der Galaxis zu gehören.

Kurz gesagt, Shammat läßt sich das Material für seine Schule vom »Leben« liefern; ermuntert das »Leben«, dieses Material zu entwickeln, und wenn diese Leute sich an die rhetorischen Ergüsse der anderen und an ihre eigenen gewöhnt haben, nimmt man sie in Krolguls Schule auf, wo sie lernen müssen, dagegen immun zu werden, damit es ihnen vielleicht später gelingt, die Menge durch die leidenschaftlichste, aggressivste, emotionalste Sprache, die man sich denken kann, zu beherrschen, ohne selbst davon berührt zu werden.
Und während der Vorbereitung »durch das Leben« oder in der Schule sagt Shammat niemals zu seinen Schülern: »Diese Schule dient zur Ausübung der Macht über andere, der nackten Manipulation niederster Instinkte.«
Wie leicht kommt der Unschuldige, der Unvorbereitete da vom Weg ab: Als der neben mir auf der Bank ausgestreckte Incent sich schließlich umdrehte, sagte er: »Klorathy, ich habe nachgedacht. Weshalb sollte ich mich eigentlich nicht in Krolguls Schule anmelden? Er braucht nie zu erfahren, daß ich einfach hier bin, um zu lernen, was ich brauche.«
»Und was brauchst du?«
»Ich muß lernen, mich nicht durch Worte manipulieren zu lassen. Was sonst?«
»Du siehst wirklich keinen Unterschied zwischen den Methoden, die wir benutzen, um dich gegen Rhetorik immun zu machen, und Shammats Methoden?« Unser Incent lag melancholisch lang ausgestreckt da, die Arme hinter dem Kopf verschränkt, die schwarzen Augen grübelnd ins Leere gerichtet, und er war infolge seines Zustandes sehr blaß. Unterdessen tönte ein junger Sloviner: »Was wollen wir also? Nun, nichts anderes als...«
»Sie scheinen es eindeutig mehr zu genießen als wir«, murmelte er verdrießlich.
»Ja, das stimmt. *Genießen* ist das richtige Wort. Was ist genußvoller als Macht oder das Versprechen der Macht! *Wann haben wir dir je geschmeichelt, Incent?*«
Ein kurzes, bitteres Lachen. »Nein, das kann man dir wirklich nicht vorwerfen, Klorathy. Na ja, vielleicht *entschließe* ich

mich, das, was mir fehlt, in Krolguls Schule zu lernen und nicht bei dir! Krolgul wird mir wenigstens nicht das Gefühl geben, ich sei ein verächtlicher Wurm, der absolut nichts taugt.«

»Nein, aber du wirst ein verächtlicher Wurm werden, der zu nichts taugt! Wenn du Krolguls Schule absolvierst, Incent, wirst du als erstklassiger kleiner Tyrann daraus hervorgehen. Das verspreche ich dir. Du wirst dich auf jedes Podium, jede Plattform stellen können, die Menge zu Tränen rühren oder sie zum Mord aufhetzen, *wirst ihr deinen Willen aufzwingen*, ohne dabei eine Spur Reue oder Gewissensbisse zu empfinden. Oh, Krolguls Schule ist sehr wirksam, und ich hatte die Absicht, sie dir vorzuführen, damit du gewisse Vergleiche hättest selbst ziehen können – aber erst, nachdem du innerlich stark genug sein würdest, um die Vergleiche zu ziehen.«

Incent lag da und sah mich mit seinen dunklen Augen an: Die Leere dahinter verriet das Ausmaß seiner Erschöpfung. Er hatte sich zwar erholt, doch es ging ihm immer noch sehr schlecht.

»Einige unserer Leute sind hier bei Krolgul. Agentin 73 ist gerade an der Reihe. Ich kenne sie.«

»Ja. Und glaubst du, es wäre eine einfache Aufgabe, sie innerlich wiederaufzubauen, ihnen zurückzugeben, was man ihnen gestohlen hat, wenn das Leben ihnen gezeigt hat, was aus ihnen geworden ist? Incent, du bist in großer Gefahr, vielleicht mehr als manche der anderen. Dein Temperament, deine physischen Neigungen, deine Fähigkeit zur Selbstprojektion –«

»Danke«, sagte er gespielt pathetisch. »Ich bin ja sehr gut gerüstet!«

»Nun, Incent, *wer hat sich für diese Rüstung entschlossen*? Nein, ich möche keine Klagen darüber hören, daß der freie Wille deiner Ansicht nach ein Fehler ist. Worin liegt denn der Unterschied zwischen *ihnen* und *uns*, was glaubst du denn? *Wir* haben die Wahl.«

Ein langes Schweigen entstand, während ein junger Mann intonierte: »Und was steht diesem Paradies im Weg? Wir alle wissen es. Nichts! Unsere Erde birgt den Reichtum von Ernten und Bodenschätzen...«

»Also gut«, sagte Incent. »Aber in der nächsten Zeit läßt du mich besser nicht aus den Augen.«

Ich brachte ihn zum Hotel zurück, und ich muß nicht sagen, mit welcher Erleichterung wir den wunderbaren, völlig künstlichen, kühlen, stimulationsfreien weißen Raum betraten.

Und dort ruhten wir uns aus, Seite an Seite auf den Liegen – ich auf dem Rücken, er auf dem Bauch, durch das Geflecht auf den stumpfen schwarzen Boden starrend, erholten wir uns zusammen. Es war dort so still wie in einem Grab tief in der Erde, so still, als schwebten wir in den schwarzen Räumen zwischen den Galaxien. Der schmale hohe Raum lag im obersten Stockwerk des Gebäudes, und oben in der Decke gab es eine Stelle, durch die sanftes Licht fiel.

Zuerst nimmt man nur flüchtig Kreise, Dreiecke, Quadrate aus strahlendem Weiß in mattem Weiß wahr. Die Formen werden dunkler, werden grau und schließlich stumpf Grau im Weiß, das, wenn auch nur sanft, zu leuchten beginnt. Diese Darstellung einer Ordnung bleibt unverändert, und das Auge kann darüberwandern, jedoch ruhig, besänftigt und ermutigt. Bald beginnt der Geist jedoch, gegen die Unveränderlichkeit zu protestieren, und sehnt sich nach Abwechslung, und während man erkennt, daß einen dieser Gedanke beschäftigt – ein Hunger, der von einem brennenden Bedürfnis in die leidenschaftslosen Bahnen des Geistes gerät –, ist das Auge schon wieder in Bewegung, denn dort oben, am Ende des dämmrigen Schachts, versucht der Blick nicht Polygone, sondern Polyeder zu umfassen. Sie stehen scheinbar wartend in der Luft, doch ihre Körperlichkeit ist noch nicht festgelegt, ist noch gewichtslos, und man glaubt immer noch, daß ein Hexagon oder Oktagon den Blick auf sich zieht. Doch nein, dort im schwach schimmernden Weiß ist Masse, ist Gewicht. Schweigen und Stille, keine Bewegung für lange Zeit, für lange... Und dann, wenn das ruhelose Auge eine Änderung fordert, entsteht wieder Bewegung – Tetraeder verwandeln sich in Oktaeder und dann – völlig verwirrend! – in die bezaubernden Ikosaeder, die zu Ikosidodekaedern werden, und hoch oben, im allmählich sich verlierenden Dämmer des Geistes, scheinen Sphären zu kreisen, die klar und deutlich alle die leuchtenden Körper enthalten, so daß Dodekagone Sternpolygone umspielen, und ein Dekagon verschmilzt vielleicht mit einem Dodekaeder, das sich in ein Pentagon auflöst, das sich bescheiden für die Form eines Hexaeders entscheidet. Allerdings nicht für lange...

Unendlich erfrischt, schlug ich Incent vor, sich umzudrehen und hinaufzublicken. Er tat es, stöhnte jedoch sofort: »Schneeflocken«, und legte sich wieder auf den Bauch.

Ich vergnügte mich noch eine Weile mit dem mathematischen Spiel, schaltete den Kontrollmechanismus von »automatisch« zu »Handbedienung«, damit ich nach Belieben vom Eindimensionalen ins Vieldimensionale und wieder zurück wechseln konnte; denn kaum hatte ich entschieden, daß mich nichts von dem faszinierenden Tanz der Polyeder weglocken würde, wußte ich, ich könnte bis in alle Ewigkeit eine Decke betrachten, die flach geworden war, und sich mit den schimmernden Mustern und verschlungenen Formen sich überschneidender Polygone schmückte.

Als ich wieder zu mir fand, hatte sich auch Incent erholt, oder zeigte zumindest Anzeichen, sich erholen zu wollen. »Ich habe über Gouverneur Grice nachgedacht«, sagte er.

»O nein«, sagte ich, »muß das sein? Du hast wirklich überhaupt kein Gefühl für deine Grenzen, Incent!«

»Oh, ist es das? Ist das meine Krankheit?« Bei der Aussicht auf eine Diagnose strahlte er: Es ist sehr erstaunlich, wie diese Kinder der Rhetorik durch *Worte* getröstet werden.

Als ich schwieg, sagte er: »Ach, Klorathy... Wenn ich daran denke, wie ungerecht ich war. Schließlich hat Grice nur getan, was er tun mußte, und doch wollte ich ihn als Individuum bestrafen.«

»Incent«, sagte ich, »wenn du nur deine Hausaufgaben machen würdest – tust du das? Beschäftigst du dich mit dem, was man dir aufgegeben hat? In deinem Reden und deinem Verhalten gibt es nämlich keinerlei Anzeichen dafür. *Wenn* du es tätest, wüßtest du, wenn Individuen, Gruppen oder Gruppenverbände zu einem abschreckenden Beispiel für die Bevölkerung gemacht werden, schmäht und verleumdet man sie vor der rituellen Opferung. Schließlich könnte man es als Zeichen von Anständigkeit oder zaghaften Anfängen von Gerechtigkeit sehen, daß es so schwer ist, Menschen so weit zu bringen, daß sie jemanden töten – und sei es auch im Affekt –, der, wie sie glauben, nur seine Pflicht tut, obwohl er vielleicht verblendet ist. Nein, man muß ihnen sagen, daß Grice gierig, daß Klorathy grausam ist und Incent ...«

»Das klingt irgendwie abgeschmackt und langweilig«, sagte er, drehte sich plötzlich auf den Rücken und legte den Arm wie schützend über die Augen, blickte jedoch zu den verschlungenen Mustern über uns hinauf.

»Du meinst, die Worte sind abgeschmackt«, erwiderte ich. »Du hast sie in unseren Schulen immer wieder gehört. Doch sie scheinen keine Wirkung auf das Verhalten zu haben. Sie hatten ganz sicher wenig Wirkung auf dein Verhalten, also heißt das, der *Gedanke* ist es keineswegs. *Wenn* ihr Enthusiasten und Revolutionäre Krolgul widerstehen könnt und bei Schlagworten wie *Grice, der Gierschlund* nicht aufschäumt und euch zu selbstgerechten Tiraden hinreißen laßt, *dann* kannst du Worte wie *abgeschmackt* benutzen!«

»Ich würde mich am liebsten bei ihm entschuldigen.«

»Nichts hält dich davon ab.«

»Warum legst du uns diese schreckliche Bürde auf?«

»Warum ist uns allen diese Bürde auferlegt?«

»Dir natürlich auch, das habe ich vergessen.«

»Uns allen.«

»Es ist zuviel. Wir sind nicht stark genug. Ich bin nicht stark genug. O nein ...« Er schloß die Augen, verschloß sie vor einer Vision im kühlen Dämmer dort oben, wo ein Muster von Sternenoktagonen sich vom Zwei- ins Dreidimensionale verwandelte und wieder zurück – Linien und Flächen von dunklem Grau auf hellem Grau, dann ein schönes zartes Schwarz auf einem Schatten, der nur deshalb weiß war, weil ein klareres Weiß nicht nahe genug lag, um einen starken Kontrast zu bilden und dem zu widersprechen. Weiß auf weiß, oder Weiß, das wirkte, als sei ihm eine Spur Wärme entzogen worden; eine Welt klar umrissener mathematischer Formen lebte in den Räu-

men unter der Decke, die selbst formlos war und sich in nichts aufzulösen schien.
»O doch, wir sind es«, erwiderte ich. »Jeder von uns hat einmal genauso empfunden wie du.«
»Du auch?«
»Natürlich.«
»Auch Johor – und alle anderen?«
Sein ungläubiges Staunen war das Echo meines eigenen. Denn natürlich fällt es mir ebenso schwer zu glauben, daß du, Johor, einmal so schwach gewesen sein solltest wie Incent, daß ich es einmal war...
»Und dann?«
»Du wirst es erleben, Incent. Doch in der Zwischenzeit...«
»Bringe ich dich zur Verzweiflung?« Sein Kichern klang tröstlich, denn daraus sprach wieder Vitalität.
»Oh, du wirst es schon schaffen. Aber in der Zwischenzeit...«
»Du möchtest nicht, daß ich Gouverneur Grice nachlaufe?«
»Wenn du es tun mußt, dann mußt du es tun.«
»Hmm... ich verstehe schon. An ihm ist etwas, wovon ich nichts weiß. Was ist es?«
»Was würdest du sagen, wenn ich dir erzähle, daß man ihn in gewissen Kreisen für einen sirianischen Agenten hält?«
Er brach in schallendes Gelächter aus, ein echtes derbes, polterndes, verächtliches Lachen. Mein Optimismus wuchs.
»Das heißt vermutlich, du hast vor, ihn um die Ecke zu bringen, oder jemanden zu finden, der es für dich tut, und deshalb mußt du ihn zuerst verleumden.«
»Logisch gedacht«, sagte ich, »gratuliere.«
»Mach dich nicht über mich lustig. In der Schule haben sie immer gesagt, ich müßte über jede Behauptung so lange nachgrübeln, bis ich sie ins Gegenteil verkehrt hätte, ehe ich sie gelten lasse. Also ist er ein sirianischer Agent?«
»Das ist eines der Dinge, die ich hier herausfinden will. Du, Incent – obwohl ich an der plötzlich veränderten Schulterhaltung sehe, daß diese Information dich enttäuscht –, bist nicht meine einzige Aufgabe. Aber ich kann dir versichern, manch-

mal bist du mir mehr als genug... Glaubst du, du kommst eine Weile zurecht, wenn ich dich hier allein lasse, um ein paar Erkundigungen einzuziehen? Johor erwartet einen Bericht.« Er sah gelassen zu, wie ich mich zum Ausgehen fertigmachte.
»Soll ich das Spiel an der Decke eingeschaltet lassen?«
»Ja. Es lenkt meine Gedanken auf Canopus.«
»Ja.«
»Du vertraust mir und läßt mich hier allein, nachdem ich mich so oft zum Narren gemacht habe?«
»Mir bleibt keine andere Wahl, Incent.«

KLORATHY IN VATUN, AN JOHOR.

Johor, würdest du heute Volyen besuchen, weiß ich nicht, ob dir die Veränderungen oder das Fehlen von Veränderungen am stärksten auffallen würde. Du warst hier, als Volyen seinen Höhepunkt als Reich erlebte, nachdem es kurz zuvor ME 70 und ME 71 erobert hatte, und ehe es begann, wieder in sich zusammenzufallen. Damals war es sehr reich, selbstgefällig und zufrieden. Wie es für Imperien in diesem Stadium üblich, bestimmte die Litanei des Eigenlobs den Ton oder die Stimmung in der Öffentlichkeit. Von ME 70 und ME 71 kam neuer Reichtum; Volyenadna und Volyendesta waren bereits wohlintegrierte Bestandteile des Wirtschaftsverbundes. Die Städte auf Volyen wuchsen und gediehen durch eine Bevölkerungsexplosion, die eine Folge des allgemeinen Wohlstandes war. Volyen war lange arm und rückständig gewesen, nachdem es in der vorausgegangenen Periode als Kolonie von Volyenadna ausgesaugt worden war. Doch die Städte boten einen erschreckenden Kontrast zwischen extremem Reichtum und extremer Armut, denn selbst im größten Wohlstand war Volyen nicht in der Lage oder willens, seinen arbeitenden Klassen ein anständiges Leben zu erlauben. Diese Millionen existierten, weil die Bedingungen sich verbesserten, doch man erlaubte ihnen nicht länger

zu leben, als sie den privilegierten Klassen dienten, die sie beschäftigten.
Dies war vielleicht der beeindruckendste Teil deines Berichts, Johor, und er wurde in der Ausbildung für den Kolonialdienst als Unterrichtsmaterial benutzt, wo ich damals unterrichtete, um zu demonstrieren, daß ein Imperium als reich betrachtet werden, daß es seinen Reichtum im Lauf eines Jahrhunderts durch Plünderung und Raub vervielfachen, daß es es überall in einer Galaxis im Ruf von Pracht, Wohlstand und Wachstum stehen kann, während die Mehrzahl seiner Bewohner immer noch so armselig und hoffnungslos lebt wie die bedauernswertesten Sklaven. Die ärmsten Klassen auf Volyen lebten unter schlechteren Bedingungen als Sklaven.
Dein Bericht wurde veröffentlicht, als ich Urlaub auf Canopus machte und einen Lehrgang über Vergleichende Reichskunde hielt: Das Unterrichtsmaterial bildeten Sirius, ein Reich, das beinahe so lange besteht wie das unsere, und Volyen, das im Vergleich dazu eine flüchtige Erscheinung ist. Dein Bericht beeindruckte meine Studenten und mich zutiefst. Ein einziger Satz bot nicht nur Stoff für eine Vorlesung, sondern für ganze Kurse. Zum Beispiel:

Im allgemeinen kann man als Regel annehmen, daß die voraussichtliche Dauer eines Reichs sich danach berechnen läßt, in welchem Maß die Herrschenden ihrer eigenen Propaganda glauben.

Welchen Reichtum fanden wir darin, Johor!
Nun ja, die zufriedenen Herrscher von Volyen glaubten bestimmt an das Bild, das sie projizierten. Sie hielten sich für freundliche, väterlich besorgte Lehrer, die der rückständigen Bevölkerung, die sie versklavten und ausbeuteten, Zivilisation brachten. Dies machte sie blind für die wahren Gefühle, die unter ihrer milden Herrschaft gärten.
Ich erinnere mich, daß verschiedene Stadien des sirianischen Reiches als Anschauungsmaterial herangezogen wurden. Im frühesten Stadium plünderten und raubten, mordeten und zer-

störten sie – alles angeblich zum Besten des sirianischen Mutterplaneten. Das wurde niemals bemäntelt! (In den allerersten Anfängen nahmen auch wir, Canopus, was wir wollten, machten große Fehler und wunderten uns, daß alles mißlang, was wir anpackten, und schließlich zu Mißerfolgen und Fehlschlägen führte, bis wir schließlich die NOTWENDIGKEIT erkannten und es uns gelang zu tun, was wir tun sollten.) Doch Sirius entdeckte die NOTWENDIGKEIT nicht; während es sich entwickelte, entwickelte es Rhetorik. Jeder neue Planet, jedes attraktive bißchen Besitz wurde unter vielen Worten, Worten, Worten geschluckt und vereinnahmt, die den Diebstahl als ein Geschenk verherrlichten, Zerstörung als Entwicklung und Mord als öffentliche Hygienemaßnahme. Das Schema der Worte und Gedanken änderte sich, als Sirius ein Gewissen entwickelte und sich durch die langen Zeitalter der Veränderung, der Ausdehnung und Schrumpfung hindurchquälte und schließlich eine Art Stabilität erreichte. Worauf es sich von neuem ausdehnte, von neuem schrumpfte und dabei alles mit neuen *Wort*schemata rechtfertigte. Diese Wortschemata gingen niemals in die Richtung von: »Wir nehmen uns diesen Planeten, weil wir seinen Reichtum an Bodenschätzen, Nahrungsmitteln oder Arbeitskräften brauchen.« O nein, irgendwie wurde die Eroberung immer so dargestellt, als geschehe sie zum *Wohl* des unterworfenen Planeten.

Die verlogene Rhetorik einer Invasionsmacht läßt sich deshalb gewissermaßen auch als Tribut an die Moral betrachten...

Ich erinnere mich, daß ich Puttiora und sein Anhängsel, das räuberische Shammat, als Illustration des Gegenteils heranzog, als ein Beispiel für das eingestandene Motiv, was im Vergleich mit folgendem sogar erfreulich ist:

Das Volk von (sagen wir Volyenadna), das sich freiwillig und begeistert bereit erklärt hat, sich von uns in den höheren Werten unserer Zivilisation unterweisen zu lassen, hat sich verräterisch und niederträchtig gegen uns erhoben, und deshalb mußten unsere heldenmütigen Soldaten ihm eine heilsame Lektion erteilen.

Shammats Stil klang immer etwa so:

Diese widerlichen Ratten, die Volyenadnaner, beobachteten, wie wir unsere Transportschiffe mit ihrer neuen Ernte beluden, und haben versucht, sie in Brand zu setzen. Dabei wurden zwei unserer Männer ermordet. Also haben wir ihnen eine Lektion erteilt, die sie so bald nicht vergessen werden, damit sie uns in Zukunft in Ruhe lassen.

In deinem Bericht sprichst du von vielen neuen, würdigen, imposanten öffentlichen Gebäuden in den Städten auf Volyen, von neuen wohlhabenden Vororten, neuen Methoden des öffentlichen Transports, von Brücken, Kanälen und Plätzen für Spiel und Sport – in diesen Städten herrschte Selbstbewußtsein und ein reges Leben – all das gründete sich auf dem Bild von Volyen als dem »größten Reich in der Galaxis«. Dieses Bewußtsein von Reichtum und Herrschaft teilte selbst die ärmste Arbeiterin, die damals infolge der harten Arbeit und der Überbeanspruchung als Gebärerin vermutlich nur ein Drittel ihrer normalen Lebensspanne erreichen würde. Eine laute, geschäftige, derbe Vitalität erfüllte die Menschen; die Städte waren hauptsächlich von Volyenern bevölkert, einer Mischung aus der Urbevölkerung und Volyenadnanern, Volyendestanern, den Völkern von ME 70 und ME 71 (Maken und Slovin), aus der sich das Volk, »wir Volyener«, zusammensetzte.
Mein erster Eindruck beim Verlassen des hohen Raums, in dem Incent sich erholte, unterschied sich nicht sehr von deinem Bericht. Die großen öffentlichen Gebäude des stolzen »Reiches« Volyen stehen noch, obwohl sie inzwischen etwas schäbig aussehen. Überall gibt es großzügige Park- und Gartenanlagen, aber bei näherem Hinsehen sind die Bäume meist alt, und die Vernachlässigung zeigt sich an der ausgewaschenen Erde und am schmutzigen Wasser in den Seen und Teichen. Die wohlhabenden Vororte sind Teil der Innenstadt, denn Vatun hat sich weiter ausgebreitet, und neue, kleinere Vororte mit ärmlicheren Behausungen sind entstanden. Die Häuser in der Innenstadt werden nun nicht mehr von einzelnen Familien mit den

dazugehörigen Dienstboten bewohnt, sondern von mehreren Familien. Mit den Fabriken und Arbeitsstätten aus der Zeit von Volyens Größe geht es abwärts; viele stehen bereits leer. Nicht Gedankenlosigkeit und lautstarkes Selbstbewußtsein bestimmen den allgemeinen Ton, sondern eine verwirrte, sogar streitsüchtige Unsicherheit. Überall beobachtet man, wie Volyener, die bis vor kurzem die meisten wichtigen öffentlichen Positionen bekleideten, abgelöst werden – oft von Bürgern ihrer Kolonien. Das gilt ebenso für einige der wichtigsten Stellen wie für die Besitzer der Geschäfte in den großen und kleinen Straßen: Zur Zeit von Volyens Blüte war der Handel die treibende Kraft; heute sind es zunehmend Volyenadnaner und Volyendestaner, denen die Läden gehören, und sie organisieren den Handel.

Als sich Unsicherheit im »Reich« ausbreitete und der Widerstand der unterworfenen Planeten wuchs, wurde es immer schwieriger, die Herrschaft aufrechtzuerhalten, und an einigen Stellen sogar unmöglich. Nachdem die Bedingungen auf den Kolonien sich verschlechterten, kam die Bevölkerung in großen Zahlen nach »Hause«, nach Volyen, um an dem Reichtum teilzuhaben, den man ihnen geraubt hatte. Bei einem Gang durch die Straßen und Plätze von Vatun begegnet man ebenso vielen Ausländern wie Volyenern. Und vielleicht wäre das der auffälligste Unterschied, den du, Johor, bemerken würdest. Die anderen, grundlegenderen Unterschiede lassen sich nicht so einfach beschreiben.

Es ist leicht zu sagen: Das ist ein untergehendes Reich – und wir haben so etwas schon tausendmal gesehen. Ebenso leicht kann man sagen: Wenn ein Reich zerfällt, werden die Entwurzelten und die Armen in sein Zentrum gezogen – auch das ist nichts Neues. Aber jedes Reich hat in seiner Endzeit ein eigenes »Gefühl«, seine Atmosphäre, die man nicht einfach vermitteln kann, indem man von einer Unsicherheit des Willens spricht.

In diesem Fall handelt es sich natürlich um ein Reich, das in Kürze auseinanderbrechen wird, da Sirius es in einer Phase der eigenen Implosion übernimmt. Das bringt mich zum nächsten, vielleicht wichtigsten Teil meines Berichtes.

Infolge des langen Kontakts mit uns – unserer langsamen Erziehung von Ambien II – kam es im sirianischen Reich zu einer Krise, was zur Selbstbefragung, der Infragestellung der Rolle, der Motive und der *Funktion* führte: Sirius stand zitternd vor der wirklichen Frage, der einzigen Frage: *Wozu sind wir da?*
Das sirianische Reich befand sich gerade in einer Schrumpfungsphase und war in seiner räumlichen Ausdehnung nur noch ein Bruchteil dessen, was es auf seinem Höhepunkt gewesen war. Es spaltete sich in zwei Fraktionen: die eine unterstützte Ambien II im Exil und die anderen Vier, die ihr dorthin gefolgt waren. (Die ehemalige herrschende Junta, die Fünf, befinden sich seit zwei S-Jahren oder fünfzig V-Jahren nicht weit von hier entfernt, auf dem sirianischen Planeten 13, im Exil.) Diese Fraktion forderte eine Annäherung an uns, an Canopus, und verband damit die Bitte um eine Unterrichtung in den fundamentalen Fragen, dem Verständnis der NOTWENDIGKEIT. Inzwischen hat eine Entscheidung, die Möglichkeiten zur Erlangung von TUGEND (ihre Bezeichnung für NOTWENDIGKEIT) zu erforschen, vorschnell zu der Überzeugung geführt, sie besäßen bereits die wirklichen Eigenschaften. In der (kurzen) Zeit, in der diese Fraktion die Oberhand behielt, setzte eine enthusiastische Expansion ein. Sie überrannten nicht nur Planeten, die Sirius bereits kolonisiert und wieder verlassen hatte, sondern auch andere, die man früher nicht kolonisiert hatte, weil das nicht zu lohnen schien. Aber mit ihrer neuen »Tugend« sahen sie sich als Bringer von Wohltaten und zwangen selbst zweit- und drittklassige Planeten, widerwillige Mitglieder des sirianischen Reichs zu werden.
Sirius sah sich als Bringer *neuer* Wohltaten – auf Grund des *neuen* Selbstbildes –, doch die Opfer konnten zwischen dieser neuen Expansion und den früheren keinen Unterschied sehen, denn alle waren wie immer von Ergüssen verbalen Eigenlobs begleitet; und auch in der Praxis gab es keine Veränderungen. Du wirst natürlich bereits erkannt haben, daß diese sirianische Fraktion eine Illustration des Gesetzes ist, auf das du unsere Anweisung gelenkt hast: Eine herrschende Klasse, die das Opfer ihrer eigenen Rhetorik wird, kann nicht lange überleben.

Der anderen Fraktion, die in Opposition zu den verbannten und gefangengehaltenen Fünf stand – deren Gedanken großen Einfluß ausübten, obwohl ihnen keine der Kommunikationsmöglichkeiten offenstanden –, gelang es nicht, deren Ideen zu bekämpfen; und alle griffen zu Parolen von der NOTWENDIGKEIT und der TUGEND. Bald erkannte jedoch beinahe jedermann, daß sich nichts geändert hatte: Das Reich befand sich in einer Phase der Expansion; Planeten fielen ungehemmter Ausbeutung zum Opfer, die wie üblich von Rhetorik begleitet wurde. Die Gegner der Fünf, die ununterbrochen über die Wahl der *richtigen Worte* berieten, um damit die Fünf in Mißkredit zu bringen, stellten fest, daß *das Leben* ihnen diese Aufgabe abgenommen hatte, denn das Gerede über TUGEND hatte nichts geändert. Die Fünf, in der Verbannung auf ihrem Planeten wiedervereint, begriffen, daß sie sich wieder und zum tausendstenmal von ihren eigenen verbalen Äußerungen hatten täuschen lassen. Diesmal jedoch war ein neuer Einfluß im Spiel, und zwar unser Einfluß auf Ambien II; und er nahm nicht ab, weil er nicht auf physischer Kommunikation beruhte. Die Fünf dachten in ihrer erzwungenen Isolation über die Ereignisse nach und kamen zu der Einsicht, daß sie für den Gebrauch von *Worten* verantwortlich waren, die alles verzerrten und verdrehten, wofür Canopus steht, und sie deshalb auch die Verantwortung für ihre fälschliche und voreilige Verteidigung von Canopus trugen, die wiederum Canopus in Mißkredit gebracht hatte. Doch sie erkannten auch, daß dies nichts am Wesen von Canopus und dem, was Canopus bietet, änderte, nichts ändern konnte. Die Fünf lernten, sich an die Wahrheit zu halten, daß es Canopus gab und er bereit war, Sirius zu unterweisen, *wenn* Sirius die Bereitschaft dazu zeigte. Dabei beließen es die Fünf; sie weigerten sich, neue Manifeste, Proklamationen, Thesen und Analysen der Situation zu verbreiten, wozu man sie immer wieder drängte, denn dissidente Gruppen überall im Reich schickten ständig Boten und Agenten zu ihnen auf den Planeten 13, und natürlich gab es – und gibt es – viele Spione der Opposition, die hauptsächlich an Formulierungen interessiert ist, die sie zu eigenen Zwecken benutzen kann, obwohl sie natürlich auch von der vieltausendjährigen Erfahrung der Fünf profitieren möchte. Außerdem gibt es die Historiker, Archivare, Aufzeichner und alle möglichen Erinnerer. Deshalb ist die Isolation der Fünf nur relativ.

Aber man kann ihnen kein zündendes, inspirierendes, provokatives, *rhetorisches* Wort mehr entlocken.

Man könnte sagen – und auch die Fünf haben es oft genug gesagt –, das heißt soviel, wie die Tür des Reaktors zu schließen, nachdem die Elektronen entschlüpft sind.

Denn inzwischen ist das ganze sirianische Reich vom Fieber der Worte, Phrasen und Parolen gepackt, die alle auf die Fünf in ihrer idealistischen und tugendhaften Phase zurückgehen, von denen sie sich jetzt jedoch distanzieren. Ganz Sirius liegt im Wortfieber und expandiert hektisch und verzweifelt. Zum Teil liegt das daran, daß die gemäßigte und nüchterne Führung der Fünf fehlt und ihre Nachfolger sich nur auf den Gedanken stützen, daß sie die Herrscher sind – ein Gedanke, dem die solide Grundlage fehlt, unter anderem deshalb, weil die Expansion des Reichs ihre eigene Dynamik entwickelt, zum Teil aber auch, weil die derzeitigen sirianischen Herren von Sirius – ein bunt zusammengewürfelter Haufen, ein Mischmasch von Rassen, ein galaktisches Allerlei, wie es im Buche steht – Gefangene ihrer eigenen Rhetorik sind und nicht länger zwischen der Wirklichkeit und der selbstgeschaffenen Fiktion unterscheiden können.

Die Formulierungen, deren sie sich alle bedienen, stammen aus der Zeit, als der Einfluß der Fünf zu Vorstellungen von TUGEND führte, und sind deshalb so hochtrabend, einfältig, sentimental und verlogen, wie man sie sich nicht schlimmer vorstellen kann; und sie beziehen sich alle auf die Belohnungen, die TUGEND verheißt. Ich muß gestehen, vor diesem Besuch auf Volyen hatte ich geglaubt, das Schlimmste an verbalen Ergüssen bereits erlebt zu haben.

Bei deinem Besuch – der selbst nach volyenischen Begriffen noch nicht lange zurückliegt – wurde die Jugend der aufstrebenden Ober- und Mittelklasse mit Blick auf die administrative Maschinerie des Reiches ausgebildet, von der sie träumte, und

in der sie einen Platz fand. Die Bildung entsprach der Erwartung, und die Erwartung entsprach der Leistung.
Aber seit dreißig Jahren, seit dem letzten Krieg, in dem Volyen gegen eine abtrünnige Gruppe von Sirius kämpfte, die beabsichtigte, dieses geschwächte Reich als Stützpunkt für ihre eigenen Abenteuer zu benutzen – kämpfte und gewann, jedoch einen hohen Preis dafür bezahlte, denn dieser »Sieg« schwächte das Reich endgültig –, seit damals sah die gebildete Jugend einer sehr schwierigen Zukunft entgegen. Trotzdem orientiert sich die Bildung immer noch an der Vergangenheit – das heißt, an der Überzeugung von Volyens moralischer Überlegenheit gegenüber niedriger stehenden Rassen. Volyenjahr um Volyenjahr verlassen junge Leute die Bildungsstätten mit dem praktischen, meist jedoch moralischen Rüstzeug zur Verwaltung, Leitung und REGIERUNG anderer und müssen feststellen, daß sie überflüssig sind. Außerdem haben diese Generationen junger Leute durch den barbarischen Krieg gegen die sirianischen Dissidenten, durch die verlogene Propaganda auf beiden Seiten, die das »Leben« so schnell entlarvte, einen wertvollen, aber schmerzlichen Erziehungsprozeß in Dekonditionierung, im Gebrauch ihres Verstandes zur Analyse von Propaganda der eigenen Seite ebenso wie der des Feindes hinter sich.
Ein Ergebnis dieses Krieges war, daß sich eine neue Methode, ein neuer Ton oder Stil in den Bildungsstätten der Jugend auf Volyen ausbreiteten. Etwas Ähnliches wäre vorher unmöglich gewesen. Es handelte sich um eine scharfe und zornige Kritik an ihren Eltern, jedoch um eine sehr zynische Kritik. (»Was kann man schon anderes erwarten?!«) Diese Verachtung fand ihren Ausdruck nicht nur im Tonfall, sondern in einem charakteristischen Schulterzucken, anmaßend zusammengepreßten Lippen, begleitet von einem Nicken und dem Senken der Augenlider, als beabsichtige man, den Gefährten oder Mitverschworenen vor der Mühsal der Gedanken zu schützen, deren Banalität wie erwartet *natürlich* keine Spur geringer war. Der Beigeschmack des *»natürlich«* beherrschte solche Begegnungen. *Natürlich*, diese Unfähigkeit, diese Gleichgültigkeit gegenüber dem öffentlichen Wohl, diese Bestechlichkeit, diese Korrup-

tion; *natürlich* waren die Lügen dieser erfahrenen und zynischen Propagandisten zu erwarten. Aber nicht für lange... Denn hinter dem Horizont, nicht weiter als der nächste Stern und seine freundlichen Planeten entfernt, lag Sirius; Sirius, die neue Zivilisation, das große und das gute Sirius; Sirius, die Hoffnung der Galaxis. Denn die absolute Bereitschaft, an Volyen nur das Schlechte zu sehen, fand ihre Entsprechung im Bedürfnis, an Sirius nur das Gute zu sehen.

Die sirianischen Agenten, die selbst damals schon überall anzutreffen waren, bemerkten diese neue Stimmung unter der Jugend, der künftigen Klasse von Staatsdienern (obwohl im bröckelnden Reich Volyen nur wenige eine solche Stelle finden würden). Sie berichteten den Repräsentanten von Sirius auf den umliegenden Planeten, die ihrerseits Sirius Bericht erstatteten (der Junta, die die Fünf abgelöst hatte), die gesamte Jugend auf Volyen, angewidert von der eklatanten Korrumpiertheit der herrschenden Klasse, abgestoßen von der Raubgier ihres Reichs (du wirst dich erinnern, daß Sirius wieder Phantasien über sein Wesen als herrschende Macht und als Quelle der TUGEND nachhing), würde den eigenen Planeten nur allzu bereitwillig verraten und Agenten für Sirius werden – größtenteils ohne Entlohnung, nur aus der Überzeugung heraus, eine Pflicht zu erfüllen; aus reinem Idealismus, der Liebe zum Fortschritt und dem Glauben an eine künftige friedliche Entwicklung nicht nur der dortigen galaktischen Bevölkerung, sondern aller Völker des Universums...

Vergib mir, wenn es zeitweilig so aussieht, als sei ich hin und wieder von dem Stil angesteckt.

Dieser Krieg vor dreißig V-Jahren war wirklich grauenvoll. Eine gerade im Entstehen begriffene Technologie lieferte neue, schreckliche Waffen. Die sirianische Rhetorik und die Rhetorik, die Volyen als Gegenmaßnahme einsetzte, waren ekelerregend. Die jungen Leute auf Volyen können zu einer bestimmten Zeit die einheimische Rhetorik durchschauen; obwohl das üblicherweise nur ein kurzer Abschnitt ist, ehe sie ihren Lebensunterhalt verdienen und sich deshalb anpassen müssen, ehe sie also als Mitglieder einer herrschenden Klasse akzeptiert werden – und sich deshalb anpassen müssen; und ehe sie sich jetzt, nachdem die herrschende Klasse, der man angehören möchte, so klein ist, einer der zahllosen politischen Gruppierungen anschließen, die alle ihre eigene Rhetorik haben, und die zu kritisieren sie sich nicht leisten können; denn wenn sie das tun, setzen sie die Mitgliedschaft in der Gruppe aufs Spiel, die ihre soziale Basis ist – die einzige Basis für Freundschaften. Die Volyener haben das Stadium tierischen Gruppenlebens noch nicht lange überwunden und können deshalb außerhalb von Gemeinschaften, Rudeln und Herden so gut wie nichts tun; jede dieser Gemeinschaften hat ihre eigene geheiligte Terminologie, die – allerdings nur unter Schwierigkeiten – geändert werden und (solange sie akzeptiert ist) nicht in Frage gestellt werden kann.

Wieder werden die jungen Leute von Rhetorik beherrscht, obwohl sie versucht haben, ihr zu entfliehen. Sie legen die imperiale Rhetorik ab, die sie bereitwillig und scharfsinnig analysieren und voll Verachtung und Geringschätzung ablehnen, aber nur um Gefangene der Rhetorik oppositioneller Gruppen zu werden, deren einziges Ziel darin besteht, ihrerseits Herrscher zu werden, die durch Rhetorik regieren: durch Formulierungen und Manipulationen der *Worte*.

Sirius verstand es auf Grund seiner großen Erfahrung in Gruppenpsychologie, Manipulation und im Einsatz von Ideologien, die jungen Leute gerade in dem Moment ihres Lebens zu unterwandern, als sich ihr heftiger jugendlicher Zorn gegen die Rhetorik richtete, die sie ablehnte.

Auf Volyen wurden diese Jugendlichen scharenweise sirianische Agenten – und dies lange ehe es ins öffentliche Bewußtsein drang, daß Sirius eine echte äußere Bedrohung darstellte und vielleicht tatsächlich das »Reich« angreifen und besiegen würde. Es ist schwer zu sagen, weshalb es den Volyenern so schwerfiel, diese Vorstellung zu akzeptieren, denn schließlich hatten sie selbst noch vor kurzem andere Planeten an sich gerissen und überrannt. Nein, diese jungen Leute sagten sich nicht: »Ich bahne einer sirianischen Invasion den Weg«, denn diese Vorstellung erschien ihnen lächerlich, sondern: »Ich vertrete die edlen, wahren und schönen Ideen von Sirius, die das jämmerliche, korrupte, verlogene und hohle Volyen verwandeln und beinahe zum Paradies machen werden. Diese Ideen werden dem bereits zerfallenden Reich Volyen den Todesstoß versetzen. Je früher desto besser, denn Imperialismus ist schlecht und widerlich. Sirius verkörpert die stetige Vorwärtsentwicklung der aufstrebenden Galaxien. Sirius bedeutet Gerechtigkeit! Wahrheit! Freiheit!« (Und so weiter, *bis zum Erbrechen…*)

»Die Blüte der volyenischen Jugend« träumt zu Hunderttausenden von den sirianischen Tugenden, während dieses Reich in seiner augenblicklichen Phase in Wahrheit eine brutale Tyrannei ist. In der Vergangenheit hat Sirius mehrmals in Zeiten der Expansion ganz einfach beschlossen, daß ein bestimmter Planet seinen Zwecken dienlich sei. Dann hat Sirius seine Armeen dorthin in Marsch gesetzt, eine Regierung etabliert, alle umgebracht, die Widerstand leisteten, und die ökonomischen Bedingungen im Sinne des eigenen Vorteils verändert. Doch unter dem Einfluß der »Tugend« sieht das Schema etwa so aus: Ein Planet, der auf dem Weg der sirianischen Expansion liegt, gerät ganz oben auf die Liste ihrer Eroberungen. Agenten und Spione in allen möglichen Verkleidungen tauchen dort auf und verbreiten Geschichten über den Vorteil einer sirianischen Herrschaft. Diese Operation ist eine Mischung aus absolutem Zynismus und eklatanten Widersprüchen und schafft Planeten voller Verrückter, denn diese Leute müssen sich darüber im klaren sein, daß auf die Bedingungen, von denen sie sprechen, die klassischen Symptome einer Tyrannei (zu jeder Zeit und an jedem Ort) zutreffen; sie müssen aber gleichzeitig glauben, daß diese Bedingungen eine »Tugend« darstellen. Die einheimische Bevölkerung »glaubt« anfangs mehr oder weniger diese Märchen über Sirius. Wenn Sirius einmarschiert, gibt es einen harten Kern von Anhängern, die um der »Tugend« willen zu jedem Verbrechen am eigenen Volk bereit sind. Diese Leute werden zum Bestandteil der neuen Machtmaschinerie. Bald setzt bei manchen – wenn nicht sogar bei den meisten – die Desillusionierung ein, wenn sie sehen, welche Frevel um sie herum begangen werden. Sie werden auf der Stelle ermordet. Andere verschließen die Augen davor und werden zu willigen Werkzeugen von Sirius. Die Reichtümer des kolonisierten Planeten stehen Sirius jetzt zur Verfügung. Dieses Vorgehen hat natürlich nichts mit dem wohlüberlegten und geplanten Handeln zu Zeiten der Fünf zu tun, die wenn auch nichts Höheres, so doch zumindest etwas von ökonomischer Langzeitplanung verstanden. Nein, alles ist ein einziges Durcheinander; es herrschen Unfähigkeit und Konfusion. Beklagenswerte, ausgebeutete Völker, denen jede Form des Protests verweigert wird, müssen die sirianischen Litaneien des Selbstlobs über sich ergehen lassen, in die ihre verblendeten Landsleute einstimmen. Wer versucht, die Sprache einzusetzen und präzise zu beschreiben, was wirklich geschieht, verschwindet in Folterkammern und Gefängnissen oder – nachdem man ihn für geistesgestört erklärt hat – in Irrenhäusern. Bald kommt es zu einer scharfen Trennung zwischen den Massen und der kleinen, gehorsamen Führungsschicht. Die einen leben in größter Armut, den anderen stehen alle Vergünstigungen offen. Zu den Hauptbeschäftigungen gehört das Ersinnen von Formulierungen, die dieses uralte Verwaltungssystem eines Landes verschleiern und als eine Art Utopia darstellen sollen. Die Administration verwendet einen Großteil ihrer Zeit und Energie auf nichts anderes.

Und das ist die Wahrheit auf allen sirianischen Kolonien in der Nähe von Volyen. Man kann sie als Gefängnisplaneten bezeichnen. Wäre dieser Bericht auch zwanzigmal länger, so könnte ich doch nicht annähernd eine Vorstellung von der erstickenden, verlogenen, alptraumartigen Atmosphäre solcher Planeten vermitteln: die Armut, das Elend, die Ausbeutung *aller* Ressourcen zum Wohl von Sirius.

Währenddessen richtet sich die Hoffnung der tatkräftigen, gebildeten jungen Leute in ihren zahllosen Gruppen auf eine sirianische Herrschaft in der Zukunft. Und da die Ausbildungsstätten Jahr für Jahr ihre Insassen entlassen, bilden sich neue Gruppen, neue Gesellschaften, neue Parteien, die alle von der einen Idee beherrscht sind, Volyen »wie Sirius« zu machen. (Wenn auch jede Gruppe sich einen anderen nahe gelegenen

Planeten zum Vorbild wählt.) Natürlich dringen von den sirianischen Sklavenplaneten Nachrichten über ihre wahre Lage nach außen; aber da diese Gruppen unfähig sind, ihren Traum aufzugeben, verändern sie auf der Stelle die Formulierungen und verkünden: Dieser oder jener Planet sei bedauerlicherweise vom »richtigen Weg abgekommen«; doch jener andere Planet, der vielleicht gerade erst unterworfen wurde (so daß man über die wahren Zustände dort noch nichts weiß), sei nun für alle die Inspirationsquelle.

Die Generation von Volyenern, die sirianische Agenten wurden, ist inzwischen in den mittleren Jahren oder sogar alt. Überall in den Behörden und Ämtern von Volyen sitzen Leute, die mehr oder weniger Agenten waren, und denen »das Leben« die Augen darüber öffnete, in welchen Alptraum sie Volyen unbedingt hatten stürzen wollen. Manche flohen in eine der sirianischen Kolonien im sicheren Wissen, daß man sie dort bevorzugt behandeln würde – selbst wenn sie dort nur die Bequemlichkeit und Zufriedenheit von gefangenen Tieren erwarteten, deren Funktion darin besteht, ihren Besitzern in irgendeiner Form Nahrung zu liefern. Andere wurden gefaßt und eingesperrt. Wieder andere wurden entlarvt – und nicht bestraft, denn man entdeckte bald, wie weit verbreitet die Schwäche volyenischen Herrschaftsgefüges war, und wie viele man bloßstellen müßte und damit das Ausmaß der Schwäche proklamieren würde. Manche wurden nie entdeckt. Sie lebten – leben immer noch – in der ständigen Furcht, entlarvt zu werden. Aber die Bürger von Volyen beginnen erst langsam zu ahnen, wie viele der Männer, denen ihr ganzes Vertrauen gehörte, bereit waren, sie zu verraten. Diese Seuche ging sogar so weit, daß selbst ihre Geheimdienste, deren wichtigste Aufgabe es natürlich ist, das ständig expandierende sirianische Reich im Auge zu haben, von sirianischen Agenten unterwandert war. Es ging sogar so weit, daß zu einem bestimmten Zeitpunkt der Leiter aller Geheimdienste ein sirianischer Agent war...

Also – da haben wir eine Tatsache, die ich vielleicht für die interessanteste halte. Hier haben wir ein Phänomen – es ist, wie

ich glaube, einmalig, denn ich kann mich an keinen ähnlichen Fall weder in unseren Archiven noch unter allem, was wir in der Vergangenheit über Sirius erfahren haben, erinnern –: Ein Reich (Volyen) wird durch Tausende seiner Bürger geschwächt und unterminiert, die eine der schlimmsten Tyranneien bewundern, die es in der Galaxie je gegeben hat; sie bewundern Sirius nicht, weil Sirius eine Tyrannei ist, sondern aus Idealismus und wegen der sirianischen »Tugend«. Ironischerweise ist Volyen – nicht seine Kolonien, die es immer versklavt und ausgebeutet hat – eigentlich ein angenehmer Planet. Die Extreme der Armut sind verschwunden; und bei einem Besuch würdest du jetzt, Johor, keine Straßen voller Menschen mit allen sichtbaren Anzeichen von Hunger und Krankheit mehr sehen; du würdest keine unterernährten, frierenden Kinder mehr sehen; nirgends stößt man auf das, worüber du so traurig berichtet hast: auf Kinder, die unter Bedingungen arbeiten mußten, die zu ihrem Tod führten, und auf Frauen in menschenunwürdigen Berufen.
Nein, für diesen kurzen Zeitraum, für nicht mehr als für ein paar ihrer Jahrzehnte, war Volyen – und ist es immer noch – ein Planet mit ausreichender, wenn auch nicht idealer Gesundheitsfürsorge, ausreichenden Bildungsmöglichkeiten; er gibt genug Nahrung für alle und irgendeine Art Unterkunft für die meisten. Und vor allem fehlt die unmittelbare Unterdrückung, die in den sirianischen Kolonien zu einer feindseligen Ruhe führt, weil man sich fürchtet, Worte zu gebrauchen, um etwas so zu beschreiben, wie man es wirklich sieht.
Diesen eher angenehmen, wenn auch erst vor kurzem erreichten und natürlich vorübergehenden Zustand möchte die idealistische Jugend beseitigen.
Und die idealistische Ex-Jugend, Leute wie Gouverneur Grice, der während des letzten Krieges aufwuchs und den die Propaganda abstieß – zunächst die der potentiellen sirianischen Eroberer und dann die der eigenen Seite, denn er empfand sie als zynisch und opportunistisch –, Grice und seine Altersgenossen richteten ihr Augenmerk dann auf die *volyenische* Art, mit den Kolonien umzugehen; und sie hatten das Gefühl, enttäuscht

und verraten zu sein – von Worten, die geschickt gegen sie eingesetzt worden waren. In einem Gespräch mit einem Angehörigen seiner Gruppe, der ein sirianischer Agent geworden war, erklärte er sich bereit, »Informationen« zu liefern. »Aber nur, was ich will und wann ich es will!« (Diese Formulierung kann nur von einem jungen männlichen Angehörigen der herrschenden Kaste stammen, der es gewohnt ist, die Bedingungen zu diktieren.) Und schließlich verstrickte er sich immer mehr in den Schlingen von Sirius. Aber nachdem Grice die Wahrheit über die wirklichen Zustände allmählich auf den nahe gelegenen sirianischen Kolonien erfahren hatte, stellte er sich seinen Vorgesetzten zur Bestrafung. »Macht mit mir, was ihr wollt! Ich verdiene es!« Die Vorgesetzten erkannten eine geistige Verfassung, die zumindest einige in ihren Reihen ebenfalls erfaßt hatte. Sie überlegten und kamen zu dem Schluß, es sei schade, seine wahren Qualitäten zu verschwenden. Sie machten ihn zunächst zu einem untergeordneten Funktionär in der Kolonialverwaltung und dann zum Gouverneur. So wurde er zum Gouverneur Grice, zum Grauen Greis.

Aber er mußte durch »heilsame« Zwischenfälle in seiner Haltung unterstützt werden – etwa durch die Besuche eines gewissen Handelsbeauftragten. Grice lernte, ihn wie einen schrecklichen Spiegel zu sehen, denn ein interessanter und liebenswürdiger Gast verwandelte sich plötzlich in ein sich windendes Häufchen Elend von einem Mann, der Grice um Mitgefühl und Verständnis anflehte. »Mehr will ich nicht«, jammerte er in den Augenblicken, in denen er nicht der gewandte Diplomat war. Es war erstaunlich, wie schnell die beiden Seelen in dem sorgfältig gepflegten Körper unter der maßgeschneiderten Kleidung des Spions die Plätze wechselten. »Ich muß nur mit jemandem reden können, der mich versteht und weiß, in welcher Hölle ich lebe! Aber Sie wissen ja, was ich meine.«

Er ist ein sirianischer Agent, der dazu ausgebildet wurde, Volyen auf jede erdenkliche Weise zu schaden. Man wählte ihn auf einer Eliteschule seines Planeten als »geeignetes Material« und schickte ihn zur Ausbildung auf den sirianischen Mutterplaneten. Danach gab man ihm Anweisung, sich auf Volyen niederzulassen und sich unerkannt in eine hohe Stelle einzunisten – und so weiter, wie üblich. Er war tatkräftig, geschickt, ehrgeizig und vor allem hingebungsvoll bei der Sache. Das gefiel seinen Vorgesetzten; und seine Erfolge verschafften ihm Befriedigung. Er genoß das Leben auf Volyen, das im Vergleich zu dem düsteren Fanatismus der sirianischen Herrschaft so angenehm war. Vor einigen V-Jahren fiel es ihm »plötzlich und in einem einzigen Moment« – so schilderte er es Grice – »wie Schuppen von den Augen«. Was tat er? Er versuchte, diese liebenswürdigen, wenn auch schwächlichen Leute, diese angenehme, wenn auch zerfallende und schlecht organisierte Gesellschaft zugrunde zu richten, um sie durch die Abscheulichkeiten – wie er es inzwischen sah – des sirianischen Reiches zu ersetzen. Er brach zusammen. Er litt. Seiner Seite konnte er nichts gestehen, denn man hätte ihn im Namen der »Tugend« sofort ermordet. Deshalb wandte er sich an den Geheimdienst des Gastlandes, wo man mit seiner mißlichen moralischen Lage sympathisierte und sich abwartend verhielt, als er seine Talente und natürlich auch seine »völlige Ergebenheit« als Doppelagent anbot. Wie so viele andere seiner Art in volyenischen Diensten ließ man ihn im unklaren darüber, ob er »wirklich« ein Doppelagent war oder nicht. Seine Vertrauensleute fanden ihn zunächst tatsächlich nützlich, um Leute wie Grice bei der Stange zu halten.

Grice leidet sehr, wenn er sich fragt, ob er als Persönlichkeit stark genug ist, um der Problematik seiner Position gewachsen zu sein. Ein Gouverneur, der das Regieren haßt; ein Volyener, der Volyen zu Hause liebt, aber nicht im Ausland; ein Bewunderer der Tugend, aber nur auf eine abstrakte, reine und ideale Weise, denn bisher ist die Tugend noch auf keinem Planeten so praktiziert worden, daß sie ihren Namen verdient hätte; ein Feind der sirianischen Tugend, von der Tugend der sirianischen Kolonien ganz zu schweigen...

Wenn er sich in solchen Momenten sagt, das sei alles zuviel für ihn, überzeugt ihn ein Besuch von X unweigerlich davon, daß seine eigene Position im Vergleich zu X paradiesisch ist. »Hier ist Mr. X, Ihr besonderer Freund«, so kündigt er sich bei Grice an, den ein Schauder überläuft – nicht zuletzt deshalb, weil er sich fragt, wie *sie* scheinbar so unfehlbar spüren, wenn seine Moral sinkt.

Grice ist zur Zeit auf Volyen und verlangt, »auf höchstmöglicher Ebene« gehört zu werden. Auf dieser hohen Ebene erkennt man, daß es möglicherweise tatsächlich zum Vorteil wäre, Grice zu empfangen; man ist jedoch inzwischen damit beschäftigt, ihn auf mögliche neue Treuebrüche zu überprüfen. Einmal Agent, immer Agent – so sieht man es dort. Außerdem weiß man, daß er getarnt die Zusammenkünfte von Calder und seinen Männern besucht hat.

Grice wartet ungeduldig in den Vorzimmern und schickt eine Botschaft um die andere: »Es ist wichtig! Sie sollten mich anhören! Auf der Stelle! Die Situation ist kritisch!«

Krolgul hat das alles erfahren und brütet darüber nach, wie er die Situation für seine Zwecke ausnützen kann.

KLORATHY AUF VOLYEN, AN JOHOR.

Ja, meine Informationen bestätigen, was du erfahren hast. Wir müssen früher als erwartet mit einer sirianischen Invasion auf Volyen rechnen. Aber *von welchem Planeten* wird sie ausgehen?

Ich bin Grice gefolgt, wie ich auf Volyenadna Incent folgte. Grice betätigte sich nicht weniger fieberhaft, hinterließ jedoch eine völlig andere Spur. Nachdem ich versucht hatte, von einer Person nach der anderen herauszufinden, was Grice plant, kam ich unvermeidlich zu dem Schluß, daß er geistesgestört ist, und daß jeder es auch sieht.

Das bedeutet, seine alten Kollegen, die ihn zum Gouverneur gemacht haben und sich Sirius gegenüber zum größten Teil in der gleichen heiklen Situation befinden, zogen sich ihm gegenüber mit Ausflüchten aus der Affäre. Ja, ja, ihr Tenor war, er habe geniale Ideen für das Wohl von Volyenadna; aber weshalb

gönne er sich nicht zuerst einmal einen erholsamen Urlaub von der provinziellen Langeweile dieses Planeten?
Da es Grice nicht gelungen ist, jemanden seiner Generation zum Zuhören zu bewegen, wendet er sich jetzt an die Erben seiner Generation, nämlich an eine revolutionäre Gruppe nach der anderen.
Ich fand ihn schließlich in einer Kleinstadt im Norden von Volyen. Er hatte Einladungen an die Tugend-Partei geschickt, an die Partei der Wahren Tugend, an die Partei zur Unterstützung der Sirianischen Tugend, an die Partei der Gegner der Sirianischen Tugend, an die Freunde von Alput (der sirianische KP 93), an die Feinde von Alput und an die Freunde von Motz (der sirianische KP 104). Allen diesen Gruppen liegt das künftige Wohl von Volyen und eine gute Regierung am Herzen; und sie bekämpfen sich untereinander auf das heftigste.
Als ich in seinem Hotelzimmer ankam, hielt mich Grice für den letzten in einer langen Reihe von jungen Revolutionären und begann einfach seine Rede, die er schon seit Stunden gehalten hatte, wieder von vorne.
Er ging mit großen Schritten im Zimmer hin und her, wobei ihm die blassen glatten Haare in das erregte und erhitzte Gesicht fielen, in dem seine blassen Augen brannten, und malte, wild gestikulierend, ein (zutreffendes) Bild von den Leiden der Volyenadnaner und ein (unzutreffendes) Bild von den Erfolgen der »idealistischen Experten von Sirius in Sachen kolonialer Revolutionen«, womit er Incent meinte.
»Grice«, mußte ich immer wieder zu ihm sagen, »Grice, nimm doch Vernunft an. Ich bin Klorathy. Wir haben uns dort getroffen. Erinnerst du dich nicht?«
Er erinnerte sich und erinnerte sich auch wieder nicht. Er kam zu mir herüber, beugte sich vor, musterte mich blinzelnd, wobei er im wahrsten Sinne des Wortes am ganzen Körper zitterte – eine Nachwirkung der Anstrengung, mitten in seiner verbalen Selbststimulation abzubrechen. Dann sank er kraftlos in sich zusammen.
Ich redete und redete mehr oder weniger wahllos drauflos, bis er mir zuhören konnte, und dann erklärte ich ihm:

»Wir, Canopus, können veranlassen, daß alles nach Volyenadna gebracht wird, was notwendig ist, eine neue Form der Landwirtschaft in Gang zu setzen. In kürzester Zeit könnte dieser arme Planet sich selbst ausreichend ernähren und außerdem noch Überschüsse exportieren. Das würde alle möglichen bedeutsamen Folgen haben. Grice, du könntest als Gouverneur erreichen, daß man diese günstige Entwicklung in Zusammenhang mit der volyenischen Herrschaft sieht. Doch dazu mußt du sehr schnell die Einwilligung deiner Vorgesetzten durchsetzen.«

Ein Funken Leben zeigte sich in ihm: »Sie? Du machst Witze!« Er sank sofort wieder genußvoll in seine frühere Schwermut zurück. »Korrupt, hoffnungslos, dekadent...«

Ich ließ ihn eine Weile reden und sagte dann: »Nun gut, aber möchtest du, daß diese Verbesserungen – die gewissermaßen einer Art Revolution gleichkämen – mit dem Einfluß von Sirius in Verbindung gebracht werden?«

Er wurde starr vor Angst und Entsetzen; dann hob er vorsichtig den Kopf, warf mir einen kurzen Blick zu und lag dann wieder bewegungslos auf dem Rücken.

Er schwieg. Aber er suchte nach einer geeigneten Formulierung.

Ich hatte gehofft, durch den Schock würde ich ihm ein paar Informationen über die Art seiner Beziehung zu Sirius entlokken können. Aber ich hatte mich geirrt.

Schließlich sagte er: »Wenn das geschieht, würden sich eine Menge Leute freuen...« Er brach in schrilles Gelächter aus und dann in Tränen. Denn er litt wegen Sirius unter einem großen Konflikt, einem schlimmeren, als ich befürchtet hatte. »... Du hast keine Ahnung, wie viele Leute... ich habe den ganzen Tag mit ihnen zu tun gehabt – jeden Tag, seit ich hierhergekommen bin. Es ist merkwürdig, nicht wahr? Wir wissen jetzt genau, wozu Sirius fähig ist, doch trotzdem scheinen sie es nicht wissen zu wollen.« Wieder folgten das schrille Gelächter und die Tränen. »Oh, ich weiß, was du denkst. Ich habe mich lange genug täuschen lassen. Aber zumindest habe ich...«

Ich will natürlich wissen, welche Macht Sirius über ihn hat.

Erpressen sie ihn? Ich glaube nicht. Mir kommt es vor, als habe die herrschende Klasse von Volyen, nachdem sie das Ausmaß der Siriushörigkeit ihrer Staatsdiener erkannte und entdeckte, wie viele erpreßt wurden, diese Drohung einfach wirkungslos gemacht, indem sie diesen Beamten sagte: »Nun gut, du gestehst rückhaltlos, was du Sirius versprochen hast und was sie von dir verlangen können, und wir stehen zu dir!« Damit sind die Agenten auf eine Weise kaltgestellt, die *sie* sich nie hätten träumen lassen! Denn *sie* gehören nicht zu denen, die unter ähnlichen Umständen zu ihren eigenen Leuten stehen. O nein! Einer ihrer glücklosen Diener müßte mit einem Messer im Rücken oder einer Portion Gift rechnen, mit einem *»Unfall«* ... Nein, ich kann mir vorstellen, daß Sirius, nachdem man Hunderte von Volyenern in Schlüsselfunktionen so lange und so geschickt in ihre Machenschaften verwickelt hatte und dann entdeckte, daß Volyen sie auf diese Weise überlistet hatte, daß Sirius zumindest vorübergehend verwirrt war. Vermutlich hat Sirius Volyen auch für diesen Schachzug bewundert. Ja, ich kann mir vorstellen, daß Sirius die Raffinesse des Gegners in diesem Spiel bewunderte. Denn welche Tricks und Fallen, welche Fallstricke und Netze wurden dabei aufgedeckt! Und welche Fallen und Schlingen blieben unentdeckt! Denn manche Agenten würden Volyen alles gestanden haben, andere einen Teil, wieder andere gar nichts und manche Falsches. Vermutlich wiegten sich ein paar Hochgestellte auch in dem Glauben, nachdem sie erst einmal jugendliche Sünden bekannt hätten – »Bitte versteht, ich wußte nicht, was ich tat!« – und man ihnen vergeben hatte, sei alles vorüber, nur, um später zu entdecken, daß überhaupt nichts vorüber war. Sirius sagte vielleicht: »Ja, aber *das* hast du ihnen nicht gestanden. Was werden sie jetzt denken, wenn du erklärst, du hättest es einfach vergessen? Du beabsichtigst zu sagen, du hättest nichts davon gewußt. Wie naiv du doch bist! Oder welch sträfliche Nachlässigkeit!« Sirius sagte vielleicht: »Ja, wie denkst du jetzt darüber, daß du *uns*, denen du wahre Ergebenheit schuldest, an *sie* verraten hast, an die dich nur sentimentale Treue bindet, jetzt, nachdem wir zum Einmarsch bereitstehen, nachdem wir euch umzingelt haben?

Dein Verhalten war kurzsichtig. Findest du nicht auch? Nein, nein, wir verfolgen eine Langzeitperspektive, wir haben den historischen Blick. Wir geben dir noch eine Chance, wenn du dich bereit erklärst...« Sirius sagte vielleicht: »Du hast geglaubt, wir hätten dich vergessen. Aber Sirius vergißt niemals! Also gut, aber du weißt sehr wohl, was uns für Strafen zur Verfügung stehen! Du wirst sie in ihrer ganzen Härte zu spüren bekommen, es sei denn...«

Und wo stand Grice in diesem Spektrum der Loyalitäten und Illoyalitäten vom eigenen Standpunkt aus betrachtet?

»Grice«, sagte ich, »was würdest du tun, wenn ich dir verrate, daß Sirius in Kürze in Volyen einmarschiert?«

»Ich würde mich vom nächsten hohen Gebäude stürzen.« In dieser Antwort lag so viel masochistischer Genuß, daß ich eine Weile wartete. »Was würde sich für einen Volyenadnaner ändern – oder für einen Volyendestaner, nach allem, was ich über diesen Planeten gehört habe? Wäre die sirianische Herrschaft schlimmer als die unsrige?«

»Ihr könntet euch natürlich bessern. Besteht irgendeine Chance, daß deine Kollegen auf dich hören?«

»Die? Die kümmern sich einen Dreck um ihre kolonisierten Planeten!«

Plötzlich richtete er sich kerzengerade auf und sah mich mit bebenden Lippen tragisch an.

»Und sie kümmern sich einen Dreck um mich. Alle... ausnahmslos. Und die anderen auch.«

Damit meinte er die Gruppen der jungen Leute. Sie hatten ihm eine Abfuhr erteilt.

Du wirst bemerkt haben, was ihn wirklich traf, war, daß sie sich »einen Dreck um ihn kümmerten«.

»Ja, aber liegt irgendeinem von ihnen etwas an Volyenadna?«

»Wenn du einigen von ihnen sagen würdest, sie sollen dorthin gehen und sich der Revolution anschließen, würden sie vielleicht darauf hören.«

»Ich nehme an, du sprichst von Incent... von Krolgul?«

»Wenn sie mich haben wollten, ich würde auf der Stelle mich auf ihre Seite, auf Calders Seite schlagen. Aber sie wollen mich

nicht! Niemand will mich. So war es schon immer, Klorathy! Schon als ich noch ein kleines Kind war. Ich habe nie irgendwo richtig dazugehört. Niemand wollte mich. Ich war nie...«
Er warf sich aufs Gesicht und weinte laut und gequält.
Ich sah, daß wir von ihm nichts erwarten können. Deshalb bat ich das Hotel, ihm einen Arzt zu schicken, und kehrte nach Vatun zurück.
Ich bin der Meinung, ich, als Canopus, sollte versuchen, so gut es geht, Calder einzuschalten. Das beantrage ich hiermit offiziell.

KLORATHY AUF VOLYENADNA, AN JOHOR.

Ich hatte gehofft, Calder und seine Kollegen zu treffen. Er schickte mir die Nachricht, er würde allein kommen, und zwar an einen Ort in einem kalten Tal weit entfernt von der Hauptstadt, wo nur ein paar wenige Sippen lebten – graue Steinhäuser bzw. Hütten, eine graue Tundra unter einem grauen Himmel.
Wir trafen uns im Bergarbeiterclub, jedoch zu einer Zeit, als alle bei der Arbeit waren. Eine Frau brachte uns das für Volyenadna typische dünne, saure Getränk und verließ uns wieder mit der Bemerkung, sie müsse für ihre Kinder kochen.
Ich gebe jetzt das folgende Gespräch wieder:
Calder saß mir gereizt und düster gegenüber – ein Zustand, der bei dieser Spezies auf höchstes Mißtrauen hinweist.
»Calder, würdest du sagen, ihr lebt hier unter einer starken Tyrannei?«
Er schlug mit seiner großen Faust auf den Tisch und schrie: »Tyrannei, sagst du! Das kann man wohl sagen! Dreckige, ausbeuterische, kaltschnäuzige Schweine, die...« So ging es ein paar Minuten weiter, bis er allmählich verstummte. »Aber du weißt ja, wie sie sind«, fügte er hinzu.
»Ich wollte wissen, ob sie stark sind?«

Er blinzelte mich verwirrt an. Er fühlte sich angegriffen und knurrte: »Du vergißt, ich bin nie von diesem Planeten weggekommen. Wie soll ich da Vergleiche anstellen? Aber ich nehme an, du kannst es. Also sag du mir, sind sie stark oder nicht? Von uns aus gesehen ist diese Tyrannei stark genug. Sie entzieht uns alles, was wir im Schweiß unseres Angesichts erarbeiten, und läßt uns... du siehst es ja selbst.«

Er saß mir triumphierend gegenüber, als habe er in einer Diskussion ein gutes Argument vorgebracht. Er warf sogar verstohlene Blicke nach beiden Seiten, wie um die Reaktion eines Publikums zu überprüfen.

Doch ich sah, daß sein Bedürfnis nach großspurigen Reden zumindest vorübergehend gestillt war. Jetzt konnte ich mir seine Aufmerksamkeit zunutze machen. Er saß leicht vorgebeugt, und seine grauen, glanzlosen Augen musterten mich prüfend. Calder (ein schwerer, massiger, langsamer Mann), dessen Verstand nur gelernt hatte zu mißtrauen, beschäftigte sich langsam mit irgendwelchen Gedanken.

Ich sagte: »Calder, es ist eine schwache Tyrannei. Und das ist sie schon lange... mit Sicherheit zumindest, seit du lebst. Sie ist schwach, wie Tyranneien in ihrem letzten Stadium es sind.« Ich hielt inne, um meine Worte wirken zu lassen.

»Ich habe nichts davon bemerkt, daß sie beschlossen hätten, uns in Ruhe zu lassen.«

»In der Anfangszeit wußte Volyen alles; sie kannten eure Gedanken, eure Pläne, von eurem Tun und Lassen ganz zu schweigen. Die Volyener waren überall. Und wo ist heute der nächste volyenische Polizist?«

Er nickte. »Trotzdem, wir spüren sie immer noch genug.«

»Aber nicht mehr lange...«

»Das sagst du!«

»Ich möchte dir eine konkrete Frage stellen. Nehmen wir an, die Felsen, also diese niedrigen Felsen hier überall auf den Hügeln, ändern ihre Farbe und sind nicht mehr grau, sondern braunrot. Glaubst du, der volyenischen Verwaltung würde dies auffallen?«

Er schüttelte sich vor Lachen und teilte das Vergnügen über

meine Dummheit wieder mit seinem unsichtbaren Publikum.

»Nein, ich glaube, sie würden nichts merken. Ja, soviel kann ich sagen.« Er zog eine Pfeife hervor und zündete sie langsam und umständlich an.

»Ich kann euch ein Nahrungsmittel anbieten, das euch unabhängig machen würde. Es ist eine Art Pflanze, etwas Ähnliches wie eure Flechten. Sie wächst auf Felsen. Man müßte nur ein paar Sporen in diesem Tal verstreuen, und die Felsen wären sehr schnell von dieser Pflanze bedeckt. Man kann sie als Gemüse kochen. Sie läßt sich auf verschiedene Arten fermentieren und verändert dabei ihre Beschaffenheit. Mit dieser Pflanze könnt ihr euch auf Volyenadna selbst ernähren.«

Er hatte sich im Stuhl zurückgelehnt, und seine Augen schienen nur noch halb so groß zu sein. Seine Lippen verzogen sich zu einem skeptischen Grinsen, und aus seiner Pfeife drang narkotisierender Rauch. Calder hatte sein unsichtbares Publikum so gut im Griff, daß er ihm sogar hin und wieder durch kurze Blicke ein geheimes Einverständnis suggerierte. Er war ein massiger Klotz aus kaltem, feindseligem Mißtrauen. Dann lachte er kurz und verächtlich auf, rief gebieterisch nach der Frau, und als sie aus dem Nebenzimmer kam, schnalzte er mit den Fingern. »Ja, sofort«, sagte sie und füllte unsere Gläser nach.

»Etwas zu essen«, sagte er bedächtig, »ja, wenn es so einfach wäre.«

Bei dem Wort *»essen«* warf uns die Frau einen schnellen, klugen Blick zu, mit dem sie die Situation völlig erfaßte. Bisher hatte sie uns kaum Aufmerksamkeit geschenkt, da sie offensichtlich familiäre Probleme beschäftigten.

Jetzt bemerkte ich ihren Schatten auf der Wand hinter der halboffenen Tür. »Also gut«, dachte ich. »Damit hatte ich nicht gerechnet, aber wir werden sehen ...«

»Es ist so einfach.«

»Wir haben ein Sprichwort auf diesem Planeten ...«

»Ich kenne es: Trau keinem Fremden, der mit Geschenken kommt.«

»Woher kennst du es?«

»Weil es auf jedem Planeten eine Version dieses Sprichworts gibt. Aber ist es wirklich ein so guter Rat, der unter allen Umständen nützlich ist.«

»Nun ja«, sagte er und wiegte nachdenklich den Kopf hin und her, »für uns ist er gut genug!«

»Calder, du bist ein sehr vernünftiger Mensch. Ich habe mir von diesem Gespräch, vom Gedankenaustausch mit einem ehrlichen, vernünftigen und sachlichen Mann viel erhofft. Das bist du für mich, weil ihr dieses schwere Leben führt – und du hast keine Vorstellung davon, wie entsetzlich schwer, entbehrungsreich und hart euer Leben ist, Calder, denn ihr habt keine Vergleichsmöglichkeiten. Es liegt an eurem harten und schweren Leben, daß du vernünftig bist und mit beiden Beinen auf dem Boden stehst. Da gibt es keinen Platz für den Unsinn, der mir zum Beispiel auf Volyen begegnet.«

»Nun ja, ich verstehe, was du meinst. Ein paar von meinen Kumpeln waren mit einer Delegation da. Ein kaputter Haufen, würd ich sagen.«

»Ja, aber ich hatte gehofft, ein paar einfache, klare Dinge sagen zu können, und daß du zuhören würdest.«

Er starrte schweigend in sein Glas, das bereits wieder leer war. Er schien aufzutauen, ansprechbar zu sein – zumindest für ein paar Augenblicke.

»Eure Situation hier auf Volyenadna sieht folgendermaßen aus: Ihr fördert nur Bodenschätze. Eure gesamte Nahrung muß importiert werden – zur Zeit von euren Herren, den Volyenern. Ihr seid ihnen völlig ausgeliefert. Ihr könnt euch nicht auflehnen, noch nicht einmal verhandeln, denn eure kümmerlichen Nahrungsquellen erlauben es nicht. Solange ihr jedoch selbst ein räuberisches Reich gewesen seid und eure Nahrung von anderen erbeutet...«

»Du behauptest, wir wären einmal ein *Reich* und genauso schlimm wie Volyen gewesen? Aber warum sollen wir dir das glauben?« schrie er.

»Oh, Calder, jeder Planet, dem man die Möglichkeit dazu gibt, wird zu einem Imperium. Es ist ein Entwicklungsstadium, das diese Galaxie erreicht hat. Die Frage ist jedoch, welche Art von

Imperium… wenn es dich interessiert, können wir darüber sprechen…«

»Kommen wir zu deiner Pflanze zurück.«

»Sie wächst sehr schnell und breitet sich aus. Doch es gibt Möglichkeiten, sie unter Kontrolle zu halten. Sie wird euch unabhängig machen, Calder.«

»Du sitzt hier und erzählst so ganz nebenbei, zwischen dem zweiten und dem dritten Glas, daß es eine Pflanze gibt, die unsere Lage verändern wird… ganz einfach so. Warum haben wir noch nie etwas davon gehört?«

»Wer hätte es euch sagen sollen?«

Sein Gesicht war auch weiterhin eine betont höhnische Grimasse, doch er dachte angestrengt nach.

»Krolgul hat sie nie erwähnt.«

»Er hat nie davon gehört. Bis jetzt ist die Pflanze Shammat noch nicht in die Hände gefallen. Sie heißt übrigens Rocknosh.«

»Shammat! Canopus! Nach allem, was ich weiß, könntest du ebensogut ein sirianischer Spion sein.«

»Und wenn es so wäre? Durch Versuche würdest du bald herausfinden, ob diese Pflanze euch tatsächlich etwas nützt.«

»Plötzlich wimmelt es hier überall von sirianischen Spionen. Jeder zweite, sagt man, ist ein Spion von Sirius.«

»Aus gutem Grund, Calder. Das Reich Volyen ist am Ende. Sirius wird es in Kürze überrennen.«

»Wir werden gegen sie kämpfen«, schrie er, wie ich erwartet hatte, denn er ist darauf programmiert, »wir werden sie in den Dünen und auf den Klippen bekämpfen! Wir werden in den Straßen unserer Städte gegen sie kämpfen! Wir werden in der Tundra gegen sie kämpfen…«

»Ja, ja, ja«, sagte ich, »doch warum sollte es euch nicht gleichgültig sein, ob es Volyen oder Sirius ist… Ob der eine oder der andere, ohne die Pflanze, die ich dir anbiete, seid ihr hilflos. Sei es Volyen oder Sirius, mit der Pflanze könnt ihr euch selbst ernähren. Ihr könnt verhandeln.«

»Warum hast du – warum hat uns niemand diese Pflanze früher gegeben?«

»Weil die Bedingungen auf diesem Planeten es erst seit kurzem ermöglichen, daß sie hier wächst.«
»Das gefällt mir nicht«, sagte er düster, traurig und leidend. Die lange dunkle Geschichte des Planeten lastete schwer auf ihm. Er saß da, blickte auf sein Leben zurück, auf den langen Kampf und dachte, wie ich sehen konnte, auch an frühere Generationen, die unter Entbehrungen, Hunger und der harten volyenischen Herrschaft gelitten hatten.
»Was habt ihr zu verlieren, Calder?«
»Woher soll ich wissen, daß wir nichts verlieren?«
In diesem Augenblick kam die Frau mit dem Krug herein, füllte unsere Gläser und blieb ruhig stehen, während sie durch die offene Tür hinaus in den Regen, auf den nassen dunklen Abhang blickte.
»Ich weiß nicht mehr, wo ich das Essen für die Kinder hernehmen soll«, bemerkte sie, »in den Läden gibt es kaum etwas. Die Rationen sind wieder gekürzt worden. Die letzte Lieferung von Volyen fiel um die Hälfte kleiner aus als üblich.«
Calder hörte kaum hin. »Ja, ja«, sagte er in der freundlichen väterlichen Art, die sie im Umgang mit ihren Frauen haben, wenn die Frauen die ihnen zugewiesene Rolle spielen, das heißt, noch härter arbeiten als ihre Männer.
»Ich nehme an, Kamerad Calder, du hast nichts über die nächste Lebensmittellieferung von Volyen gehört?«
»Nein, aber sie ist überfällig. Meine Frau hat schon darüber geschimpft.«
»Merkwürdig, warum wohl?« Sie ging langsam hinaus, blieb aber direkt hinter der Tür stehen. Ich beobachtete Calder, der sich innerlich in den Schlingen seines Mißtrauens mir gegenüber wand.
Ich sagte: »Ihr werdet sehr bald von Sirius erobert werden. Jawohl, gleichgültig, ob ihr kämpft oder nicht. Und dann wird es beinahe augenblicklich keine Sirianer mehr geben, denn ihr Imperium hat seinen Höhepunkt erreicht und steht dicht vor dem Zusammenbruch.«
»Woher weißt du das alles? O ja, du sagst Canopus, Canopus, als sei damit das Ganze beantwortet.«

»Von deinem Standpunkt aus ist es das... Soll ich weiterreden? Die Sirianer, die Volyen erobern, werden brutal und *schwach* sein – und zwar in dem Sinn, wie ich das Wort benutzt habe –, denn Sirius ist durch Diskussionen, Konflikte und Unentschlossenheit gespalten. In der sirianischen Geschichte hat es Zeiten gegeben, in denen sie einen Planeten effizient eroberten. Damals waren sie *stark*. Ich meine damit, die Eroberung verlief organisiert, mit einem bestimmten Ziel vor Augen und nach einem Plan. Wenn sie in Volyen einfallen, wird es anders sein. Zunächst einmal deshalb, weil eine neue Gruppe an die Spitze des Mutterplaneten und aller Planeten des sirianischen Reichs gelangt. Es gibt keinen vernünftigen Plan. Die Eroberung von Volyen wird infolge der vorübergehenden Dominanz eines bestimmten Standpunktes innerhalb der derzeitigen – vorübergehenden – Ausrichtung einiger Planeten beinahe ein Zufall sein. Und bei euch werden keine Soldaten vom sirianischen Mutterplaneten auftauchen, sondern zusammengewürfelte Armeen, die zerstritten sind, die sich nie auf irgend etwas einigen können und keinen Befehlen gehorchen.«

»Oh, das arme Volyenadna«, seufzte Calder. In seinen Augen standen Tränen (entsprechend einer volyenischen Sitte, nach der Tränen als ein Zeichen von ungewöhnlicher Empfindsamkeit und sogar ungewöhnlicher Intelligenz gelten. Die Volyener achten darauf, daß man diese Zeichen der Empfindsamkeit in einer Situation nicht übersieht, und deshalb drehte Calder auch den Kopf ein wenig, damit ich das Wasser in seinen Augen bemerken mußte). »Wie lange wird das alles dauern?«

»Ganz bestimmt nicht lange«, sagte ich, »denn die Armeen, die hier landen, werden kaum genug Verpflegung für sich selbst haben. Und sie werden keine Nahrungsmittel für euch bringen. Sobald sie feststellen, daß ihr hungert, werden sie das sirianische Hauptquartier auf Volyen um Nachschub bitten. Doch die Lieferungen, die eintreffen, werden nicht genügen, und keiner...«

»Woher weißt du das alles? Du sitzt hier und verkündest ganz ruhig dies und das, als könntest du es sehen!«

»Warum sollten wir es sehen müssen? Es genügt, das Wesen der beteiligten Spezies, der Rassen und Individuen zu kennen. Die Armeen, die diesen kleinen Planeten überfallen – diesen sehr kleinen, unwichtigen Planeten, Calder –, werden in blinder Panik sein, weil sie begriffen haben, daß das sirianische Reich um sie herum zusammenbricht und sie hier verlassen und vergessen auf einem Planeten festsitzen, der – vergib mir – nicht gerade der verlockendste in der Galaxis ist.«

»Oh, du unglückseliger Planet, du zu Leid und Elend verurteilter Planet, zu...«

»Unsinn, Calder. Er ist überhaupt nicht verurteilt. Ihr könntet euch lange vor dieser Zeit selbst versorgen. Ihr könntet diesen Soldatenhaufen mit Proviant bestechen und zum Abzug bewegen. Ich versichere dir, es wird nirgends viel zu essen geben, nicht einmal auf Volyen, denn die Sirianer werden aus allem ein heilloses Durcheinander machen. Bei kluger Vorausplanung wird es euch sogar gelingen, mit den Vorräten an Rocknosh nicht nur eure Unabhängigkeit von Sirius zu erkaufen, sondern wahre Unabhängigkeit. Ihr werdet euch selbst regieren, die Bodenschätze behalten können und exportieren, was ihr wollt und wohin ihr wollt.«

»Du hast nur eine Kleinigkeit übersehen«, stieß Calder triumphierend hervor, »wieso glaubst du, daß Volyen uns nicht auf die Schliche kommt? Na? Was sagst du nun?!« Er lehnte sich zurück, lachte leise vor sich hin und schüttelte den Kopf über meine Dummheit, während er gleichzeitig seinem Publikum, für das er sein ganzes Leben lang gespielt hatte, Blicke zuwarf.

»Hast du nicht anfangs gesagt, es würde ihnen nicht einmal auffallen? Du könntest die Felsen auf dem halben Planeten mit rötlichbraunen Pflanzen überziehen, und sie würden es nicht bemerken?«

»Das sagst du so!«

»Ich habe vorausgesehen, daß die Gewohnheit euch zu Sklaven gemacht hat, und wollte mich deshalb an Gouverneur Grice wenden, damit er die offizielle Erlaubnis für die Einführung dieses Nahrungsmittels einholen würde. In der volyenischen Kolonialverwaltung gibt es eine Menge Leute, die mit euch sympathisieren, weil man euch so schlecht behandelt. Und Gouverneur Grice ist genau der richtige Mann, um das zu tun, aber ...«

»Für mich bist du jetzt völlig auf dem Holzweg.«

»Es wäre *beinahe* der einfachste Weg – der einfachste und leichteste wäre natürlich gewesen, daß du zugestimmt und es selbst getan hättest –, doch ich fürchte, Grice ist im Augenblick nicht in der besten Verfassung.«

»Und noch etwas: Ich sitze nicht hier, um mir von dir sagen zu lassen, ich sei ein Sklave!«

Er stand auf und war sich dabei der hundert Augenpaare bewußt, für die sein bescheiden duldendes, heroisches Auftreten bestimmt war. Ohne mich eines Blickes zu würdigen, brüllte er: »Der sirianische Herr will zahlen!« Als die Frau hereinkam, lachte er sie breit an wie ein Kind, das sich gegen ein anderes behauptet hatte, zog in meine Richtung eine Grimasse, die mich zum unrettbar Verrückten stempelte, schlug ihr klatschend auf den breiten Hintern, um sein inneres Gleichgewicht wiederzufinden, und ging hinaus.

Die Frau blickte mich an. Wie alle ihre Frauen ist sie ein wahrer Fels und besitzt die Kraft und die Fähigkeit auszuharren. Langsam kam sie herüber und blieb neben Calders leerem Stuhl stehen.

Es folgt die vollständige Wiedergabe meines Gesprächs mit dieser Frau auf Volyenadna.

»Du sagst, es gibt da diese Pflanze?«

»Ja, ich habe die Sporen bei mir.«

»Wie muß ich sie pflegen, wenn ich sie ausgesät habe?«

»Du brauchst gar nichts zu tun. Sie wächst auf jedem Felsen. Hier ist eine Aufstellung aller Methoden, nach denen du sie zubereiten kannst.«

»Danke.«

KLORATHY AUF VOLYEN,
AN JOHOR.

Das erste, was ich bei meiner Rückkehr erfuhr: Motz hat Grice entführt! Lösegeld ist nicht verlangt worden. Unter anderem stellen sich die Fragen: Warum Grice? Weiß Motz, daß Grice in seiner Jugend ein sirianischer Agent war? Wenn ja, ist das wichtig? Ist mit seiner Entführung beabsichtigt, allen ehemaligen oder »ruhiggestellten« sirianischen Agenten auf Volyen Angst einzujagen? In anderen Worten: Steht hinter der Entführung eine sirianische Fraktion? Weiß Alput, der andere nahe gelegene sirianische Planet, von dieser Situation?

Ich habe gehört, daß zwischen Alput und Motz ernste Meinungsverschiedenheiten wegen der Invasion auf Volyen bestehen.

Motz vertritt beinahe eine Prä-Ambien-Haltung, nach der ein sirianischer Einmarsch logischerweise einen Vorteil für die Besiegten darstellt. Wer die Macht hat, hat das Recht. Sirius ist gut; die anderen Planeten bedürfen alle seiner überlegenen Weisheit.

Die Fraktion, die auf Alput zur Zeit am Ruder ist, debattiert endlos über die »Tugend«.

Während ich auf weitere Informationen über Grice wartete, besuchte ich Incent. Auf dem Weg nach oben hielt mich unser Freund, der Hotelbesitzer, an, um mir zu sagen, die Geräusche, die aus dem inneren Raum dringen, in dem Incent sich erholt, ließen vermuten, daß Incent »wieder verrückt« geworden sei. Und das bestätigte sich. Er lag auf der Liege und betrachtete unter Kichern, Ausrufen des Entzückens, Stöhnen und allen möglichen ekstatischen Äußerungen die Muster im oberen Teil des Raums, die er in ungestüme Bewegung versetzt hatte: Kreisende Rhomboeder, tänzelnde Tetraeder wirbelten zusammen mit oszillierenden Oktoiden in einem bunten Reigen dahin; er hatte auf volle Leuchtkraft geschaltet, und der Tonregler stand auf Sphärengesang, was heißt, er war ebenfalls voll aufgedreht.

Ich schaltete das Gerät ab und wartete, bis er aufhörte zu zuk-

ken, zu schreien und zu stöhnen: »Wow! Heiß! Sauber! Weiter! Sensationell! *Bewegend!*«
Er lag auf dem Rücken und starrte auf die inzwischen leere Stelle an der Decke.
»Schon gut«, seufzte er schließlich, »du brauchst es mir nicht zu sagen.«
»Was sollen wir mit dir nur tun, Incent? Was?«
»Weißt du, ich habe wirklich das Gefühl, ich kann es schaffen und werde wieder gesund. Wirklich, Klorathy.«
»Also gut. Möchtest du hierbleiben – ich bin allerdings vermutlich einige Zeit unterwegs, denn der arme Grice macht uns großen Kummer – oder willst du mich begleiten?«
»O *nein*, ich glaube, ich kann mich noch nicht hinauswagen. Hier ist es wunderbar. Ich hatte wirklich das Gefühl, mich wieder zu fangen. Ja, gut, ich werde beim Spielen mit der Mathematik vorsichtig sein.«
Ich verließ ihn.
Unser Agent auf Motz (AM 5) hat das Vertrauen der Entführer von Grice; ironischerweise gehörte er zu den Gründungsmitgliedern der revolutionären Gruppe, die auf Motz zur Zeit am Ruder ist, denn damals befand er sich gerade in einer sentimentalen Phase. Er hat sich sehr schnell erholt und nimmt inzwischen eine, von unserem Standpunkt betrachtet, vorteilhafte Position ein. Ich erwarte einen Bericht von ihm.

BERICHT VON AM 5.

Salud! Servus, wie Krolgul sagen würde – und sagt, denn er ist hier und schafft Unruhe. Nun ja, er hat es nicht so leicht, wie er es sich wünscht, denn die Situation hier ist ziemlich klar, und der Vater der Lügen liebt trübes Wasser, das er noch stärker aufwühlen kann. Die Situation? Auf einem öden, von höheren Tieren unbewohnten Planeten landete ein Volk auf der Flucht von einem anderen Planeten – seinem eigenen –, der von einer Spezies gewaltsam an sich gerissen worden war, die man von *ihrem* Planeten vertrieben hatte... doch der Bericht über diese Invasion liegt bereits in unseren Archiven. Mittlerweile sind die Wüsten und Sümpfe auf Motz urbar gemacht worden. Es sind kluge, fleißige Leute voller Energie, die aus Zielstrebigkeit erwächst. Worauf richten sich ihre Gedanken und Anstrengungen? Nur auf das eine: Sie wollen in ihre Heimat zurückkehren. Denn Motz, das sie geschaffen haben, ihr *Werk*, ist nicht ihre Heimat: Dieser Gedanke hat sich in ihnen festgesetzt. Während sie einen Berg abtragen oder einen Sumpf trockenlegen, singen sie: »Eines Tages kehren wir in die Heimat zurück.« Doch die Eroberer ihres Planeten haben natürlich keineswegs die Absicht, ihn aufzugeben, solange sie nicht gewaltsam vertrieben werden. Lange Zeit war Motz dazu nicht stark genug – seit kurzem ist es das. Und obwohl sie – dramatisch genug – von Krieg reden, unternehmen sie nichts. In Wahrheit sind sie Motzaner geworden, Motzaner auf Motz; im Grunde wollen sie nicht »in die Heimat zurückkehren«. Aber das können sie nicht zugeben – zumindest nicht öffentlich. Reden und alle möglichen Feiern erlauben ihnen – vorübergehend –, von »unserer Heimat« zu träumen. Sie gelangten zu der Ansicht, ihr Leid, ihre gerechte Sache sei von der Galaxis vergessen worden. Sie haben Grice entführt, um die allgemeine Aufmerksamkeit auf ihren Fall zu lenken, denn sie rechneten mit Volyens Bemühungen, einen seiner hohen Kolonialbeamten zu befreien. Aber wie du weißt, beließ Volyen es bei Routineprotesten; das liegt an Grices Vergangenheit (eingestandenermaßen eine zwielichtige) als sirianischer Agent, die es schwermacht zu entscheiden, was eigentlich zu tun sei. Die Motzaner sehen in seiner Agententätigkeit eher einen Beweis für seinen Wert, seine TUGEND.

Krolgul hat ihnen erzählt, Grice sei auf Volyenadna ein blutsaugender Tyrann gewesen, und da es den Motzanern nicht gelang, diese beiden Dinge miteinander zu vereinbaren, kamen sie nach langen, tiefschürfenden Überlegungen zu dem Schluß, sein tyrannisches Verhalten als Gouverneur sei die Folge der notwendigen Tarnung seines (wahren) tugendhaften Wesens, um dem Verdacht einer möglichen Bindung an Sirius zu entgehen. Denn diese Revolutionäre, die sich als Verkörperung der sirianischen TUGEND sehen, glauben, daß »insgesamt, auf lange Sicht und mit dem Blick auf das Wesentliche« Gott gleichbedeutend mit Sirius ist, und wenn etwas, das in Opposition zu Sirius steht, das geringste Zeichen von Anständigkeit zeigt, kann das nur bedeuten a) das fragliche Phänomen zeigt – natürlich nur kurz – sirianische Eigenschaften oder b) ist »vom objektiven Standpunkt aus betrachtet« in Wirklichkeit alles andere als gut und ehrbar. Sie glauben das, obwohl ihnen ihr Planet unter sirianischer Ägide von den Eindringlingen geraubt wurde, die man von *ihrem* Heimatplaneten vertrieben hatte; und sie glauben es, obwohl man in den abgelegenen sirianischen Kolonien nichts als Konfusion, Inkompetenz, Lügen und diesen besonders brutalen Formen der Tyrannei begegnet, die das Ergebnis von Unentschiedenheit und Konflikten an der Quelle – dem sirianischen Mutterplaneten – sind.

Die Motzaner können nicht mehr als einen Standpunkt gleichzeitig haben; das liegt an ihrer Geschichte, in der sie, wie ich bereits erwähnte, sich nur auf *ein* Ziel konzentriert haben: in die Heimat zurückzukehren. Angesichts einer Tatsache, die nicht mit ihrem augenblicklichen Standpunkt übereinstimmt, versucht man zunächst, sie auf den Kopf zu stellen, und wenn das nicht gelingt, schiebt man sie einfach beiseite. Krolgul erwähnte einmal versehentlich, daß er auf Volyen in völliger Freiheit seine Schule der Rhetorik betreiben konnte, und da er ihnen im Augenblick erklärt, Volyen sei eine totale Tyrannei, sind sie zu dem Schluß gekommen, daß Krolgul, wenn es eine solche Schule *gibt*, im Dienst der Volyener stehen muß.

»Nein, nein«, rief Grice, »so ist es nicht. In diesem historischen Augenblick ist Volyen selbst relativ demokratisch und tolerant gegenüber den unterschiedlichsten Standpunkten, obwohl dies selbstverständlich nur auf die Widersprüche historischer Anomalien und eine sprunghafte historische Entwicklung zurückzuführen ist…« (Ich *beeile* mich, daran zu erinnern, daß ich zitiere.) »Kurz gesagt, Volyen ist für die große Mehrheit seiner Bewohner der angenehmste Planet, den man sich denken kann«, erklärte Grice nachdrücklich und recht mutig, denn ihm entging nicht, daß die »Tugendverkörperungen« immer unruhiger und nervöser wurden, weil ihre Gehirnwindungen soviel nicht verkraften konnten.

Aber es nützte nichts. Motz befindet sich wie alle umliegenden Planeten im Kriegsfieber, bereit, auf Volyen einzumarschieren. Dieses Kriegsfieber wird natürlich mit der TUGEND gleichgesetzt, und es wäre von den armen Fanatikern zuviel verlangt, den »angenehmsten Planeten, den man sich denken kann«, anzugreifen, um ihm die sirianische TUGEND aufzuzwingen, selbst wenn »zwingende historische Imperative« es verlangen (ein Schlagwort, das in »diesem historischen Moment« hier sehr beliebt ist).

Ja, es ist alles zuviel für diese bedauernswerten »Verkörperungen«, und deshalb schieben sie das Problem Grice einfach vor sich her. Sie haben ihn in der soziologischen Abteilung ihrer großen Bibliothek eingesperrt, denn sie hat zufälligerweise nur einen einzigen leicht zu bewachenden Eingang. Dort läßt man Grice allein, und er kann nichts anderes tun als lesen.

Ich habe *ihre* geistige Verfassung geschildert.

Nun will ich mich Grice zuwenden. *Ihn* hat man konditioniert zu glauben (der bereits erwähnte unvermeidliche historische Zufall), es sei ein Zeichen von Reife, aufgeschlossen zu bleiben, mehrere Standpunkte gleichzeitig zu sehen und mit »Widersprüchen« zu leben. Diese Übung hat ihm nichts außer Unbehagen eingebracht, denn niemand hat ihm je gesagt, daß er ein Tier ist, das (historisch gesehen) noch vor kurzem in kleinen oder großen Gruppen lebte, in denen das Überleben der Gruppe ein Imperativ war, in der das Individuum erwarten durfte, mit allem Notwendigen versorgt zu werden, während draußen die *bösen* Feinde lauerten, die man möglichst ignorierte, falls sie jedoch in die Gemeinschaft eindrangen, bedrohte und wenn nötig vernichtete. Vom Geist der Volyener wird etwas verlangt, das Millionen Jahre ihrer Entwicklung in Frage stellt, wenn in dieser kurzen Phase die ruhige, gelassene und leidenschaftslose Untersuchung aller Möglichkeiten als höchstes Ziel gilt, nach dem sie streben sollen. Nein, es ist der glühende Fanatismus der

»Verkörperungen«, der ihnen leichtfällt. »Den Standpunkt des anderen zu sehen« ist eine Stufe auf der Leiter der Entwicklung nach oben, die man nur unter Schwierigkeiten halten kann... Und da sitzt Grice, hat täglich Umgang mit Leuten, die er dank seiner Erziehung für ziemlich engstirnig, sogar bedauernswert beschränkt halten muß, sehnt sich aber trotzdem mit jeder Faser seines emotionalen Ichs, zu ihnen zu gehören. Die »Verkörperungen« lieben einander, schätzen einander, kümmern sich um die Schwachen, belohnen die Starken und wachen untereinander über jeden Gedanken und Impuls. Denn die einzigen Ideen, die sie sich je erlaubt haben, kreisen um den Verlust ihrer Rechte, um die Rückkehr in die Heimat (»dort, wo wir hingehören«) und darum, wie sie Motz in ein Paradies verwandeln werden (»nur um es der Galaxis zu zeigen«). Die »Verkörperungen« haben sich dem Reichtum, der Vielfalt evolutionärer Möglichkeiten in der Galaxis kategorisch verschlossen. Grice beobachtet sie und sehnt sich danach, einer von ihnen zu sein, während ihm gleichzeitig vage protestierende Gedanken durch den gemarterten Kopf ziehen. »Nein, so ist es nicht«, nimmt er sich immer wieder vor, ihnen »bei passender Gelegenheit« zu sagen. »Nein, das ist nicht wahr! Wie könnt ihr so etwas behaupten. Ich bin auf diesem Planeten gewesen. Dort ist alles ganz anders, als ihr es darstellt... Aber seht doch, es ist eine Frage der *Fakten*...«

KLORATHY AUF SLOVIN, AN JOHOR.

Schlechte Nachrichten von Incent – leider. Ich ließ ihm Arbeitsmaterial zurück, doch infolge seiner Zerknirschung über den Mißbrauch der mathematischen Spiele hat er alles übertrieben. Seine emotionalen und mentalen Mechanismen hatten die Information noch nicht richtig verarbeitet, und das weckte in ihm den übermächtigen Drang zu lehren. Er hinterließ eine Nachricht und reiste in meiner Raumfähre nach Slovin ab.

Er hatte sich folgendes überlegt: Slovin hat nach langer Knechtschaft unter Volyen gerade seine Ketten abgeworfen (entschuldige!) und muß deshalb in einem leicht voraussehbaren und leicht diagnostizierbaren Zustand sein. Ein Teil des Materials, das ich ihm hinterließ, bezog sich auf die Nordwestlichen Randzonen von Shikasta. Wie du weißt, befand sich dieses Gebiet für beinahe zweitausend Shikasta-Jahre im Griff einer der barbarischsten und langlebigsten Tyranneien, die dieser bedauernswerte Planet je gesehen hat: der christlichen Religion, die keinerlei Opposition zuließ und sich durch Ermordung, Verbrennung und Folterung ihrer Gegner und, wenn das nicht möglich war, durch die noch einfacheren und wirkungsvolleren Methoden der Indoktrination und Gehirnwäsche an der Macht hielt. Zu Beginn des zwanzigsten S-Jahrhunderts verlor diese Religion an Macht, und zwar im wesentlichen deshalb, weil neue Technologien den Menschenmassen auf Shikasta freizügiges Reisen ermöglichten. Die Tyrannen der Nordwestlichen Randzonen konnten ihren Untertanen nicht länger einreden, das Christentum sei die einzige Religion und ihr Gott sei der einzige Gott, und so verbreitete sich unter den Versklavten allmählich die Wahrheit, daß die Nordwestlichen Randzonen im Vergleich zu anderen Teilen Shikastas, die ältere und höhere Zivilisationen besaßen, provinziell und rückständig waren.

Es folgte eine Phase, in der die Menschen in diesem Gebiet (geographisch gesehen ein kleines Gebiet) Gedankenfreiheit genossen, die Freiheit, Theorien und Möglichkeiten zu untersuchen, was man ihnen viele S-Jahrhunderte hindurch verboten hatte. Doch da die verschiedenen Sekten ihrer Religion sie so weit konditioniert hatten, daß sie eine Herrschaft über sich, daß sie »Priester«, Glaubensbekenntnisse, Dogmen, Erlasse brauchten, suchten sie diese Dinge in den alten Formen, jedoch unter neuem Namen, besonders in der »Politik«. Neue »Religionen« entstanden, zwar ohne »Gott«, jedoch in jeder Hinsicht identisch mit den Sekten der »Gott«-orientierten Religion der Vergangenheit. Auch sie hatten ihre Priester, denen man unmöglich widersprechen konnte, deren Befehlen man gehor-

chen, und deren »Glaubensbekenntnisse« man aufsagen mußte; das geringste Abweichen von der »Linie« zog schwere Strafen nach sich, die von Ausschluß und Verlust des Arbeitsplatzes bis zum Tod reichten, ganz wie es noch vor kurzem bei Auslegungen der »Heiligen Schrift« der Fall gewesen war. Jede dieser neuen Säkularreligionen behauptete sich durch die Anwendung von Gehirnwäsche und Indoktrination – Techniken, von ihren großen Vorbildern, den Priestern, übernommen, die sie im Laufe von zweitausend S-Jahren bis zur Vollkommenheit entwickelt hatten –, Techniken, die durch immer neue Sophistereien der Psychologie zunehmend verfeinert und angereichert wurden.
Also, kurz gesagt, Menschen, die darauf konditioniert sind, Tyranneien zu brauchen, können unmöglich frei sein.
Unser armer Incent fühlte sich gedrängt, Slovin diese Botschaft zu bringen.
Der Planet ist seit mehreren V-Jahrhunderten trostlos und eintönig; er ist arm, wird seines Reichtums beraubt, steht unter der Herrschaft einer volyenischen Kolonialregierung; Polizei, Gefängnisse und Folter sorgen für Ruhe und Ordnung. Plötzlich haben sie nun »das Joch abgeworfen«. Die kleine Klasse im Dienst von Volyen floh, wurde umgebracht oder entdeckte ihren Patriotismus. Überall schießen, in enger Anlehnung an die militärischen Gruppen, die Slovin befreit haben, neue Parteien aus dem Boden, und jede hat – natürlich – ihren Führer, ihr Heer und ihr Glaubensbekenntnis, das oft in blutigen Auseinandersetzungen gegen alle anderen Gruppierungen verteidigt wird. Die eine Partei fordert ein vereinigtes Slovin, die nächste ein föderalistisches Slovin mit eigenständigen Regionen und so weiter. Die Luft dröhnt von der Rhetorik der Freiheit, denn sie wissen, sie sind frei.
Gruppen, Armeen, Sekten, Parteien, Fraktionen – wie auf jedem anderen »befreiten« Planeten wimmelt es auch auf Slovin davon.
Incent ging geradewegs in die Hauptstadt, erkundigte sich nach der größten und einflußreichsten Partei und mußte feststellen, daß jeder Sloviner ihm eine andere Antwort gab. Deshalb ließ

er ankündigen, er, »ein unbeteiligter, neutraler und wohlmeinender Gast von einem fernen Sternensystem«, würde an dem und dem Tag auf dem Platz im Zentrum zu den befreiten Slovinern sprechen, damit seine Rede von ganz Slovin gehört würde.

Die Worte, die er benutzte, mußten Aufmerksamkeit erregen, denn *unbeteiligt* und *neutral* waren aus dem allgemeinen Sprachgebrauch verschwunden; durch die Korruption und Niedertracht der volyenischen Herrschaft waren sie in Mißkredit geraten; und die heftigen Leidenschaften aus der Zeit der »Befreiung« hatten ihr Schicksal endgültig besiegelt. »*Neutral*, was kann das bedeuten?« fragten sich die Sloviner, und nachdem sie die Bedeutung dieses und ähnlicher Worte nachgeschlagen hatten, spotteten sie: »Was für ein Unsinn, was für ein idealistischer Quatsch!« Aber es klang wehmütig, denn sie hatten das Gefühl, ihnen sei möglicherweise etwas verlorengegangen.

Diese großen, zarten silbrigen Wesen wecken in Fremden immer starkes Mitgefühl und Beschützerinstinkte, da sie scheinbar so verletzlich sind; unser Incent reiste kreuz und quer über den Planeten und beobachtete tief erschüttert, wie die Sloviner sich mit einer ganz neuen Vorsicht und Unsicherheit begegneten, wie sie tastend Fragen stellten. Sie erinnerten Incent an diese zarten schimmernden Insekten, die eine Nacht lang leben, dann ihre Flügel verlieren und sterben; er *wußte*, er konnte sie vor sich selbst retten, wenn er nur erreichen würde, daß sie ihm zuhörten. »Oh, ihr armen, armen Sloviner«, jammerte Incent, während er in Gedanken an den Sätzen seiner Rede arbeitete, an den richtigen, vor allem an den *angebrachten* Worten, die auf magische Weise die Folgen jahrhundertelanger volyenischer Unterdrückung und Uniformität beseitigen würden.

Die Sloviner ahnten nicht, wie sehr sie das »Andere« und der »Unterschied« der erstaunlichen Botschaft faszinierte. Was bedeutete *Unparteilichkeit*? Was *Großmut*? Und was *neidlos, gelassen, ehrenhaft, ritterlich*? Irgendwo, irgendwo, vielleicht sogar einmal auf Slovin, hatte es ein Volk gegeben, zu dessen

Alltag diese Worte gehörten. War es ihm möglich gewesen, sie rechtmäßig zu benutzen?

Am großen Tag stand Incent, überwältigt vor Erregung und dem Drang zu überzeugen, auf einer Plattform auf dem zentralen Platz der Hauptstadt, inmitten vieler tausend flüsternder, silbriger, dünner, zarter Sloviner, die sich nicht als eine Menge versammelt hatten, sondern alle in bewaffneten Trupps und Verbänden erschienen waren, denn ihre Treue band sie an jeweils andere Führer. Mit ihren facettierten, glitzernden Augen blickten sie zu ihm auf, voll Erwartung, eine Wahrheit zu hören, die sie endgültig erleuchten würde. Unbewußt sehnten sie sich nach Einheit, denn sie hatten so lange nur die volyenische Einheit gekannt. Außerdem hatte sich in den letzten Tagen etwas für Incent sehr Günstiges ereignet: Überall auf Slovin waren Kämpfe zwischen Guerillas und regulären Truppen ausgebrochen, und man fürchtete allgemein einen Bürgerkrieg.

Stell dir die Szene vor, Johor! Eine riesige, aber völlig uneinige Menge, in der sich jeder nach inspirierenden, beflügelnden und erhebenden Worten sehnt, denn was sie von Incents Botschaft bereits wußten, klang nach einem Versprechen von einem Stern, von dessen Existenz sie nichts gewußt hatten, dessen Oberherrschaft sie jedoch möglicherweise anerkennen mußten. Natürlich hätten sie jeden aus ihren Reihen umgebracht, der auch nur gewagt hätte, etwas Derartiges anzudeuten.

Incent begann seine Rede damit, daß er sie um Erlaubnis bat, ihnen eine traurige Geschichte erzählen zu dürfen. Sie hätten ihm alles erlaubt, denn sie setzten übergroße Erwartungen in ihn, und alles hätte in ihren Ohren so geklungen, als sei es das, wonach sie sich sehnten. Er erzählte ihnen Shikastas Geschichte, die Geschichte der Nordwestlichen Randzonen während des Zusammenbruchs der schlimmsten und ältesten Tyrannei, als das Volk darum kämpfte, sich von neuem zu versklaven – und es ihm gelang. Er erzählte sehr gut, und die bedauernswerten Geschöpfe bebten und zitterten bei der Vorstellung, wie leicht es ist, dem zwanghaften Drang zur Unterwerfung zu verfallen, wenn Unterwerfung die Lektion ist, die man immer gelernt hat.

»Volk von Slovin«, sagte Incent nach einem langen Schweigen, das er allein durch die Kraft seines Andersseins und seiner erstaunlichen Worte erzwang, die von einer fernen und wunderbaren Sonne zu kommen schienen.
»Volk von Slovin«, sagte oder sang Incent mit ausgebreiteten Armen, als wolle er ihre Zukunft, ihre noch immer unverwirklichten Möglichkeiten umarmen, »Volk von Slovin, ihr seid in denkbar größter Gefahr, und ihr scheint es nicht zu wissen. Ihr seid in Gefahr, euch einem neuen Tyrannen zu unterwerfen, denn die Mechanismen der Tyrannei sind in euren Köpfen wirksam. Aber die Gefahr hat noch ein anderes Gesicht: Eine Straße, die in eine schöne Zukunft führt, in eine Zukunft, die ihr euch noch nicht einmal vorgestellt habt. Das heißt, ihr werdet alle wahrhaft freie Menschen bleiben und euch weigern, euch Priestern, Tyrannen, Dogmen zu verschreiben. Ihr werdet euch einen freien und offenen Geist bewahren, werdet die Möglichkeiten untersuchen, die Konditionierung der Vergangenheit analysieren und lernen, euch zu beobachten, wie ihr vielleicht eine andere Spezies von einem Nachbarplaneten beobachten würdet – wie ihr zum Beispiel alle Maken beobachtet und kritisiert.« (An dieser Stelle ertönte ein allgemeines abfälliges Gemurmel, denn dieses Gebiet der Galaxis unterliegt dem allgemeinen Gesetz, daß gegenseitige Ablehnung und Mißtrauen mit zunehmender Nähe wachsen.) »Jawohl, das könnte eure Zukunft sein! Ihr könntet euch sagen: ›Nie wieder werden wir uns einem Führer unterordnen, denn wir brauchen keine Führer. Wir erkennen, man hat uns beigebracht, daß wir Führer haben müßten.‹ Vor langer langer Zeit, in eurer Vergangenheit als Tiere und Halbtiere habt ihr in Gruppen, Banden und Horden zusammengelebt, und diese genetisch bedingten Neigungen haben Tyrannen ausgenützt, um euch in Gruppen, Banden und Horden zu halten. Aber jetzt könnt ihr euch befreien, denn ihr versteht euch selbst... versteht, was ihr seid...«
Das Konglomerat einzelner Gruppen verschmolz und wurde zu einem Meer der Gefühle, zu einer einzigen Seele; alle umarmten und umschlangen sich unter dem Geraschel trockener, papierener Körper, und ein Sturm raschelnder Küsse schien

sich zu erheben. Dann drängten sie sich in einer einzigen Bewegung um Incent, hoben ihn in die Luft und riefen: »Unser Führer, du bist gekommen, um uns zu retten!« Und: »Incent für immer und ewig!« Und: »Bleib bei uns, Erhabener, teile deine edlen Gedanken mit uns, damit wir sie aufzeichnen, studieren und sie immer aufs neue zitieren!« Und: »Incent der Große…«

Incent wehrte sich, schrie und protestierte: »Nein, nein, nein! Begreift ihr nicht, darum geht es nicht… Oh, Sloviner, nein, bitte, oje… was muß ich sagen, damit ihr…«

In diesem Orkan der Begeisterung gingen seine Bitten und Klagen natürlich unter. Schließlich gelang es ihm, sich im Getümmel der Sloviner, die miteinander kämpften, sich sogar gegenseitig umbrachten, um ihm zu huldigen, davonzuschleichen. Weinend rannte er zur Raumfähre und kehrte nach Volyen zurück, wo er sich in die Sicherheit des hohen weißen Zimmers flüchtete.

Glücklicherweise war Shammat anderweitig beschäftigt und befand sich nicht auf Slovin.

Ich habe Incent das gesamte Studienmaterial entzogen. Ich mußte ihm nicht eigens erklären, daß es in seinem augenblicklichen geschwächten Zustand zu aufwühlend für ihn ist.

AM 5 AUF MOTZ,
AN KLORATHY.

Ich bedaure, berichten zu müssen, daß Grice »bekehrt« wurde. Er verlangt »endgültig« einer von ihnen zu sein.

»Das ist unmöglich«, erwidern die ernsthaften Motzaner in ihrer strengen Art, die sie bemüht sind zu kultivieren, »du bist ein Volyener.«

»Wie könnt ihr so etwas sagen?« ruft er. »Ihr widersprecht damit der besten Seite eures Wesens. Die sirianische TUGEND muß überall alles und jeden erfassen! Das sagt ihr selbst. Wie könnt ihr mich da ausschließen, indem ihr sagt: ›Du bist Volye-

ner‹ – und das zu einem Zeitpunkt, wo ihr beabsichtigt, Volyen die sirianische TUGEND zu bringen. Ihr seid unlogisch!«
Damit blockiert er den intellektuellen Apparat der »Tugendverkörperungen«. Es kommt ihnen logisch vor. Andererseits ist er eindeutig nicht im entferntesten wie sie – weder körperlich noch geistig. Er mag ihre Uniform tragen – er hat um eine Uniform gebeten. Er mag versuchen, sich ihrer Redeweise zu bedienen. Aber wie einer von ihnen zu mir sagte (du erinnerst dich, daß man mich für eine ›Verkörperung‹ hält): »Sieh ihn dir doch an! Er und einer von uns?«

KLORATHY AUF VOLYEN, AN JOHOR.

Das Folgende ist die Zusammenfassung eines sehr langen Berichts von Agent AM 5.
Es ist ein V-Jahr her, daß Grice von den Motzanern entführt wurde, die das inzwischen bedauern. Jeder Versuch, die Volyener so weit zu bringen, öffentlich zum Anspruch der Motzaner Stellung zu nehmen, mißlingt. Sie drohen mit Folterung und Schlimmerem – keine Reaktion. Motzanern bedeutet Loyalität sehr viel, und auf Motz ist jeder »einer von uns«. Die Vorstellung, daß die Herrscher von Volyen einen ihrer Beamten anscheinend vergessen haben – über so etwas Unverständliches wollen sie gar nicht nachdenken. Grice ist immer noch ein »Gefangener«; die Bibliothek ist sein Gefängnis, doch er ist aus freien Stücken dort. Der Buchbestand stammt aus einer volyenischen Provinzstadt, wo die Motzaner ihn vor einiger Zeit erbeutet haben – ebenfalls, um die Öffentlichkeit auf sich aufmerksam zu machen. Ein Skandal! Jedermann auf Volyen sprach nur von den gestohlenen Büchern und vergaß die Sache dann wieder.
Die Motzaner wundern sich: »Wie ist es möglich, daß den Volyenern Bücher wichtiger sind als einer ihrer Beamten?« Zufällig enthält diese Bibliothek die Forschungsergebnisse einer Un-

tersuchung von Volyenern, die sich mit den Volyenern als Spezies beschäftigt. In Volyens Blütezeit wurden die eroberten Planeten gründlich erforscht; die Wissenschaftler machten es sich zur nützlichen Gewohnheit, Rassen und Völker wie Tierarten zu sehen – das heißt, sie mit derselben oder beinahe derselben Nüchternheit zu studieren, wie wir sie bei vergleichbaren Untersuchungen von Gattungen und Spezies anwenden. An einem gewissen Punkt fiel ihnen auf, daß sie zwar andere sachlich beobachteten, aber nie den Versuch unternommen hatten, ihre eigenen Lebensgewohnheiten mit derselben Haltung zu analysieren, also nicht mit dem subjektiven Blick auf sich selbst. So richteten sie ihre Forschungsinstrumente auf sich selbst und versuchten – obwohl das immer sehr schwer ist –, sich so zu sehen, wie andere sie sahen. Die Provinzbibliothek enthielt viele ihrer Forschungsergebnisse.

Grice hat seine Zeit mit dieser Lektüre verbracht. Ziel seiner früheren Bildung war es im wesentlichen gewesen, ihn für Regierungsgeschäfte geeignet zu machen, insbesondere in ihm die Überzeugung der Überlegenheit zu festigen, die Administratoren eines Reiches in der einen oder anderen Weise haben müssen. Er hatte nichts von dem Reichtum an Informationen über seine eigene Spezies geahnt. Man fragt sich vielleicht, wie es möglich ist, daß die Volyener diese vielen Informationen nicht sofort in die nützliche Praxis umsetzten, und weshalb sie dieses Wissen nicht an ihre Jugend weitergaben – auch Grice stellte sich diese Frage. Wenn die Historiker sich einmal mit dieser Epoche beschäftigen – der Zeit vor der Annektierung des Reichs Volyen durch Sirius –, wird dieser Umstand vermutlich als höchst bemerkenswert hervorgehoben werden. Sie besaßen ein so umfangreiches Wissen von den Mechanismen, die sie als Individuen, Gruppen und Konglomerate beherrschten – weshalb zogen sie keinen Nutzen daraus? Nun ja, sie sind eben ein lethargischer Haufen mit sehr verschachtelten Gehirnen.

Grice ist zerrissen, gespalten und aufgerieben. Kaum hatte er beschlossen, die Vereinfachungen der Motzaner voll und ganz zu bejahen, stand er Tag für Tag vor Fakten, die ihm diese Eingleisigkeit unmöglich machten. Ihm explodiert der Kopf vor neuen Ideen, Hypothesen und Möglichkeiten; er lebt in einem Fieber, das er nur durch liebevolle Gedanken über seine neuen Kameraden kühlen kann, die so ernst, so streng, so hingebungsvoll, so beruhigend und bewundernswert eingleisig sind.

AUSZÜGE EINES BERICHTS VON AM 5.

O diese armen Tugendverkörperungen! Sie kommen mit Grice nicht zurecht! Manchmal denken sie daran, ihn nach Volyen zurückzubringen, um ihn nur loszusein. Sie wünschen nichts sehnlicher, als sich ihn vom Hals zu schaffen, doch anscheinend benutzte er zufällig ein paar der geheiligten Redewendungen, als er seine Bewunderung für sie zum Ausdruck brachte, die ihn immun machen, und jetzt ist er ein Gast. Aber nicht ganz, denn vielleicht erweist er sich als Geisel doch noch nützlich. In solchen seltenen Augenblicken der Beweglichkeit und Vieldeutigkeit spreche ich ihnen Mut zu, im (wie ich manchmal glaube vergeblichen) Bemühen, diese einspurigen Helden einen Schritt weiterzubringen.
Aber Grice belehrt sie. »Ihr seid unlogisch«, sagt er streng, denn er hat ihr Benehmen übernommen – zumindest die meiste Zeit. »Entweder bin ich ein Gast oder eine Geisel. Ich kann nicht beides sein.«
»Das stimmt«, erwidern sie, behandeln ihn jedoch weiterhin als Gast *und* als Geisel.
Als Gast bat er darum, mehr von Motz zu sehen, und man übertrug es mir, ihn zu begleiten.
Wir flogen kreuz und quer über den kleinen Planeten, und Gouverneur Grice – denn ich begleitete den Gouverneur, den Administrator, nicht Grice den Greiner – war begeistert und ernüchtert, fassungslos und voll Bewunderung für das, was wir sahen.
Man fliegt über einen steilen, felsigen Berg, blickt hinunter und entdeckt Felder an jedem Abhang, im winzigsten Tal. Der Berg

ist schwarz und unfruchtbar, aber er trägt zahllose Erdnester, die dieses von einem fruchtbaren Planeten vertriebene Volk Korb um Korb dort aufgeschüttet hat. Man landet und begegnet einer Gruppe starker, muskulöser, hagerer Menschen, die einem Felder, Gärten und Obstbäume zeigen. Sie klettern unglaublich steile Hänge und Felswände hinauf und hinunter, und wenn sie dann stolz bei einem winzigen Fleckchen glänzenden Grüns stehenbleiben, lächeln sie mit so liebevollem Beschützerstolz, daß sie nicht zu sagen brauchen: »Ehe wir kamen, gab es hier nichts.«

Man fliegt über eine Ebene, die gefleckt ist mit fruchtbaren Feldern, und sie erzählen: »Dies war ein Sumpf. Wir haben ihn trockengelegt.«

Unten taucht eine Wüste auf, an deren Rändern sich ein dunkelgrüner Gürtel abzeichnet. »Noch ist es eine Wüste, aber schon bald wird dort ein Wald stehen.«

Ich kann mich nicht erinnern, schon einmal einen von Natur aus so trostlosen Planeten gesehen zu haben; aber ich habe auch noch nirgends solche Errungenschaften und Erfolge gesehen. Sie haben alles voll Hingabe mit eigenen Händen, mit ihrer Härte und Selbstdisziplin geschaffen. Ihr Selbstvertrauen ist ungebrochen: Sie wissen, sie können alles tun, wozu sie sich entschließen. Sie fürchten keine Entbehrungen, denn sie können von einer Handvoll Getreide am Tag leben und verachten jeden, der mehr fordert. Die Schlichtheit ihrer Kleider macht sie zur Uniform. Was für großartige Wesen! Und wie bedauernswert, denn sie verachten alle anderen zutiefst.

»Oh!« rief Grice, als wir wieder einmal in einer Siedlung mitten in der Wüste oder in einem Felsenmeer landeten, »oh, was hätten wir auf Volyenadna tun können, wenn wir es nur versucht hätten.«

»Unsinn«, wiederholte ich immer wieder, »ihr hättet nichts dergleichen tun können. Man kann ein Volk nicht dazu zwingen. Es muß freiwillig geschehen.« Vergiß nicht, Grice betrachtet mich als eine »Verkörperung«, und deshalb muß ich mich entsprechend verhalten. Aber schließlich ist das nur allzu wahr.

»Wenn ich an das arme Volyenadna denke! Oh, das arme, arme Volyenadna. So etwas hätten wir auch tun können.«
»Wie siehst es denn auf diesem Planeten aus?«
»Dort gibt es nur Tundra, Felsen, Geröll und Dauerfrost.«
»Hast du schon von einer Pflanze namens Rocknosh gehört? Ich glaube, sie gedeiht unter solchen Bedingungen.« Er war aufs höchste erregt und aufgewühlt. »Ich glaube schon. Irgendein Typ hat davon gesprochen. Aber er war nur ein ...« Er hatte »sirianischer Spion« sagen wollen, brach jedoch ab. In solchen Momenten scheint sein Gesicht auseinanderzubrechen, zu zerfließen; dann zuckt es krampfhaft, als ringe sein ganzer Organismus um eine Art Gleichgewicht oder Ganzheit.
»Ein sirianischer Spion«, hörte ich ihn murmeln, »aber damals war ich noch so jung. Ich wußte es nicht besser...« Und ein anderes Mal: »Ein sirianischer Spion? Das klingt schlecht. Aber wenn Motz Sirius ist, dann...«
Hin und wieder versuche ich, mit ihm über das sirianische Reich zu sprechen, darüber, wie es wirklich war. Es ist sinnlos, zu jemandem von der Langzeitperspektive, von den vielen Jahrtausenden solcher Reiche zu sprechen, der bei dem Wort »Reich« nur an die wenigen V-Jahre volyenischer Herrschaft denkt. Aber ich versuche, etwas von der wechselhaften Geschichte zu erzählen und von der heutigen Zersplitterung. Ich erinnere ihn an die bevorstehende Annektierung Volyens. Er seufzt, er stöhnt, er verzieht das Gesicht...
Doch er hat eine Lösung für seinen emotionalen Konflikt gefunden. Geradezu bizarr, aber – du wirst mir zustimmen, Klorathy – eine psychologische Meisterleistung...
Grice hat beschlossen, Volyen den Prozeß zu machen, weil Volyen Versprechen und Garantien, die es in seiner Verfassung jedem volyenischen Bürger gibt, nicht erfüllt hat.
Zu den Problemen, die Grice lösen mußte, gehörten unter anderem: Er konnte sich nur ungefähr an die entsprechende Formulierung in der Verfassung erinnern; auf Motz gab es kein Exemplar der volyenischen Verfassung; er muß nach Volyen zurückkehren, um Anklage zu erheben; er konnte sich an keinen ähnlichen Fall erinnern.

Ein fassungsloser Motzaner erzählte Krolgul von dieser Absicht, und Krolgul besuchte Grice auf der Stelle. Nach dreimaligem kurzen Klopfen betrat er die Bibliothek und blieb schweigend und mit strengem Gesichtsausdruck in der Tür stehen, bis er sicher sein konnte, daß Grice ihn gesehen hatte. Dann ging er, ohne zu lächeln, durch den ganzen Raum auf ihn zu. Die graue Uniform (eine Version der motzanischen), die ernste, verantwortungsbewußte Miene, der soldatische Schritt – Grice stand instinktiv auf, als sei er sich einer Schuld bewußt. Doch ehe er etwas sagen konnte, streckte Krolgul ihm die Hand entgegen und schnarrte: »Servus!« Und dann: »Ich habe von deinen Plänen gehört. Ich bin gekommen, um dir zu gratulieren! Ausgezeichnet! – in der Zielsetzung! Das ist mutig, das ist tapfer, das ist wahre revolutionäre Kreativität.«
Nach ein paar Stunden mit Krolgul war Grice zu allem bereit – auch zu der Aufgabe, seine Idee den Motzanern begreiflich zu machen.

Stell dir vor, Klorathy! Zwanzig »Verkörperungen« und ich; wir kommen alle gerade von unserer harten Arbeit, und es fällt uns schwer, wegen der peinlichen Aufforderung von Grice einen Abend zu opfern. Wir sitzen im Halbkreis in einer Hütte mitten in der Wüste, die sie beschlossen haben, fruchtbar zu machen. Auf einem Wandbord: ein Krug Wasser, ein bißchen Gemüse, eine Lampe. Grice sitzt vor uns, aber niemand hat gesagt, ob als Gast oder als Gefangener.
»Du sagst, du willst dein Volk öffentlich kritisieren?«
»Nicht mein Volk, sondern Volyen.«
»Wo liegt da der Unterschied? Wie läßt sich Volyen von den Volyenern trennen?«
»Wenn *das* unmöglich ist, wie ist es Volyen dann möglich, seinem Volk bestimmte Rechte zu versprechen und zu garantieren?«
»Aber du redest, als wolltest du eine Abstraktion öffentlich kritisieren.«
»Wie kann etwas eine Abstraktion sein, wenn es Garantien und

Versprechen gibt? Wenn es wie ein Vater spricht? Außerdem kritisiere ich es nicht, ich bringe es vor Gericht.«
»Wen? Die Verfassung?«
»Nein, diejenigen, die zur Zeit Volyen repräsentieren.«
Düsteres Schweigen, feindselige Blicke, Ungeduld.
»Und was willst du damit erreichen?«
»Erreichen? Ich werde Volyen entlarven, denn es ist ein einziger Betrug.«
»Volyen?«
»Ich meine unsere lächerliche Verfassung. Lügen, nichts als Lügen!«
»Aber wenn wir Volyen unsere TUGEND bringen, dann werden dort wahre Freiheit und Gerechtigkeit herrschen.«
»Ja, aber das wird noch eine Weile dauern, oder? Und außerdem...« Gouverneur Grice kann einfach nicht an das glauben, wovon er beinahe sein ganzes Leben lang geträumt hat: an den Ausbruch der Revolution, die Ankunft von Sirius in seiner Heimat. »Und außerdem«, sagte er triumphierend, »wenn ich sie vor Gericht entlarve, wie sie es verdienen, wird eure Aufgabe um vieles einfacher sein, nicht wahr? Die scheinheilige Maske der falschen Gerechtigkeit wird der Tyrannei vom Gesicht gerissen und –«
»Wir verstehen nicht, wie du, als Beamter dieser Tyrannei, oder auch nur als Bürger in der Lage bist, sie anzuklagen. In unseren Ohren klingt das eindeutig wie Kritik. Wie kann man eine Tyrannei *kritisieren*?«
»Ihr müßt verstehen, wir haben eine Demokratie. Natürlich nur als Folge historischer Anomalien, et cetera«, murmelte Grice.
In diesem Stil ging es beinahe die ganze Nacht weiter. Von Zeit zu Zeit machte ich einen Einwurf, um die Streiter auf den Boden der Tatsachen zurückzuholen, oder wie du und unsere Tutoren in den Schulen der Kolonialverwaltung es immer formuliert haben, »ins Leben«. Zum Beispiel:
Ich: »Aber darf ich dich daran erinnern, daß du nicht einmal ein Exemplar der Verfassung besitzt?«
Am Ende wurde beschlossen, zwei Motzaner als Volyener ver-

kleidet nach Volyen zu schicken, um für Grice ein Exemplar der Verfassung zu beschaffen.

»Und wenn ihr schon dort seid«, rief er ihnen nach, als sie gingen, »könnt ihr mir auch den zweiten Band von Peace' *Gesetze des Gruppenverhaltens* mitbringen. Es war gerade ausgeliehen, als ihr die Bibliothek befreit habt, und ich brauche es für meinen Prozeß.«

Er schrieb es ihnen auf. Die Motzaner lesen nicht, das heißt, sie lesen nur Bücher über die Geschichte ihres Heimatplaneten, über ihre Vertreibung, ihre Anstrengungen, Motz urbar zu machen, und ihren Kampf, Motz nicht den sirianischen Nachbarkolonien in die Hände fallen zu lassen. Die Motzaner lesen Ratgeber, technische Literatur und in letzter Zeit Bücher über Volyen und sein »Reich«, die natürlich nur den sirianischen Standpunkt wiedergeben. Sie lesen niemals etwas, das darauf hinweist, daß man sie und ihre Geschichte, ihre Hingabe und Opferbereitschaft vielleicht auch von einem anderen Standpunkt aus betrachten könnte. Sie kämen nicht einmal auf diese Idee, denn sie sind erfolgreich konditioniert worden, die Gedanken anderer als ketzerisch zu betrachten. »Das ist alles, und das ist genug«, um ihre unvermeidliche Reaktion zu zitieren, wenn sie tatsächlich auf ein Buch stoßen, das sie vielleicht – und sei es auch nur indirekt – kritisiert. Und: »Wir haben alles, was wir brauchen.«

Den Prozeß gegen Volyen vorzubereiten, erforderte den Einsatz von Grice, mir, Krolgul und einem Motzaner, den Krolgul mit Grice bekanntgemacht hat, weil er glaubte, dieser neue Bundesgenosse könne Grice nur helfen – aus Krolguls Sicht. Der junge Motzaner heißt Stil. Charakteristisch für ihn sind die Hindernisse, die er überwinden mußte. Er wurde in einer dieser neuen Siedlungen geboren – in der Nähe des Meeres, wo man Sümpfe trockenlegte. Es war dort kalt, feucht und trostlos. Seine Mutter starb bei der Geburt des dritten Kindes. Der Vater arbeitete hart wie alle Motzaner; die Erziehung der Kinder blieb mehr oder weniger dem Zufall überlassen. Stil kümmerte sich um seine beiden jüngeren Geschwister, ging zur Schule und arbeitete schon als Kind, um Geld zu verdienen. Dann kam der Vater bei einem Unfall ums Leben. In dieser Art geht Stils Geschichte weiter. Schon früh erwachsen, wurde aus ihm eine körperlich und geistig starke Persönlichkeit, die zu jeder Arbeit fähig und jeder Situation gewachsen war. Dieses Musterbeispiel eines Motzaners verbringt seine Zeit mit Grice, dessen Selbstverachtung und Minderwertigkeitsgefühle dadurch noch verstärkt werden. Natürlich ist Stil von Grice fasziniert, dessen Leben ihm krankhaft egoistisch und ausschweifend erscheint. Grice stimmt jeder Kritik lauthals zu: »Dafür werden sie bezahlen, du wirst es erleben« – womit er natürlich »ganz Volyen« meint.

Die Anklageschrift umfaßt inzwischen schon mehrere Bände, und es sieht so aus, als gäbe es keinen Grund, je damit zu Ende zu kommen. Aber Krolgul treibt zur Eile an. Gerüchte! Gerüchte! Meist über eine drohende sirianische Invasion. Theoretisch ist die Mobilmachung in Motz abgeschlossen. Da die Soldaten jedoch auch Bauern und Bergarbeiter, also unverzichtbare Arbeitskräfte, sind, kann Motz sich diese Situation nicht leisten. Deshalb sind Proteste »direkt an Sirius« gegangen, wo natürlich nichts als Meinungsverschiedenheiten, Unstimmigkeiten herrschen und Debatten geführt werden. Politische Richtungswechsel sind an der Tagesordnung. Keine Antwort von »Sirius direkt«; deshalb hält Motz seine Armee in Bereitschaft, sagt sich aber richtig, daß die Soldaten diszipliniert genug sind, um sie im Lauf eines Tages wieder zusammenziehen zu können. Krolgul mahnt Grice: »Wenn du jetzt nicht handelst, ist es zu spät. Dann wird es kein Volyen mehr geben, dem du den Prozeß machen kannst.«

»Ach, Krolgul«, sagt Grice, »übertreibst du da nicht?«

»Willst du die ›Tugend‹ von Sirius oder willst du sie nicht?«

»Auf Volyenadna habe ich dich nie von der sirianischen ›Tugend‹ sprechen hören. Weshalb eigentlich nicht?«

»Damals warst du noch nicht reif für die Wahrheit.«

»Es ging nicht darum, daß ich sie hörte. Aber was ist mit Calder und seinen Leuten?«

»Woher weißt du, worüber ich mit ihnen gesprochen habe? Du hast nicht immer am Schlüsselloch gelauscht, Gouverneur Grice!«
So tief ist Krolgul im Umgang mit Grice gesunken. Grice fühlt sich dabei nicht wohl, aber aufkommende Zweifel an Krolgul beschwichtigt er stets mit einem Blick auf ihn: Diese aufrechte soldatische Haltung! Diese heroischen Züge! Dieser Anflug von Einsamkeit und Selbstgenügsamkeit! Wenn er Krolgul ansieht, scheint dieser alles zu verkörpern, was Grice liebend gern gewesen wäre, gerne wäre. Und wenn seine Zweifel an Krolgul zu stark werden, dann ist Stil in der Nähe. Stil kommt entweder gerade nach langer, harter körperlicher Arbeit zurück oder macht sich gerade auf den Weg zur Arbeit – und bei allem ernährt er sich nur von gemahlenen Fischköpfen und etwas brackigem Wasser.
Außerdem gibt es natürlich mich; aber Grice kann mich nicht so recht einordnen. Manchmal ist er erleichtert, daß ein Motzaner zu ganz gewöhnlicher Respektlosigkeit, ja sogar zu Spott fähig ist, daß ein Motzaner Motz kritisieren kann. Dann wieder hat er das Gefühl, daß etwas mit mir nicht ganz stimmt. »Und du bist wirklich kein Spion?« fauchte er einmal. »Natürlich bin ich ein Spion«, erwiderte ich, »wie klug du bist, du hast es erraten! Aber natürlich muß man selbst ein Spion sein, um einen anderen zu erkennen, nicht wahr, Gouverneur Grice?«

KLORATHY AUF VOLYEN, AN JOHOR.

Seit meinem letzten Bericht habe ich a) Ormarin auf Volyendesta besucht; er ist inzwischen aus dem Krankenhaus entlassen, ist wieder völlig gesund und bereit für die Zukunft, auf die er sich durch das ernsthafte und gewissenhafte Studium der Geschichte einiger unserer Planeten vorbereitet; b) Volyenadna überflogen, wo große Gebiete sich rötlich färben; und c) bin von einem Ende von Volyen zum anderen gereist.

Incent schickte mir eine Nachricht; er fühle sich wohl genug, um seinen Zufluchtsort zu verlassen. Er will sich auf die Probe stellen. Auch er zieht durch Volyen. Ich bin ihm zweimal begegnet.
Zum erstenmal in einer kleinen Stadt, in der Unruhen und Tumulte ausgebrochen waren: Einwanderer von ME 70 und ME 71, die sich hier niedergelassen haben, gerieten mit den Einheimischen aneinander. Du wirst inzwischen wissen, diese beiden Planeten haben die volyenische Herrschaft abgeschüttelt. Die bedauernswerten Einwanderer, die seit langem zufriedene und treue Bürger Volyens sind, wurden durch die in primitiven Köpfen üblichen logischen Abläufe von der aufgebrachten Menge plötzlich zu Sirianern und möglichen Verrätern erklärt.
Ich war dort zusammen mit 33, 34, 37 und 38, die ich von ihrer Arbeit auf Volyendesta abgezogen hatte. Und wir taten, was wir konnten, um die schlimmsten Exzesse des Mobs zu verhindern. Natürlich hatten wir uns getarnt, und Incent erkannte mich nicht. Er saß auf einer Mauer und beobachtete den Tumult. Allein seine Anwesenheit hätte als Provokation wirken können: düster, bleich, mit einem tragischen Ausdruck im Gesicht, aber vor allem ein Zuschauer – ein unglücklicher Zufall hätte genügt, ihn zur Zielscheibe zu machen. Ich beauftragte 33, ihn zu beschatten. Dann schickte ich ihm eine Nachricht mit dem Vorschlag, sich uns anzuschließen und wirklich verantwortungsvolle Arbeit zu leisten. Ich erhielt keine Antwort.
Gestern sah ich ihn hier in Vatun wieder. Auch diesmal bei Unruhen. Ganze Straßenzüge brannten, und ein Trupp meist jugendlicher Volyener zerstörte alles, was ihnen in den Weg kam, mit dem Schlachtruf: »Nieder mit... ins Feuer mit...« Es folgten die Namen von Geschäftsleuten dieser Gegend, in den meisten Fällen Einwanderer aus Volyenadna. Incent löste sich aus der Menge und schwang sich auf eine niedrige Brücke, die über die Straße führte. Die Häuser auf beiden Seiten brannten; der Rauch, die zuckenden Flammen, das Gesindel außer sich vor Zorn – und da stand unser Held und rief, vielmehr schrie, um gehört zu werden: »Ihr müßt begreifen... nein, hört mir

zu ... ihr begeht Verrat an allem, was euch zu wahren, verantwortungsbewußten Individuen macht ... nein, ihr müßt zuhören ... ihr seid in diesem Augenblick völlig in der Gewalt eurer tierischen Gehirne ... wißt ihr, daß ...« Die Leute in den ersten Reihen blieben einen Moment lang stehen und starrten mit offenem Mund zu ihm hinauf – staunend und verwirrt, aber hauptsächlich deshalb, weil man der Flut ihrer Emotionen Einhalt gebot. Die Schatten der Flammen und der Rauch verdunkelten die Gesichter. Einen Augenblick lang herrschte beinahe völlige Stille; nur die Flammen tosten und prasselten, und ein paar Leute im Hintergrund brüllten: »Nieder mit ... runter mit ihm ...« »Jeder von euch hat zwei Hirne in seinem Kopf, eigentlich sogar mehr, aber das eine ist ein tierisches Gehirn, und wenn das die Kontrolle übernimmt, werdet ihr wie Tiere. Genau das seid ihr jetzt. Ihr seid eine Herde von ...« Die Masse johlte und lachte höhnisch. »Wenn wir eine Lektion in Biologie brauchen, wenden wir uns an dich«, schrie unser Agent 37 aus ihrer Mitte zurück, um die Wut der Leute abzulenken. Als sie sich umdrehten, um zu sehen, wer für sie sprach, noch dazu in Worten, die ihnen in diesem Moment bestimmt nicht eingefallen wären, rannte 38 zu Incent, denn es fehlte nicht viel, und er wäre in die Menge hinuntergestürzt, die ihn in Stücke gerissen hätte. »Hört her«, schrie Incent, »hört mich an ... ihr seid alle beherrscht von eurem primitiven Gehirn, könnt ihr das nicht begreifen? Ihr seid eine Million Jahre zurückgefallen und ...« In diesem Moment zog ihn der starke 38 von der Brücke und schleppte ihn schnell zu mir. Wir packten ihn bei den Armen und rannten mit ihm in eine Straße, die der Mob noch nicht erreicht hatte.

»Aber es *stimmt*«, wiederholte Incent immer wieder beim Rennen.

Wir ließen ihn in einer kleinen, leeren Bar zurück und sagten ihm, er solle dort auf uns warten, bis wir zurückkämen. Dann gingen wir wieder hinaus, um zu sehen, ob wir etwas Nützliches tun konnten. Es sah sehr schlecht aus. Die Krawalle, Plünderungen und Kämpfe gingen weiter. Als ich zurückkehrte, war die Bar geschlossen und von Incent nichts zu sehen.

Seit wegen Incent nicht allzu entmutigt! Ich spüre, daß er auf dem Weg der Besserung ist. Krolgul kann ihn nicht länger als einen offenen Kanal für seine Attacken benutzen.

AM 5 AN KLORATHY.

Ganz Motz befindet sich in Alarmbereitschaft. Grice ist unterwegs nach Volyen: Die »Verkörperungen« haben endgültig das Interesse an ihm verloren. »Gouverneur Grice«, sagten sie, »gehen Sie. Ja, ja, ja, tun Sie alles, was Sie wollen, aber gehen Sie.« Auf Bitten von Grice muß Stil ihn begleiten.

KLORATHY IN VATUN, AN JOHOR.

Grice hat festgestellt, daß das Volyen, in das er zurückkehrt, nicht mehr das Volyen ist, das er verlassen hat. Tumulte und Krawalle, Brandstiftungen und Plünderung! »Aber so sind die Volyener nicht«, beteuert er immer wieder, »so sind wir ganz bestimmt nicht! Wir sind gutmütig und freundlich. Wir sind *vernünftige* Leute.«

Doch sein schwer angeschlagenes geistiges Gleichgewicht muß noch etwas anderes verkraften. Wenn das Schlimmste gesagt ist, was sich über Volyen sagen läßt – es herrscht Arbeitslosigkeit zum Beispiel; die von anderen Planeten eingewanderten Bevölkerungsgruppen werden nicht als vollwertige Bürger anerkannt; der Lebensstandard fällt nach dem Verlust der Kolonien – man kann also das schlimmste über Volyen sagen, was sich sagen läßt, und dennoch ist das Los der ärmsten Volyener immer noch besser als das der reichsten Motzaner.

Und während Stil in Erfüllung des Auftrags, »ein Auge auf ihn zu haben«, Grice finster überallhin begleitet, protestiert er: »Das nennst du Armut? Du sagst, diese Leute plündern, weil sie arm sind? Das mußt du mir bitte erst einmal erklären! Nein, gib mir nur eure Armut. Ich nehme sie mit zurück in meine Siedlung, denn was allein in dieser einen Straße weggeworfen wird, würde für uns ein ganzes Jahr ein Leben im Überfluß bedeuten.«

Es ist Grice gelungen, das zu verkraften, wie alles andere auch, und zum Bestandteil seiner großen »Anklage« zu machen.

Grice fand für seinen Fall keinen Anwalt. Deshalb wendete er sich an den Öffentlichen Ankläger, dessen Aufgabe es ist, dafür zu sorgen, daß berechtigte Klagen gehört werden. Dieser Herr blätterte amüsiert in den vielen hundert Seiten der »Anklageschrift«, aber Grice ist ein viel zu guter Kenner von seinesgleichen, um nicht zu verstehen, was das bedeutete. Ehe der Ankläger ihn auf die ironische und charmante Weise hinauswerfen konnte, die Grice selbst oft genug benutzt hatte, sagte Grice: »Erinnerst du dich an mich, Spascock? Wir waren 53 zusammen im Kindergarten.« Der Beamte gab zu, daß er tatsächlich diesen Kindergarten besucht hatte; allerdings konnte er sich nicht an Grice erinnern. »Erinnerst du dich an Vera?« »Natürlich erinnere ich mich an Vera. Sie war einer der positivsten Einflüsse in meinem Leben. Meine Eltern waren meist auf Dienstreisen, auf Volyenadna, und ich muß gestehen, ich hungerte nach der ganz normalen Zuneigung, die man in einer Familie geschenkt bekommt.« »Du hast Vera seit damals nie mehr gesehen?« erkundigte sich Grice ganz aufgeregt. (Ich habe einen genauen Bericht von Incent, der bei diesem Gespräch anwesend war. Incent und Grice sind inzwischen gute Freunde – das ist nicht weiter verwunderlich.) Spascock fühlte sich unbehaglich, wurde nervös und konnte es nicht verbergen. »Denn ich habe Vera sehr viel später getroffen. Und ihr Einfluß war entscheidend für mein Leben.«

Vera, ein reizendes und warmherziges Mädchen, hatte einen Urlaub auf Volyenadna verbracht, dabei die Leiden der einheimischen Bevölkerung unter der volyenischen Herrschaft gesehen und zum erstenmal begriffen, daß das angenehme Leben auf Volyen nicht nur den Kolonien versagt blieb, sondern überhaupt nur *durch* die Kolonien möglich war. Vera bekehrte sich auf der Stelle zum Glauben an die sirianische Tugend und wurde bald eine Agentin – allerdings auf die für diese Zeit typische vage Art: ein paar aufregende Besuche in einer sirianischen Botschaft, ein paar zwanglose Gespräche auf offiziellen Empfängen, die Einladung, »Sirius« zu besuchen – in diesem Fall Alput, das sie zutiefst beeindruckte –, und danach nichts. Sehr bald begriff sie, daß Sirius eine schreckliche Tyrannei war, und »vergaß« im wahrsten Sinne des Wortes die Zeit, in der sie Sirius bewundert hatte. Aber damals wurden zwei ehemalige Mitschüler durch ihren Einfluß zu Bewunderern von Sirius. Einer war Grice, der andere Spascock. Vera hatte sie angeworben.

»Ich bin der Ansicht, Leute in unserer Lage sollten zusammenhalten«, sagte Grice zu Spascock.

Spascock versuchte zu lächeln und versprach, sich die »Anklageschrift« anzusehen und sich dann bei Grice wieder zu melden. »Und wer«, erkundigte er sich, als Grice und Incent sich verabschiedeten, »ist dein Freund?«

»Er kommt von weit, sogar von sehr weit«, sagte Grice, wohl wissend, wie das auf Spascock wirken mußte, der geradewegs an seinen Schreibtisch zurückkehrte und begann, die »Anklage« zu lesen.

»O nein«, stöhnte er immer wieder, »o nein, das darf doch nicht wahr sein... aber das ist einfach verrückt... es ist völlig...« Und dann begann das Telefon zu klingeln. Bei ihm meldeten sich alle möglichen Kollegen in hohen und niederen Positionen – manche sogar in sehr hohen –, und jede dieser interessanten Unterhaltungen, die sich alle scheinbar um etwas völlig anderes drehten, lieferte ihm unmißverständliche Gründe dafür, daß er der Klage von Grice den Weg ebnen mußte.

»Ja, ich lese sie gerade«, bekannte er stöhnend einem Kollegen nach dem anderen, von denen jeder in etwa verlauten ließ, »Grice, du weißt, unser Kollege«, habe ihm ein Exemplar seiner Anklageschrift überreicht. »Ja, aber vielleicht stimmt das ja alles. Ich sage nicht, daß es nicht so wäre. Sicher ist alles höchst interessant, aber... aber... ja, ja, sehr gut. Sehr gut. Ich habe es gehört.«

»Aber«, stöhnte Spascock, als er etwa nach dem zwanzigsten Anruf allein in seinem Büro saß, »wir können doch nicht *alle*...?« Und natürlich waren sie nicht *alle*..., fragten sich jedoch, ob irgend etwas, was sie getan oder gesagt hatten...? Oder sie waren es, wußten jedoch nicht, inwieweit Sirius sie als »ruhiggestellt« oder zumindest »inaktiv« betrachtete; oder sie bemühten sich tatsächlich nach besten Kräften, Volyen zugrunde zu richten; oder sie standen insgeheim in engem Kontakt zu einem sirianischen Drahtzieher.
Dieser Prozeß wird stattfinden. Grice glüht im Fieber der Begeisterung. Und genau das beunruhigt seinen Kameraden und Verbündeten. Es erscheint Incent nur gerecht, daß Volyen »endgültig entlarvt« und »vor die Schranken der Geschichte zitiert wird«; denn obwohl es Incent sehr viel besser geht, bringen ihn bestimmte Wortfolgen noch immer leicht aus dem Gleichgewicht. Doch treu seinem Wesen ist ihm jede Form von Genuß verdächtig, wenn man von dem absieht, den er beim Nachdenken über seine Schwächen selbst empfindet. In Wirklichkeit ist seine Mißbilligung eine Art Neid auf Grice. Wenn Grice sich vor Vergnügen windet, während er seine Anklage durch eine neue Redewendung ergänzt, die Volyens Verlogenheit entlarvt, hat man Incent murmeln hören: »Aber Grice, ich bin oft sehr viel schlimmer gewesen!«
AM 5 auf Motz bittet mich in einer Nachricht um seine Versetzung hierher. Er hat, wie er sagt, als Zuschauer Geschmack an der Farce gefunden. »Oh, Klorathy«, klagt er, »wie kann ich diese bewundernswerten Motzaner ertragen!? Sie tun nie etwas, was nicht in irgendeiner greifbaren Leistung endet. Alle ihre Äußerungen wurzeln ›im Leben‹. Wo sind, nachdem Gouverneur Grice gegangen ist, diese herrlichen Widersprüche, die ich zu schätzen gelernt habe? Jetzt gibt es nur noch einen: Die Motzaner, ob es ihnen paßt oder nicht, sind auch Sirianer. Und ihre Rettung ist ihr Mangel an Phantasie, denn ihr Verstand arbeitet folgendermaßen: »Wir sind gut. Wir sind Sirianer. Deshalb sind Sirianer gut.« Sie bereiten sich auf die Invasion von Volyen mit der Haltung vor, mit der sie ein Stück Wüste in eine Oase verwandeln. Dank Grice sehen sie nur das

eine: Volyen braucht ihren Beistand! Wenn ich auf diese leicht komische Art, die ich hier kultiviert habe, um mich gegen ihren feierlichen Ernst zu wehren (und die mir natürlich zu Recht ihr Mißtrauen einbringt), andeute, daß vielleicht nicht jeder auf Volyen wie Grice ist, bekommen sie glasige Augen: Die Motzaner sind alle gleich, denn sie sind ›im Feuer geschmiedet‹, im Feuer gemeinsamer Härten (vergib mir), und deshalb können sie sich einen Planeten der Vielfalt nicht vorstellen. Rette mich, Klorathy, erlaube mir, nach Volyen zu kommen.«

Ich antwortete darauf: »Vielleicht erkennst du es an dir selbst nicht, doch diese ›Komik‹, der gezielte, halbgetarnte Spott, der ›Geschmack an der Farce‹ ist die gleiche Schwäche, die innere Kapitulation vor dem Potential der Anarchie in dir, die dazu geführt hat, daß eine ganze Generation Volyener der Oberschicht (mehr oder weniger) sirianische Agenten geworden ist. Erkennst du nicht die Atmosphäre, den ›Ton‹? Ich erinnere mich, daß ich eine Reihe von Vorlesungen (die du, wie ich weiß, besucht hast) über diese spezielle Periode auf Volyen gehalten habe, denn sie veranschaulicht so deutlich die Gesetze innerer Unzufriedenheit, die Gesetze des Verrats. Erinnerst du dich nicht an den Vortrag mit dem Titel: ›Denn wo Erfolg ist, spreche keiner von Verrat?‹ Offenbar erinnerst du dich *nicht* daran. Du bist nicht Agent von Canopus in diesem (zugegebenermaßen) nicht sehr reizvollen Winkel der Galaxis, um Geschmack am Studium historischer Anomalien zu finden, deren Wurzeln beinahe immer in *Falschheit* liegen – nein, es ist kein Zufall, daß die volyenische Klasse, der man beibrachte, sich als die natürlichen Herren zu betrachten, zu dieser tiefsitzenden, alles durchdringenden Frivolität erzogen wurde –, dem Stolz jener, die sich für besser als die anderen halten. Der ›Geschmack‹ an den Anomalien, die den Zusammenprall von Planeten begleiten, ist eine Form von Stolz. Nun gut, ich gebe zu, ein gewisses Maß davon ist zulässig, sogar notwendig, um sich vor der Niedergeschlagenheit und der Entmutigung zu retten, die uns überfallen, wenn wir darüber nachdenken, welche Verschwendung die Galaxis – oder wie die Volyener sagen: die Natur – sich leistet, um ihre Ziele zu erreichen. Aber ein Schritt

über das erlaubte Maß hinaus, und man erhebt sich voll Verachtung über alle, die einen umgeben, und bald bläht man sich vor Stolz über die eigene Klugheit. Agent AM 5 von Canopus – würdest du bitte deine Arbeit tun, wie dir aufgetragen ist, und deinen Genuß daran mäßigen! Wie es sich trifft, ist geplant, daß du mit den motzanischen Invasionstruppen nach Volyen kommst. Doch du darfst nicht glauben, daß du großen Gefallen daran finden wirst.«
Als Reaktion auf diese Zurechtweisung – oder vielmehr Erinnerung – habe ich die nüchterne Bestätigung erhalten, daß sie notwendig war.

Die Vorverhandlung hat stattgefunden. Spascock stellte in einem letzten Anfall professioneller Empörung den förmlichen Antrag, den Fall abzuweisen. Das geschah in einem kleinen Raum des Gerichtsgebäudes. Anwesend waren Spascock, drei Beisitzer, Grice, Incent und ein paar Gerichtsbeamte. Die Beisitzer fühlten sich unbehaglich und ließen das auch erkennen.
»Worauf gründet sich Ihre Anklage?« fragte der Erste Beisitzer.
»Auf Absatz eins der volyenischen Verfassung«, antwortete Grice. Er stand kerzengerade, mit leuchtenden Augen vor ihm und fühlte sich wie die personifizierte Gerechtigkeit, die das Urteil über Volyen fällt.
»Lesen Sie.«
»›Volyen verpflichtet sich, alle seine Bürger zu schützen und für sie zu sorgen in Übereinstimmung mit der Nutzbarmachung seiner natürlichen Reichtümer in der gegebenen Zeit und mit dem Fortschreiten und Wachstum des Wissens über die Gesetze der volyenischen Natur und die Gesetze der Dynamik in der volyenischen Gesellschaft.‹«
Grice hörte sich das an, als sei jedes Wort eine Anklage, der niemand widersprechen konnte, und wartete triumphierend ab.
Die drei Beisitzer vermieden es, sich anzusehen.

Spascock sagte: »Meiner Ansicht nach ist das einfach absurd.«
»Warum, Spasky?« fragte Grice. »Entschuldigung, ich meine Ankläger. Entweder Volyen meint, was es – sie – er sagt, oder nicht. Was für einen Sinn hat eine Verfassung, wenn es als lächerlich gilt, auch nur zu fragen, ob sie respektiert wird?«
Incent wirkte äußerst unglücklich und sagte zu Grice: »Nun, na ja, das wissen wir alle, aber…«
»Was weißt du? Dieser spezielle Absatz ist der Schlüssel zur ganzen Verfassung und wurde eingefügt, weil man bei der Verfassungsreform feststellte, daß die Gesetze in keinem Verhältnis mehr zu den modernen soziologischen und psychologischen Erkenntnissen standen. Damals waren die Gesetze eine Absurdität, und heute sind sie es wieder.«
»Einen Moment«, schaltete sich der Erste Beisitzer ein, »wer ist in diesem Kontext Volyen? Wer oder was ›verpflichtet‹ sich?«
»Offensichtlich die Regierung.«
»So einfach ist das nicht«, sagte Spascock, »Regierungen kommen und gehen. Sind die Beamten auf Lebenszeit ›Volyen‹?«
»Natürlich nicht. Es liegt auf der Hand, was Volyen ist«, sagte Grice, »es ist der Geist der Kontinuität…« Und da Spascock und der Erste Beisitzer Anstalten machten, dieser schwachen Theorie zu widersprechen, fügte er hinzu: »Wenn ›Volyen‹ sich ›verpflichten‹ kann, muß es etwas Permanentes geben, das sich verpflichtet, selbst wenn dieses Etwas nicht zu definieren ist.«
»Das ist zwar logisch«, erwiderte Spascock, »aber in meinen Augen Unsinn. Erstens, wenn ›Volyen‹ ständig seine Strukturen entsprechend der wissenschaftlichen Entwicklungen reformieren wollte, dann müßte es eine Körperschaft oder ein Organ geben, um diese Entwicklungen zu beobachten und sie in die besagten Strukturen einzufügen.«
»Genau das wollte ich sagen«, erklärte Grice.
»Aber«, fuhr Spascock fort, »dieses Organ müßte sich in der Bewertung der Ergebnisse von Wissenschaft und Forschung einig sein. Und das ist nicht so leicht.«
»Sehr leicht«, sagte Grice, »wenn es das wollte.«

»Es…?« fragte der Erste Beisitzer. Normalerweise wirkte er vernünftig, kühl, über Kleinlichkeiten erhaben. Doch jetzt war er wütend und fühlte sich nicht wohl in seiner Haut – jeder wußte weshalb: Druck von oben.
»Man muß es so sehen«, sagte Incent, offensichtlich bemüht, Grice zu unterstützen, obwohl es ihn sichtlich Mühe kostete. »Wenn man es für notwendig hielt, diesen Passus an den Anfang zu stellen, weil unser Wissen über uns selbst die juristischen und gesellschaftlichen Strukturen überholt hatte, konnte keine Einigkeit geherrscht haben.«
»*Unser?*« fragte Spascock kalt. Incent ist unübersehbar ein Fremder, und jeder weiß, daß er von »weit her kommt«.
»Ich habe mich mit Volyen identifiziert«, murmelte Incent.
»Mit *was*?« erkundigte sich der Erste Beisitzer im Versuch, Humor zu zeigen.
Es folgte ein langes, bedrücktes Schweigen. Experten fällt es nicht leicht, sich über ihr erworbenes Wissen hinwegzusetzen. Normalerweise hätte ein solcher Fall dieses Stadium nie erreicht.
»Ich sehe nicht, wie man leugnen könnte«, sagte Grice schließlich voll Verachtung in seiner förmlichen Art, »daß es eine Verfassung gibt, die bestimmte Dinge verspricht.«
»Das leugnen wir nicht«, sagte Spascock.
»Und daß diese Versprechen nicht eingelöst worden sind.«
»Das ist etwas anderes.«
»Ich beabsichtige, es zu beweisen.«
»Ich habe einen Vorschlag zu machen. Wir sollten einen Sonderausschuß einsetzen…«
»O nein, das kann doch wohl nicht ernst gemeint sein«, sagte Grice.
»… um die genaue Bedeutung von ›Volyen‹ in diesem Kontext, von ›es‹, von ›verpflichten‹, ›sorgen für‹ und ganz besonders ›in Übereinstimmung mit‹ festzulegen.«
»Angenommen«, sagten alle drei Beisitzer gleichzeitig.
»Nun gut«, sagte Grice, »juristisch seid ihr im Recht. Aber ich bestehe hiermit auf meinem Recht: Ich möchte von meinen Peers gehört werden.«

»Oh, Grice«, sagte der Ankläger, »muß das sein?«
»Ja, Öffentlicher Ankläger«, sagte Grice, »es muß sein.«
Die Beisitzer und Spascock mußten sich geschlagen geben und saßen wütend und resigniert auf ihren Plätzen, während die Gerichtsdiener hinausgingen und die ersten zwölf Personen hereinbrachten, die ihnen über den Weg liefen.
Die Stimmung auf Volyen ändert sich schnell. Gleichzeitig mit der Unruhe wegen der Gerüchte über eine unmittelbar bevorstehende Invasion verbreiten sich Hochstimmung und allgemeine Erregung. Alle sind ruhelos, eilen hin und her auf der Suche nach Stimulation und Ereignissen, die ihren Hunger danach stillen sollen. Das üblicherweise würdige und förmliche Verhalten der Gerichtsbeamten war einer gewissen Unbekümmertheit gewichen, die manchmal an Verachtung grenzte.
»Du da, komm mit. Man braucht dich als Peer bei einem echten Hammer von einem Gerichtsverfahren...« »Du kannst dir nicht vorstellen, was sie sich diesmal zusammengesponnen haben – zumindest gibt es etwas zu lachen.« In diesem Ton wurden die Peers zusammengestellt. Sieben Soldaten und fünf Zivilisten drängten sich auf den Bänken – lächelnd und in dieser Feiertagsstimmung, die Volyener aus unerfindlichen Gründen bei einem bevorstehenden Krieg erfaßt. Der Erste Beisitzer sah sie stirnrunzelnd an; ihre Gesichter wurden ernst, und sie hörten zu, als er fragte: »Sind Sie damit einverstanden, daß Grice, Gouverneur von Volyenadna, gegen Volyen wegen Nichterfüllung von in der Verfassung verankerten Pflichten gegenüber seinen Bürgern ein Verfahren anstrengen will?«
Die Peers wechselten bedeutungsvolle Blicke und konnten nur mühsam ein Lachen unterdrücken.
»Einverstanden«, sagten sie. »Nur zu!« »Wow!« »Ja, das ist eine gute Idee...«
»Nun gut«, sagte Spascock, »nun gut. Doch dann wollen wir auch den Sonderausschuß berufen, damit er seine Arbeit sofort aufnimmt.«
Nach der Verhandlung ging Incent zu Grice und sagte: »Objektive Bedingungen machen diesen Prozeß zu einer galaktischen Anomalie.« Die Gedanken, die Incent in Grice weckt, faszinie-

ren ihn, und Worte wie »galaktisch« versetzen ihn in einen Zustand, in dem er, wie er sagt, »das Gefühl hat, sein Kopf fülle sich mit kühler Luft«. Doch bei dieser Gelegenheit stand sein Bild von Incent dessen Absichten entgegen:

»Ihr von ›weit her‹ könnt unsere hiesigen Zustände einfach nicht verstehen.«

»Aber ich lebe doch hier, oder?«

»Das zählt nicht, man muß hier geboren sein.«

»Ihr seid nicht gerade die beste Reklame dafür. Seht euch doch an, in welchem Dilemma ihr seid.«

»Das stimmt. Aber der Prozeß wird auf bescheidene Weise ein bißchen dazu beitragen, daß ...«

»Grice, glaub mir, dieser Prozeß ist schlichtweg unangebracht.«

»Wie kann man ein solches Wort benutzen, wenn die Lage so verzweifelt ist! Siehst du, genau das meine ich. Du bist kalt und herzlos!«

»Begreifst du nicht, daß ...«

»Hör zu. Sag mal ehrlich: Tut Volyen, was es in seiner Verfassung verspricht?«

»Nein, natürlich nicht. Aber galaktisch gesehen kann man sagen, nur der Planet ist glücklich, der keine Verfassung braucht.«

»Du kannst dich über uns auch noch lustig machen!«

»Das hab ich nicht getan – aber warum eigentlich nicht?«

»Und dabei wird die Gerechtigkeit ...« Das Wort *Gerechtigkeit* in Verbindung mit *galaktisch* war zuviel für Grice. Tränen strömten ihm über das Gesicht (und natürlich drehte er den Kopf so, daß Incent sie sah).

»Und außerdem ist es absolut falsch zu behaupten, man könne lokale Probleme nur verstehen, wenn man sie am eigenen Leib erfährt. Ganz im Gegenteil. Ich bin ein Beweis dafür, und du bist es auch.«

Johor, du siehst, mit Incent geht es aufwärts. Aber er ist wieder herumgereist und hat allen Volyenern, die es hören wollten, von ihrem tierischen und ihrem höheren Gehirn erzählt. »Versteht ihr«, mahnt er ernsthaft, »wenn ihr euch in einer Herde, im Rudel befindet, dann werdet ihr von den entsprechenden Instinkten beherrscht. Wenn ihr wie eine Herde durch die Straßen stürmt, dann müßt ihr rhythmisch immer wieder dieselben Rufe ausstoßen, müßt brennen, zerstören und vernichten. Ihr müßt töten. Aber wenn ihr ruhig und allein seid, wie jetzt mit mir, beherrscht euch das höhere Gehirn, und ihr seid in einem Zustand, in dem ihr für höhere Impulse empfänglich seid. Versteht ihr?«

Wenn die Volyener »ruhig« mit Incent »zusammensitzen«, erntet er nur Zustimmung und intelligentes Verständnis; doch sobald dieselben Volyener in der Masse durch die Stadt stürmen und Incent entdecken, der sie vom Straßenrand oder von einem Laternenpfahl, auf den er geklettert ist, um besser gehört zu werden, ermahnt, dann beschimpfen sie ihn oder ignorieren ihn einfach. Man hat gehört, wie ein solcher Volyener später beschämt und verlegen zu ihm sagte: »Ich weiß einfach nicht, was in mich gefahren ist«, und Incent darauf antwortete: »Du darfst dir niemals, unter keinen Umständen erlauben, zum Mob zu gehören, denn dann kannst du dir nicht mehr helfen.«

»Alles schön und gut! Aber wir leben nun einmal immer in der einen oder anderen Form als Gruppe, na ja, fast immer.«

Mit solchen Bemühungen hat Incent seine Zeit verbracht. Krolgul läßt ihn nicht aus den Augen und wartet auf eine passende Gelegenheit, um ihn wieder in seine Macht zu bekommen. Doch bei Krolguls Anblick – wenn er auch nur hört, daß Krolgul in der Nähe ist – nimmt Incent Reißaus.

Ich habe folgendes Gespräch mit Incent geführt.

»Incent, irgendwann mußt du dich Krolgul stellen.«

»Ich kann nicht. Ich fürchte mich.«

»Aber inzwischen bist du stärker. Du kannst dich gegen ihn behaupten.«

»Ich fürchte seine Macht-Worte.«

Ich fürchte sie auch – für Incent –, und als er das merkte, rief er: »Weshalb hast du mir diese Position übertragen, diese Schlüsselposition?«

»Du hast dich freiwillig dafür gemeldet, Incent.«

»Habe ich das? Ich muß verrückt gewesen sein. Warum hast du mich nicht daran gehindert?«
»Als dein Lehrer habe ich dich dazu ermutigt.«
»Aber es ist einfach zuviel für mich.«
»Andere unserer Agenten haben sich bereit erklärt, dir zu helfen. Sie sind schon hier und überall im ›Reich‹ Volyen am Werk. Das ist einer der Gründe, weshalb du stärker bist. Jetzt gibt es nicht nur einen ›Kanal‹, sondern viele.«
»Na«, murmelte er, »ich nehme an, es wird nicht lange dauern, bis sie auch umfallen.«
Johor, ich wünschte, du könntest unseren Incent in solchen Momenten dramatischer Selbstdarstellung sehen. Wir kennen ihn als bescheidenes, besonnenes Individuum, das – auf Canopus – diese Eigenschaften selbst in volyenischer Hülle bewahrte. Aber hier mußt du ihn dir vorstellen, wie er sich weit zurücklehnt und den Kopf in die schmalen, nervösen Hände stützt; seine schwarze Mähne fällt ihm über die Schultern, und die großen schwarzen Augen, die er (wie ich fürchte, aus Eitelkeit) gewählt hat, starren mich an. In Wirklichkeit ist sein Blick nach innen gerichtet, als betrachte er zufrieden eine innere Wunde oder sinniere über einen Schock nach. Doch dann hebt er die Augen, und in ihnen liegt ein Ausdruck, der davon spricht, daß er tapfer und stolz unermeßliches Leid trägt.
»Bis jetzt halten sie sich alle ganz gut. Keiner ist umgefallen, und teilweise haben wir das dir zu verdanken, denn du bleibst fest. Aber du mußt einsehen, Incent, es ist Zeit, daß du wieder ganz zu dir selbst findest. Es ist einfach unproduktiv, in einem Moment, wenn ganz Volyen von den Emotionen der Masse erfaßt ist, den Leuten in deiner vernünftigen unterkühlten Art die Mechanismen der Massen zu erklären.«
»Aber ich kann es nicht ertragen, ich kann es einfach nicht ertragen!« rief er gequält. »Ich kann nicht mit ansehen, wie sie zulassen, daß sie... einfach Tiere werden...« Er verbarg das Gesicht in den Händen und weinte.
»Incent. Komm *zu dir*!«
»Verschreibst du mir noch einmal Totale Immersion, wenn ich nicht wieder völlig gesund werde?«

»Daran habe ich ganz bestimmt nicht gedacht.«
»Aber wenn du es vorhättest, was würdest du dafür wählen?«
Du kannst dir vorstellen, Johor, daß ich das mit Beunruhigung hörte.
»Ich glaube, niemand ist je zweimal ›Totaler Immersion‹ unterworfen worden.«
»Du willst doch nicht behaupten, das sei noch nie notwendig gewesen? Niemand ist so schwach wie ich«, sagte er zufrieden und streckte die Arme aus, wie um die Schande entgegen- und auf sich zu nehmen.
»Nur wer sehr stark ist, kann TI widerstehen.«
»Wirklich? Und das habe ich getan, nicht wahr? Nun gut, dann sag mir, welche hübschen Dinge du sonst noch in der Hinterhand hast.«
»Incent, für mich klingt das, als würdest du im nachhinein deine TI genießen, obwohl es damals eindeutig anders war.«
Diese Bemerkung ernüchterte ihn auf der Stelle, und er sagte aufrichtig: »Nein, nein, nein, niemals, Klorathy! In diesen Breiten können schmerzliche Erfahrungen in der Erinnerung zu angenehmen Assoziationen führen – ich weiß noch, daß du mich davor gewarnt hast. Nein, niemals. Verstehst du, ich möchte, daß du – wenn du willst – mir angst machst.«
»Du willst damit sagen, daß du nicht vernünftig bleiben, daß du nicht die Fassung bewahren kannst, obwohl ich dir erkläre, wie wichtig das für Volyen und für unsere Macht hier ist? Aber du behauptest, man könnte dich durch Furcht zur Vernunft und ins Gleichgewicht bringen – was auf eine Drohung hinauslaufen würde!«
»Sage ich das? Nun, wenn es so ist, dann muß es wohl so sein. Ich kann es nicht ändern. Dann mußt du mir angst machen, Klorathy. Offenbar brauche ich das.«
»Also gut«, sagte ich, und Incent setzte sich in Positur: Die Hände hatte er bereits gefaltet, und in seine Augen trat der charakteristische aufnahmebereite, erwartungsvolle Ausdruck, als seien die Ohren allein zum Hören nicht genug. »Es geschah auf einem anderen Planeten. Dort hatte eine neue Technologie ei-

nen Krieg möglich gemacht, durch den weite Gebiete verwüstet wurden und verarmten. Die Bewohner waren verzweifelt. Einige Leute hielten sich für besonders begabt, die Bevölkerung zu manipulieren. Ihr stärkstes und wirkungsvollstes Talent war die Anwendung von Worten, die Rhetorik, und sie nutzten die verzweifelte Lage, um die Macht an sich zu reißen. Von Anfang an verkündete der oberste Anführer dieser Tyrannen: ›Wir bekennen uns zu organisiertem Terror‹, eine Feststellung, der seine Anhänger, und auch viele andere Leute, applaudierten, und die sie bewunderten. Und ...«

»Ich scheine eine Ähnlichkeit zu entdecken«, sagte Incent düster.

»Ja, ich spreche von demselben Planeten wie im ›Gericht‹. Das alles geschah nicht lange nach jener anderen Revolution, die sehr schnell zu zwanghaftem Morden führte und einen Tyrannen hervorbrachte. Die Rhetoriker besaßen zumindest den Weitblick, die Gefahr selbst zu erkennen, und hatten sich deshalb eingehend mit der ersten Revolution beschäftigt, deren Exzesse und Brutalitäten sie sehr bewunderten. Sie einigten sich darauf, sich nicht gegenseitig umzubringen, sondern *nur* das Volk, das sie ›befreien‹ wollten, falls es sich dagegen wehrte, befreit zu sein. Während der ersten Revolution hatten Parolen wie ›Nur Blut kann uns erneuern‹ die primitiven Seiten in den brutaleren Menschen angesprochen; in dieser zweiten Revolution löste ›Die Gewalt und der Terror als Massenbewegung müssen ermutigt werden‹ Stürme der Begeisterung aus. Denn die Rhetoriker wußten, sie würden nur an der Macht bleiben, wenn sie wahre oder imaginäre Feinde zu bieten hatten, um die Aufmerksamkeit der Massen von ihrem nicht endenden Elend abzulenken. Die Versklavten starben zu Millionen an Hunger, Krankheiten, jedoch vor allem durch den Terror, der inzwischen als organisiertes Überwachungssystem ein Reich überzog, das ein Sechstel des ganzen Planeten umfaßte. Und natürlich brachten sich die Rhetoriker gegenseitig um, als habe es den Pakt zwischen ihnen nie gegeben. Sie glaubten, die Ereignisse zu kontrollieren, nicht als Marionetten der Kräfte zu agieren, die sie selbst freigesetzt hatten. Ein neuer Tyrann erschien, wie es unvermeidlich ist, wenn eine Gesellschaft ins Chaos stürzt. Und die Bevölkerung starb auch weiterhin oder wurde ermordet. Doch die Bewohner dieses Planeten sind, wenn schon nichts anderes, so doch zumindest fruchtbar. Die Verluste durch Krankheiten, Katastrophen oder die eigenen Mordmaschinerien waren bald wieder ausgeglichen.« Ich ließ Incent nicht aus den Augen, konnte jedoch kaum eine Reaktion erkennen. Er hörte mir ruhig und aufmerksam zu, und seine innere Spannung hatte sich verringert. »Vielleicht das bemerkenswerteste an all dem war, daß man in anderen, begünstigteren Teilen des Planeten, ja selbst in gutorganisierten und angenehmen Regionen von den Massenmorden, Folterungen und noch nie dagewesenen brutalen Methoden der Volksüberwachung wußte, die Tyrannei aber trotzdem bewunderte. Es ist eine Tatsache, daß es immer Menschen gibt, die nur auf blutrünstige und sensationelle Berichte reagieren, die...« An dieser Stelle blickte Incent verlegen auf und bedeutete mir mit einer Geste: Genug! »... Sie brauchen das Stimulans blutrünstiger Worte und blutrünstiger Gedanken. Sehr vielen Menschen in allen Teilen des Planeten gefiel der Gedanke an ›Terror‹ insgeheim, die Vorstellung von Folter und Brutalität; ihnen gefiel die Vorstellung, über ein Volk von Beinahe-Sklaven zu herrschen. Und der Gedanke an Gefangenenlager, in denen Millionen Menschen starben, weckte nur ihre Sensationslust.«

Incent sah mich unverwandt an, und in seinen ausdrucksvollen Augen lag inzwischen fast so etwas wie Humor.

»Incent«, sagte ich, »es ist unmöglich, an dieser widerwärtigen kleinen Geschichte etwas komisch zu finden.«

»Das stimmt, aber vielleicht bin ich komisch«, sagte Incent und warf sich mit ausgebreiteten Armen in einer Pose der Kapitulation auf den Rücken. »Also... erzähl weiter.«

»Ich habe gesagt, was ich sagen wollte. Es geht nicht um das Abschlachten von Millionen und Abermillionen, sei es aus Gleichgültigkeit, sei es aus Absicht; es geht nicht um die Schaffung einer Todes- und Terrormaschinerie, nicht um die Versklavung eines Volkes, sondern darum, daß alle diese Dinge in Worte *gefaßt* wurden zum Zweck der Versklavung, der Manipulation, der Täuschung, der Erregung niederer Instinkte; daß Tyrannen als Wohltäter, Schlächter als Chirurgen der Gesellschaft, Sadisten als Heilige, Kampagnen zur Ausrottung ganzer Nationen als Freundschaftsdienst an diesen Nationen, Krieg als Frieden und ein allmählicher gesellschaftlicher Zerfall, ein Abstieg in die Barbarei, als Fortschritt bezeichnet wurden. Worte, Worte, Worte, Worte... Und wenn die Analytiker dem Volk seinen Zustand beschrieben, rief es enthusiastisch: ›Was für interessante, was für hinreißende *Worte*!‹ und machte weiter wie zuvor.«

»Ich höre.«

Ich sprach nicht weiter, sondern betrachtete meinen Schüler, wie du mich manchmal betrachtest, Johor – ich weiß es.

»Klorathy, was wäre meine Rolle gewesen, wenn du mir Totale Immersion in diese Epoche verordnet hättest?«

»Du kannst noch fragen? Du wärst ein Instrument des Terrors gewesen. Du hättest unzählige anständige Menschen mit allen dir zur Verfügung stehenden Mitteln ermordet. Du hättest ständig neue Foltermethoden entwickelt und die Menschen durch geschickten Einsatz von Propaganda, durch Konditionierung und durch die Androhung von Tod, Folter und Gefängnis versklavt. Auch du wärst bald getötet worden, denn es ist ein Gesetz, daß Gleiches Gleiches anzieht. Aber ich hätte dafür gesorgt, daß du sofort wieder zurückgekommen wärst und einen Platz in dieser Maschinerie der Brutalität eingenommen hättest, um weiterhin all diese Dinge zu betreiben und gleichzeitig von Kameradschaft, gesellschaftlicher Verantwortung, Frieden, Freundschaft und so weiter zu reden.«

Wieder entstand ein langes Schweigen.

Dann setzte sich Incent langsam auf. »Mich hat noch nie etwas mehr fasziniert«, verkündete er schließlich mit diesem charakteristischen Genuß an der Diagnose seiner eigenen inneren Vorgänge, der offenbar keineswegs im Schwinden begriffen ist. »Ich weiß genau, wenn ich TI in dieser Periode durchgemacht hätte, würde ich mich schreiend und jammernd auf dem Boden wälzen und alles daransetzen, es zu vergessen. Ich bin froh, daß ich diese andere entsetzliche TI bereits vergessen habe! Ich würde dich anflehen, jeden Gedanken daran aus meinem Gedächtnis zu löschen. Ich würde den Kosmos wegen seiner Grausamkeiten anklagen. Aber weißt du, ich kann zuhören, solange ich will, und trotzdem scheint das alles keine Realität für mich zu gewinnen. Es klingt eher... nein, nicht verlokkend, das nicht, aber interessant... Tatsache ist, Klorathy, *ich glaube es nicht.* Nein, nein, ich will damit nicht sagen, daß es nicht geschehen ist. Ich will damit nicht sagen, daß es nicht immer noch geschieht. Ich will damit sagen, es *scheint* mir nicht real zu sein. Es ist wie eine Geschichte, eine alte Geschichte, ein Märchen von fernen Kämpfen irgendwo und vor langer, langer Zeit.«

»Ich beklage mich nicht, Incent! Das ist bestimmt ein Zeichen, daß du Fortschritte machst. Hast du innerlich irgendwie auf Worte wie *Blut, Terror* et cetera reagiert?«

»Nein, ich dachte nur, ›Oh, nicht schon *wieder*‹.«

»Sehr gut. Und wie ist es damit? Der Baum der Freiheit muß von Zeit zu Zeit durch das Blut von Patrioten und Tyrannen verjüngt werden. Es ist sein natürlicher Dünger.«

Incent schüttelte achselzuckend den Kopf.

»Wir versprechen euch, wir werden jeden dreckigen Verräter, den ganzen Abschaum der Menschheit und die widerlichen Erscheinungsformen einer verbrauchten Philosophie aus unserer Mitte entfernen. Wir werden diesen ganzen stinkenden Abfall auf die Müllhalde der Geschichte werfen.«

Bei dem Wort *Geschichte* zuckte Incent zusammen, lächelte aber in sich hinein.

»Die Würmer und Maden, die sich in unserer neuen gesunden Gesellschaft eingenistet haben, wird man herausreißen und vor die Schranken der Geschichte zerren, um sie als das zu entlarven, was sie wirklich sind – erbärmliche Überbleibsel einer überholten Vergangenheit!«

Incent schüttelte den Kopf. Er schien mit sich zufrieden zu sein.

»Glaubst du, ich bin geheilt, Klorathy?«

»Ganz sicher hättest du das noch vor kurzem, vor deinem Zusammentreffen mit Grice, nicht so gut überstanden.«

»Das stimmt. Grice hat mir einen Schock versetzt, das kann ich wohl sagen. Ich betrachte ihn und denke: ›Weshalb um alles in der Welt...‹«
»Du bist noch nicht außer Gefahr, Incent.«
»Ich möchte so gern wieder nützlich sein. Der Gedanke, daß ich mich von Krolgul habe benutzen lassen, ist mir unerträglich. Wie war so etwas möglich, Klorathy?« Er sprang auf, lächelte tragisch und stürzte hinaus.
Ahnst du, was ich jetzt berichten muß? Ja, er ist beinahe augenblicklich wieder Krolgul verfallen, der ihm auflauerte. Incent lief in Hochstimmung und bester Laune durch die Straßen. Eine Menschenmenge kam ihm entgegen, darunter Leute, die er kannte. Diesmal war es kein schreiender, brüllender destruktiver Mob. Die Leute marschierten nach einem Beschluß, den sie vorher auf einer öffentlichen Versammlung gefaßt hatten, ruhig, diszipliniert und verantwortungsvoll. Die Anführer grüßten Incent kameradschaftlich.
»Wohin geht ihr?« rief Incent zurück.
»Wir werden die allgemeine Mobilmachung verlangen, um Volyen gegen Sirius zu verteidigen«, erwiderten sie, »diese Verräter dort oben würden zulassen, daß wir überrannt werden, ehe sie etwas unternehmen... Das sind alles sirianische Spione!«
Inzwischen marschierte Incent an der Seite der Anführer in die entgegengesetzte Richtung. »Eine sehr gute Idee«, sagte Incent, »obwohl sie so oder so einmarschieren werden«, fügte er eigentlich mehr zu sich selbst hinzu. Er merkte, wie die Anführer ihn ansahen und von ihm abrückten. »Aber macht nichts«, sagte er fröhlich, immer noch im Bann der Perspektiven unseres Gesprächs. »Die Invasion wird nicht von langer Dauer sein. Wie könnte sie auch? Sirius hat sich gewaltig übernommen.« Er sah ihre zornigen, abweisenden Gesichter und fügte hinzu: »Also, ich begreife nicht, wieso Fakten euch wütend machen können.«
»Ach, Fakten sind das?« fragte einer der Anführer, »klingt mir eher nach Verrat.«
»Verrat?« keuchte Incent, der inzwischen neben ihnen herlief.

»Imperien haben eine bestimmte Lebensdauer, und oft expandieren sie vor ihrem Ende wie in einem fieberhaften Wahn...«

»Wir sind nicht an defätistischen Reden interessiert«, rief einer der Anführer und schob Incent zur Seite. Aus der Menge, die hinter ihnen marschierte, ertönte zorniges Zischen und dann vereinzelt: »Verräter!«

Ein Anführer sagte: »Auf Abschaum wie dich haben wir es abgesehen – auf den ganzen korrupten Haufen da oben. Nach allem, was du sagst, gehörst du auch zu ihnen.«

»Nein«, erwiderte Incent, der immer noch neben ihnen herlief und jemandem die Hand hinstreckte, den er kannte. Im selben Moment begriff er, wer es war.

»Krolgul«, rief er.

Und unter solchen Umständen wurde der arme Incent auf die Probe gestellt.

»Politischer Naivling!« sagte Krolgul.

»Bin ich das?«

»Revisionist«, zischte Krolgul.

»Sei doch nicht albern«, erwiderte Incent, doch er fühlte sich getroffen. »Begreifst du nicht, daß das alles nichts bedeutet?«

Krolgul hatte ihn mitten unter die Anführer an der Spitze der Menge gezogen, und Incent sah sich nur noch von drohenden Gesichtern umringt.

»Es bedeutet also nichts, wie? Du ziehst die Gedanken unseres HEILIGEN FÜHRERS in den Schmutz, wie?«

»Nein, nein, natürlich nicht. Ich...«

»Reaktionär« war das nächste Macht-Wort. Es war stärker als das vorhergehende, und Incent wurde sichtbar schwächer.

Doch er wehrte sich immer noch. »Wie kann ich ein Reaktionär sein? Was bedeutet das? Worauf und weshalb reagiere ich?« fragte er, während die Leute um ihn herum zischten und wie Tiere knurrten. Ihre Disziplin und ihre Entschlossenheit, kein Mob zu sein, waren dahin, und die Ursache dafür war Incent: Incent im Bann der Manipulation des lächelnden Krolgul, der Inbegriff des ehrenwerten, verantwortungsvollen Revolutionärs. Seine Augen glühten vor Entschlossenheit, alles zu vernichten, was sich in den Weg der historischen Unabwendbarkeit stellte (oder wie die Formulierung lautete), und aus seinem Gesicht sprach die Vitalität triumphierender Grausamkeit.

»Bourgeois!« zischte Krolgul, und Incent hätte sich beinahe geschlagen gegeben.

Aber noch hatte Incent sich in der Gewalt – gerade noch.

»Faschist«, sagte Krolgul plötzlich, und schon war es geschehen. Incent war bis ins Mark getroffen. Im nächsten Augenblick war er einer von ihnen und brüllte und schrie: »Tod dem ... Nieder mit ... Blut ...«

Und so weiter.

Aber mach dir keine allzu großen Sorgen. Ich *spüre*, daß Incent weit von seinem beklagenswerten vorherigen Zustand entfernt ist; es gibt kein großes Loch mehr, durch das die Substanz von Volyen gesaugt wird, um die Bedürfnisse von Shammat zu befriedigen. Nein, Incent ist stark und ganz. Und er übt sogar einen mäßigenden Einfluß auf die Fanatiker in seiner Umgebung aus. Wenn er als Reaktion auf eine aufputschende Tirade sagt: »Aber das *bedeutet* doch alles nichts«, bremst sie das oft, und sie zeigen – zugegebenermaßen nur vorübergehend – eine gewisse Bereitschaft zu denken.

Krolgul ist völlig frustriert. Unsere anderen Agenten sind standhaft. Incent gehört ihm *nicht*. Krolgul hat sein stärkstes Macht-Wort verspielt – mehr steht ihm nicht zur Verfügung.

Das nächste aufsehenerregende öffentliche Ereignis ist der Prozeß gegen Volyen. Ich werde dabeisein und in meinem nächsten Bericht darüber schreiben.

In seiner Eigenschaft als Öffentlicher Ankläger hat Spascock versucht, den Prozeß in einem kleinen, abgelegenen Gericht stattfinden zu lassen; als möglicher sirianischer Agent (»Bin ich es oder bin ich es nicht?« fragte er sich in schlaflosen Nächten) bestand er schließlich unter dem Druck seiner Peers (die sich alle stöhnend fragen: »Bin ich es oder bin ich es nicht?«) auf dem Obersten Gerichtshof.

Die Verhandlung findet in dem großen Saal statt, der düster und feierlich ist, um Achtung, vielleicht sogar Ehrfurcht einzuflößen. Jede Wand ist einem anderen Thema gewidmet. »Die Glieder unseres geheiligten Körpers« – das heißt, Volyenadna und Volyendesta, Planet ME 70 (Maken) und ME 71 (Slovin) – haben je eine Wand. Volyenadna zum Beispiel ist durch Schneestürme und Eis und durch glückliche Bergarbeiter mit Calder als Anführer dargestellt. Über allem wölbt sich eine bemalte Decke mit Szenen, die das gute Volyen, personifiziert als der Geber, der Versorger, der Ratgeber, inmitten seiner »Glieder« zeigen, die sich in Posen der Dankbarkeit um Volyen scharen. Doch Maken und Slovin, die gerade das volyenische »Joch« abgeworfen haben, ließen die entsprechenden Wände von eigens entsandten Abordnungen übermalen. Dies geschah jedoch so hastig, daß das Ganze häßlich und unfertig wirkt. Auch die lächelnden Gesichter Volyens an der Decke sind farbig übersprüht worden.

In diesem irritierenden Rahmen begann heute der Prozeß.

Die Peers saßen auf ihren erhöhten Plätzen auf einer Seite. Als Gruppe schienen sie noch in dieser mutwilligen sorglosen Stimmung zu sein, die vor einer Krise so oft für die Allgemeinheit typisch ist; ihre bunte Kleidung unterstrich den Eindruck von gutmütigem Zynismus. Einzeln betrachtet wurde deutlich, daß sie nicht alle von dieser Stimmung angesteckt waren. Besonders eine vernünftige, liebenswerte junge Frau gab sich Mühe, der Verhandlung verantwortungsvoll zu folgen. Incent hielt sich in der Nähe der Peers auf; er ließ sie nicht aus den Augen und versuchte, ihnen durch drängende Blicke und eindringliches Lächeln klarzumachen, daß der Anlaß ernst war. Er agierte als offizieller *Beistand* von Grice. In *seiner* Nähe lauerte Krolgul, der, als der bedauernswerte Spascock Einwände gegen seine Anwesenheit erhob, einfach die Kleidung eines Gerichtsdieners überstreifte; er tat das demonstrativ, um Spascock lächerlich zu machen. Dann richtete er an den Bedauernswerten die einzige, fast liebevolle Frage: »Spion?«

Grice saß mit Stil auf dem Podium des Klägers.

Im Saal hatten sich etwa hundert Bürger eingefunden.

Spascock fungierte als Richter und erklärte, nach einem müden sarkastischen Blick auf die verunzierte Decke und die beiden

schlecht übermalten Wände von Volyens abgefallenen »Gliedern«, ohne jedes Pathos das Verfahren für eröffnet.
»Entschuldigung«, meldete Grice sich zu Wort. »Aber wo ist der Verteidiger?« Denn auf der Verteidigerseite standen nur ein paar leere Stühle.
»Da es sich als unmöglich herausgestellt hat zu entscheiden, *wer* oder *was* Volyen ist...«, erklärte Spascock gedehnt und gestattete sich ein Lächeln, als Krolgul an die Decke deutete, wo Volyens Gesichter unter weißer Farbe verschwunden waren.
»Volyen ist das, was seinen Bürgern in der Verfassung Versprechungen gemacht hat«, fiel ihm Grice ins Wort.
»Richtig, richtig«, ertönte es von den Bänken der Zuhörer, und der Nachdruck dieser Zwischenrufe erhöhte die Aufmerksamkeit aller. Die Peers blickten verdrossen auf das Publikum, denn sie waren hierhergekommen, um zu lachen. Ein oder zwei murmelten hörbar: »Wie langweilig, es wird ja ernst. Ich gehe«, und so weiter.
Doch sie blieben, scheinbar unter dem Einfluß der jungen Frau, deren Stellung dann offiziell durch die Wahl zur Sprecherin der Peers gefestigt wurde.
»Also fangen wir an, Grice«, sagte Spascock. »Wie lautet der erste Anklagepunkt?«
»Ich beschuldige Volyen, mich – und ich repräsentiere für die Dauer dieses Prozesses alle volyenischen Bürger –, also uns, nicht mit richtigen Informationen über unsere wahre Natur versorgt zu haben, um uns in die Lage zu versetzen, bestimmte Fallen zu vermeiden, in die wir mit großer Wahrscheinlichkeit geraten und...«
Ich lege meinem Bericht ein Exemplar der Anklageschrift bei.
Grice verlas sie – ein Werk von beachtlichem Umfang, wie du zugeben wirst – mit fester lauter Stimme und hob bei den entscheidenden Worten die Augen, um seine Peers zu mustern, die schwiegen. Die Aussicht auf eine ernste anstelle einer erheiternden Sitzung hatte sie verstummen lassen.
Die Sprecherin der Peers – sie heißt Arithamea – hatte sich nach

ihrer Wahl einen mütterlichen Gesichtsausdruck zugelegt und wirkte inzwischen, als könne sie ihre Verärgerung kaum noch unter Kontrolle halten.
Schließlich fragte Spascock: »Das ist der erste Punkt der Anklage, nicht wahr? Nun gut. Wo sind die Zeugen?«
Grice gab Incent ein Zeichen, der seinerseits jemandem an der Tür zuwinkte, worauf ein Gerichtsdiener auf einem kleinen Wagen etwa hundertfünfzig Bücher in den Saal schob.
»Das sind meine Zeugen.«
Es entstand ein langes düsteres Schweigen. Spascock blickte auf den Bücherberg hinunter; den Peers schien es die Sprache verschlagen zu haben, und aus den Reihen der Zuschauer ertönte ein tiefes Seufzen.
»Sie schlagen vor, wir sollen alle diese Bücher lesen?« erkundigte sich Spascock mit dem müden Sarkasmus, der in solchen Augenblicken des juristischen Alltags auf Volyen üblich ist.
»Keineswegs. Ich werde zusammenfassen.«
Stöhnen im ganzen Gerichtssaal.
»Ruhe, Ruhe«, mahnte Spascock.
»Ich werde mich kurz fassen«, sagte Grice. »Das ist durchaus möglich. Es ist kein schwerverständliches oder abstruses Thema... Soll ich fortfahren? Also gut. Das menschliche Tier, das sich erst vor kurzem über einen Zustand hinausentwickelt hat, in dem es in Gruppen lebte, in Gruppen innerhalb von Herden, Rudeln, Meuten, Horden und Sippen, kann ohne sie nicht leben. Es läßt sich beobachten, daß der Mensch Gruppen sucht und sich allen erdenklichen Gruppen anschließt, weil er...«
»Und sie«, ergänzte Arithamea.
»... und sie eine Gruppe braucht. Wenn das junge Tier – Entschuldigung: der junge Mensch die Familiengruppe verläßt, muß er, sie, eine andere Gruppe suchen. Doch man hat ihm, ihr nicht gesagt, daß er, sie das tun wird. Man hat nicht erklärt: ›Du wirst herumlaufen und eine Gruppe suchen, weil du dich außerhalb einer Gruppe nicht wohl fühlst, weil du sonst die Evolution von Millionen V-Jahren leugnest. Du wirst es blindlings tun, und niemand wird dir gesagt haben, daß du innerhalb einer Gruppe die Ideen, die diese Gruppe hervorbringt, um

eine Einheit zu bilden, ebensowenig ablehnen kannst, wie ein Fisch sich den Bewegungen seines Schwarms oder ein Vogel den Flugbahnen der Vogelschar entziehen kann, deren Bestandteil er ist.‹ Dieser Mensch ist also in keiner Hinsicht gerüstet und kann sich nicht davor schützen, völlig von einem Ideengebäude absorbiert zu werden, das in keiner Beziehung zu den wahren Kenntnissen stehen muß, die eine Gesellschaft bewegen oder antreiben. Dieser Mensch ...«

Arithamea meldete sich zu Wort und machte dabei deutlich, daß es ihr nur um Genauigkeit ging: »Einen Moment, mein Lieber, wollen Sie damit sagen, daß junge Leute die Gesellschaft Gleichaltriger suchen?«

»Ja, wenn man es so ausdrücken will«, sagte Grice und ließ seinerseits erkennen, daß er glaubte, sie begebe sich damit unter das Niveau, das man von ihr erwartete.

»Aber das weiß doch jeder, nicht wahr, Herzchen?« sagte sie und begann zu stricken.

»Wenn *jeder* es weiß, dann unterläßt es *jeder*, den notwendigen Schritt vorwärts zu tun«, sagte Grice energisch in ihre Richtung, hob die Augenbrauen wegen der blitzenden Nadeln und warf dem Richter auffordernde Blicke zu. Spascock beugte sich vor, hob seinerseits die Augenbrauen und erklärte: »Sprecherin der Peers. Tut mir leid, aber Sie dürfen in diesem Gericht wirklich nicht stricken.«

»Wenn Sie meinen, Richter«, erwiderte sie ruhig und packte riesige Wollknäuel, Nadeln etc. in eine Art Reisetasche, ein Vorgang, der die Augen und die Aufmerksamkeit aller Anwesenden auf sich zog. »Aber es beruhigt mich.«

»Uns nicht«, entgegnete Spascock. »Erlauben Sie mir, darauf hinzuweisen, daß dies eine ernste Angelegenheit ist.«

»Da Sie Richter sind, können Sie wahrscheinlich sagen, was Sie wollen«, sagte Arithamea. »Aber ich möchte wissen – ich meine, um es in Ihrer Sprache auszudrücken, ich brauche eine Art Klarstellung. Ich bin sicher, ich spreche für alle von uns ...« Sie blickte sich um und stellte fest, daß zumindest vier der Peers eingeschlafen waren und einige andere schläfrig wirkten. »Aufwachen«, sagte sie.

»Jawohl, aufwachen«, wiederholte Spascock, und die Peers wurden wieder munter.

Incent näherte sich ihnen und flüsterte: »Begreifen Sie, wie wichtig das hier ist? Gerade dieser Punkt? *Verstehen* Sie, wie *lebenswichtig* er ist?«

Die Sprecherin der Peers sagte: »Als ich von zu Hause wegging, hat meine Mutter zu mir gesagt: ›Paß auf, daß du nicht in schlechte Gesellschaft gerätst.‹ Steht das vielleicht in Ihren dikken Wälzern? Entschuldigen Sie die Frage, ich möchte Sie keineswegs vor den Kopf stoßen«, sagte sie zu Grice.

»Nun ja, im wesentlichen schon. Aber es geht darum: Wurde Ihnen gesagt, daß Sie ein Gruppentier sind und alle Ideen Ihrer Gruppe in sich aufnehmen müssen, ob Sie wollen oder nicht?«

»Mit so vielen Worten?« fragte sie. »Wie das so geht, lernte ich ein paar Mädchen und Jungen kennen, natürlich besonders Jungen...«, sie lächelte die Peers an, die ihrerseits alle nachsichtig zurücklächelten, »... aber ich konnte ihren Ideen nicht lange folgen. Es war nicht viel los mit ihnen.«

»Wie glücklich Sie sind, Madam«, bemerkte Spascock schwermütig und lenkte mit seinem Ton alle Blicke auf sich, den einsamen Richter auf seinem Thron.

Es entstand ein langes Schweigen, in dem man ein gezischtes oder geflüstertes *»Spione«* hörte. Doch als alle in Richtung Krolgul blickten, stand der Bauchredner mit einem sarkastischen Lächeln an der Wand, und die Flügel seiner schwarzen Robe hingen wie schlaffe Flügel an ihm herunter. *»Spione*...«, murmelten oder dachten alle, und das Zischen erfüllte die Luft.

Spione sind das Thema immer neuer Artikel, Rundfunksendungen, Flugblätter und Schlager. Plötzlich blickt die Bevölkerung (nicht nur Volyens, sondern auch die der beiden verbliebenen »Glieder«) auf die volyenischen Beamten und überlegt, was für eine psychologische Epidemie das gewesen sein mochte, der, wie es manchmal scheint, eine ganze herrschende Klasse zum Opfer gefallen war.

Arithamea blickte taktvoll *nicht* auf den Richter, als sie

bemerkte: »Ich bin sicher, eine Menge Leute in diesem Land fragen sich, was sie dazu gebracht hat, die Dinge zu tun, die sie getan haben...«
»Richtig«, sagte Grice scharf und zog dadurch alle Blicke auf sich. »Genau. *Was?* Aber wenn man uns und anderen wie uns in der Schule, als Bestandteil unserer Erziehung, gesagt hätte, daß das Bedürfnis, in eine Gruppe aufgenommen zu werden, uns wehrlos gegen ihre Ideen macht...«
»Wehrlos, ach ja?« fragte ein Peer, ein kräftiger junger Mann in einer Art rot-grünem Sportleranzug und einem lustigen Hut. »Wehrlos? Manche sind es und andere nicht.«
»Es ist eine Frage des Charakters«, sagte die junge Frau. »Einigermaßen vernünftige und anständige Leute lassen sich von den falschen Ideen nicht umwerfen.«
Grice und Spascock stöhnten im selben Moment so verzweifelt und traurig auf, daß wieder alle auf sie starrten.
Spascock zog instinktiv eine Pfeife hervor und zündete sie an; Grice ebenfalls. Die guten Bürger von Volyen wissen nicht, daß ihre Öffentlichkeitsexperten (üblicherweise Krolgul) so vielen den Rat gegeben haben, als Zeichen ihrer Integrität und moralischen Standfestigkeit, Pfeife zu rauchen, und deshalb wunderten sich die meisten Anwesenden, daß da nicht nur der Richter und der Ankläger, sondern auch andere Pfeifen hervorholten. Unter den Zuschauern auf den Bänken, unter den Gerichtsbeamten in ihren feierlichen Roben, sogar unter den Peers – überall konnte man sehen, wie sich Lippen gierig, sogar zitternd um Pfeifenstiele schlossen, und bald verdunkelten dikke aromatische Rauchwolken die Luft. Spascock und Grice beugten sich vor, um ihre unbekannten Komplizen zu mustern, und auf ihren Gesichtern stand deutlich zu lesen: Sag bloß, *du* auch...
»Wenn Sie Pfeife rauchen, kann ich auch stricken«, bemerkte die Sprecherin der Peers und holte ihre Wollknäuel hervor.
»Nein, nein. Sie haben völlig recht. Rauchen ist strengstens verboten!« Im nächsten Moment verschwanden überall im Saal die Pfeifen oder wurden hastig ausgemacht.
Stil, der die ganze Zeit neben Grice gesessen hatte – in korrek-

ter aufrechter Haltung, mit verschränkten Armen, jeden Muskel unter Kontrolle und anfangs ungläubigem, dann entsetztem Gesicht –, bemerkte jetzt:
»Wenn man in den Gerichten von Volyen schon so undiszipliniert ist, was kann man dann von den einfachen Leuten erwarten?«
»Und wer sind Sie, mein Lieber?« fragte die Sprecherin der Peers. Sie hatte das Strickzeug immer noch auf den Knien liegen.
»Er ist der Kronzeuge der Anklage für den Punkt zwei«, sagte Spascock.
»Das weiß ich. Aber wer ist er?«
»Ich komme von Motz.«
»Und wo ist das? Ja, wir haben schon davon gehört. Aber es wäre doch nett zu wissen ...«
In der Luft lag: *Er ist ein sirianischer Spion* – doch natürlich wahrte Krolgul lächelnd sein korrektes Verhalten.
»Bist du ein Sirianer, Herzchen?« fragte die Frau freundlich, als rede man nicht überall auf Volyen von Lynchmorden.
»Ja, ich bin stolz darauf, mich einen Sirianer zu nennen.«
»Er ist ebenso Sirianer, wie jemand von Volyenadna ein Volyener ist«, sagte Grice.
»Oder wie jemand von Maken oder Slovin«, sagte Incent voll Überzeugung, ohne das sarkastische Lachen hervorrufen zu wollen, das daraufhin den Saal erfüllte. Jedermann blickte auf die verunzierten Wände und die Decke. Stürmisches Gelächter.
Stil sagte: »Ich kann nicht sehen, was an der erfolgreichen patriotischen und revolutionären Erhebung unterdrückter Kolonien lächerlich ist.«
»Nein, nein, ganz recht, mein Lieber«, sagte Arithamea begütigend. »Nimm es uns nicht übel.«
»Also führen Sie diesen Prozeß nun ordentlich oder nicht, Spascock?« fragte Grice.
»Wenn man es einen Prozeß nennen kann«, erwiderte Spascock. »Gut. Also weiter.«
»Ich habe das Wesentliche bereits gesagt.«

»Nicht, daß ich wüßte«, sagte Arithamea, und die Peers stimmten ihr im Chor zu. »Würden Sie es vielleicht noch einmal zusammenfassen? Ich scheine das Wesentliche nicht verstanden zu haben.«

»Natürlich haben Sie das«, sagte Grice, »es liegt doch auf der Hand. Wir wissen viel über die Mechanismen, die uns beherrschen, die uns wie Marionetten tanzen lassen. Einige der stärksten Mechanismen regeln, einmal grob gesagt, das Funktionieren von Gruppen.« Grice deutete auf die Stapel roter, grüner, blauer und gelber Bücher auf dem Wägelchen vor seinem Platz. »Über diese Mechanismen herrscht keine Uneinigkeit, keine wirkliche Uneinigkeit. Wir kennen den Prozentsatz jener in einer Gruppe, die nicht in der Lage sind, sich der Meinung der Mehrheit zu widersetzen oder ihr die Zustimmung zu versagen. Wir kennen den Prozentsatz jener, die Befehle der Gruppenführer ausführen, gleichgültig wie brutal und barbarisch sie auch sein mögen. Wir wissen, solche Gruppen entwickeln bestimmte Verhaltensmuster; wir wissen, daß sie sich auf eine gewisse Weise teilen und unterteilen. Wir wissen, sie haben ein organisches Leben.«

»Wie Imperien zum Beispiel«, fühlte Incent sich gedrängt, hilfreich hinzuzufügen. Und wieder sorgte Krolgul dafür, daß das Wort *Spion* in den Köpfen aller Anwesenden war.

»Und wer bist *du*?« fragte Arithamea, »ich meine, woher kommst du?«

»Er ist natürlich ein sirianischer Spion«, bemerkte einer der Peers. »Sie sind alle Spione. Sie sind überall.«

»Nun kommt schon. Macht weiter«, sagte jemand aus den Reihen der Zuschauer laut.

»Also genau das will ich sagen«, fuhr Grice fort und versuchte, wieder in Fluß zu kommen. »Wenn wir von Mechanismen beherrscht werden – und das werden wir –, dann sollte man uns darüber aufklären. In der Schule. Und zwar in einem Alter, in dem man lernt, wie der Körper funktioniert und wie der Staat regiert wird. Wir sollten lernen, diese Mechanismen zu verstehen, damit sie uns nicht beherrschen.«

»Moment mal, mein Lieber«, sagte Arithamea, »ich weiß, du

meinst es gut. Ich verstehe auch, worauf du hinauswillst. Aber du willst mir doch nicht erzählen, daß du im Ernst glaubst, man könnte einem jungen Ding sagen, das nichts anderes im Kopf hat als seine Unabhängigkeit und natürlich alles besser weiß als die Eltern: ›Also, Mädchen...‹«

»Oder Junge. Fair ist fair«, warf der Peer neben ihr ein.

»Mädchen oder Junge... behalt einen kühlen Kopf und paß auf die Mechanismen auf! Denn genau dazu sind sie eben nicht in der Lage.«

»Richtig. Sie hat recht«, tönte es von den Zuschauerbänken.

»Ich lasse den Saal räumen«, drohte Spascock.

Schweigen.

Spascock: »Haben Sie gesagt, was Sie sagen wollten, Grice?«

»Ich bin nicht ihrer Ansicht. Sie ist negativ. Sie ist pessimistisch. Volyen kann seine Verantwortungen nicht einfach so über Bord werfen. Außerdem hat Volyen in der Verfassung versprochen...«

»Haben Sie Tatz und Palooza über Gruppenmechanismen gelesen?« fragte Krolgul.

»Nein, müßte ich das?«

»Sie sind völlig anderer Ansicht als Quinck und Swaller«, sagte Krolgul. »Zum Beispiel im Hinblick auf den möglichen Prozentsatz potentieller Widerständler gegen die Autorität.«

»Aha«, rief Grice erregt, »ich bin also nicht auf dem laufenden. Ich war auf Motz ein Gefangener und nicht in der Lage, auch nur herauszufinden, ob mir alle relevante Literatur zur Verfügung stand. Aber ich glaube, dies hier (er deutete auf die Bücherberge) sind genug Beweise.«

»Ich mache nur darauf aufmerksam, daß kein hundertprozentiger Konsensus besteht«, sagte Krolgul.

»Also, Richter«, sagte Arithamea, »leiten Sie nun diesen Prozeß oder nicht? Der Mensch dort, der gerade redet, ist, soweit ich sehe, ein Ordner.«

»Ja, ja, tut mir leid«, sagte Spascock. Und zu Grice: »Wären Sie so freundlich, Ihr Anliegen in adäquate Worte zu kleiden?«

»Ja. Ich möchte, daß dieses Gericht Volyen mit Stumpf und Stiel verurteilt, weil es unterlassen hat, seiner Jugend Regeln zu

lehren, die seine Psychologen und Anthropologen durch Forschungen und Studien gefunden haben; weil es unterlassen hat, seine Jugend mit Informationen zu wappnen, die sie, die Jugend, befähigen würde, sich zur Wehr zu setzen, damit sie nicht von jedem x-beliebigen Ideensystem, das sich zufällig anbietet, davongerissen wird. Ich möchte, daß dieses Gericht in aller Deutlichkeit feststellt, daß mindestens drei Generationen der volyenischen Jugend, und ich darf hinzufügen, daß ich eines dieser Opfer bin...«, Buhrufe, Gelächter, Zischen, »... schutzlos waren, weil es unterblieb, ihnen ein Wissen zu vermitteln, das jedem Experten auf dem Gebiet des Gruppenverhaltens leicht zugänglich ist; daß Volyen eine Situation toleriert, nein begünstigt hat, die seinen Experten erlaubte, immer mehr Kenntnisse über Gruppen, die elementaren Einheiten einer Gesellschaft, zu erwerben, jedoch verhinderte, daß diese Informationen die Institutionen der Gesellschaft beeinflußten, die auch weiterhin archaische, schwerfällige, wenn nicht sogar tödliche, auf jeden Fall jedoch lächerlich unangemessene Maschinerien blieben. Unsere linke Hand weiß nicht, was die rechte tut. Auf der einen Seite immer neue Fakten, Informationen und Erkenntnisse, auf der anderen Seite die unausrottbaren Dummheiten unserer Kultur. Ich möchte, daß Volyen verurteilt wird.«
Es herrschte ein langes Schweigen. Die Volyener waren tatsächlich beeindruckt. Doch jeden beschäftigte nur ein Gedanke: Wie es aussieht, steht die sirianische Invasion kurz bevor – obwohl wir uns das nicht so einfach gefallen lassen werden – und außerdem haben wir andere Sorgen...
Spascock wendete sich an die Peers. »Möchten Sie sich zur Beratung zurückziehen?«
Arithamea erkundigte sich bei den anderen Peers, das heißt, bei jenen, die noch wach waren.
»Nein, Richter.«
»Gut. Stimmen Sie dem Kläger zu, daß Volyen schuldig ist oder nicht?«
Sie erkundigte sich noch einmal, aber es dauerte nicht länger, als ich brauche, um diesen Satz zu schreiben.

»Das ist nicht nur recht und billig, Richter. Schuldig. Natürlich verlasse ich mich darauf, daß in den Büchern steht, was Gouverneur Grice behauptet.«
»Tatz und Palooza«, murmelte Krolgul.
»Ach, halten Sie sich da raus«, sagte sie. »Ihr Gesicht gefällt mir nicht. Natürlich ist Volyen schuldig. Man hätte uns das alles sagen müssen. Ich werde jetzt ein bißchen lesen, nachdem meine Aufmerksamkeit geweckt ist. Jawohl. Schuldig.«
Spascock: »Ich spreche Volyen hiermit in Punkt eins der Anklage schuldig. Dies ist ein vorläufiges Urteil, das in Kraft tritt, wenn und falls der Sonderausschuß ›Volyen‹ definiert hat. Wenn und falls ›Volyen‹ als eine Wesenheit definiert ist, die man verurteilen kann, dann wird ›Volyen‹ rechtmäßig verurteilt. Gut. Das war es. Wir werden uns auf morgen vertagen und uns dann Punkt zwei der Anklage zuwenden.«
Nach diesen Worten verließ Spascock mit großen Schritten den Saal – offensichtlich völlig zermürbt. Grice und der finster blickende Stil gingen zusammen. Man hörte, wie Stil sagte: »Wenn ihr eure Regierung auf diese Weise kritisieren könnt, dann mußt du mir erklären, wieso ihr in einer Tyrannei lebt.«
Incent fiel beinahe Krolgul in die Hände, doch er folgte mir. Aber inzwischen ist deutlich, daß Krolguls Werk auf diesem Planeten vollbracht ist: Totaler Zusammenbruch und völlige Demoralisierung sind für ihn, Shammat, Speise und Trank. Incent geht gestärkt aus dieser Prüfung hervor, und das ist ein gutes Omen für Volyens Lage während der sirianischen Besetzung und dem darauf folgenden Zusammenbruch von Sirius. Wenn Incent sich so weiterentwickelt, schlage ich vor, ihn hier zu lassen. Ich glaube, er könnte einen günstigen Einfluß ausüben, wenn er vermeiden kann, sich irgendwie einfangen zu lassen.
Der zweite Tag ist zu Ende. Als wir uns heute morgen versammelten, war zumindest die Hälfte der Peers nicht mehr erschienen. Der Prozeß bot ihnen nicht die erwartete Unterhaltung. Doch es hatte sich eine große Zahl von Volyenern anderer Art eingefunden, in der Hoffnung, die freigewordenen Plätze einzunehmen oder auch nur einen Sitzplatz im Saal zu finden. Es

hat sich herumgesprochen, daß der Versuch einer ernsthaften Kritik an Volyens System unternommen wird. Als die neuen Peers ernannt worden waren, fiel der starke Kontrast zwischen ihnen und der fröhlichen Schar vom Vortag deutlich ins Auge. Die Sprecherin saß gelassen und erwartungsvoll unter ihnen.
Als Spascock mit seinen Beisitzern Platz genommen hatte, erhob sich Arithamea und sagte: »Entschuldigung, Richter.«
»Was gibt es?«
»Ich habe die ganze Nacht nicht geschlafen«, sagte sie, nicht ohne eine gewisse Dramatik.
»Ich möchte behaupten, das haben viele von uns nicht«, sagte Spascock, und auf seinem blassen, besorgten Gesicht erschien der Anflug eines Lächelns.
Allgemeines Schweigen. Es ist bekanntgeworden, daß sirianische Raumschiffe angriffsbereit warten.
»Nein, ich meine nicht das, was Sie meinen, Richter. Nicht, daß ich mir weniger Sorgen mache als alle anderen... Aber da ist diese Sache mit den Gruppenmechanismen, mit denen wir uns gestern auseinandergesetzt haben.«
»O nein«, sagte Incent, seine anmutige dramatische Erscheinung völlig zu ihren Diensten, »o nein, Sprecherin, die Entscheidung gestern war absolut vernünftig. Und vielleicht wird sie für Volyen auf lange Sicht zu wundervollen Ergebnissen führen.«
Sie musterte ihn von oben bis unten. »Wo sonst sollte sie zu einem Ergebnis führen? Mir genügt, wenn sie hier auf Volyen zu Ergebnissen führt.« Stürmisches, zustimmendes Gejohle, Buhrufe und allgemeine Erregung im Saal. Überall war der Pöbel unterwegs, und die erste Frage war immer: »Bist du auf Volyen geboren?« Als sich herausstellte, daß das praktisch niemand war: »Bist du Volyener?« Und schließlich, als die Definitionen von Volyen ins Uferlose gingen, wurde jeder einfach zusammengeschlagen, dessen Gesicht der Meute nicht gefiel.
»Ich möchte den Unsinn da draußen nicht unterstützen«, verkündete Arithamea, »ich weiß wirklich nicht, was in uns alle gefahren ist. Ich habe uns Volyener immer für faire und vernünftige Leute gehalten.« Diese starke und tüchtige Frau hatte

eine solche Wirkung, daß die Zuschauer sich beruhigten und manche sogar beschämt auf ihren Plätzen saßen. »Nein, es geht darum, Richter: Ich habe die ganze Nacht über Gruppenstrukturen nachgelesen. Ganz offensichtlich war ich gestern die Autorität in der Gruppe – denn wir sind eine Peer-Gruppe, nicht wahr? Gut. Inzwischen habe ich den Eindruck, ich war ein bißchen anmaßend. Und ich muß darauf aufmerksam machen, daß es heute in diesem Gericht keine vorschnellen Entscheidungen geben wird. Wir werden uns alle für unsere Entscheidungen Zeit nehmen...«

»Du kommandierst ja schon wieder!« bemerkte ein Spaßvogel, einer der Männer von gestern – bunt gekleidet und mit einem großen Button, auf dem stand: »VOLYEN SUPERMACHT: O.K.?«

»Wenn es so ist, habe ich heute ein Recht dazu. Die Regel sagt, jeder Peer, Sprecher oder nicht, kann verlangen, daß sich die Gruppe zu Beratungen zurückzieht.«

Plötzlich entstand auf der Bank der Peers Unruhe. Etwa ein halbes Dutzend Leute, die von der gestrigen Gruppe übriggeblieben waren, standen auf. »Tut uns leid«, sagten sie, und: »Das ist einfach zuviel.« Und: »Wir haben eigentlich gedacht, hier gäbe es was zu lachen«, und verließen das Gericht.

»Ersatz für die Peers«, sagte Spascock, und im nächsten Augenblick kamen aus dem überfüllten Zuschauerraum ernsthaft und verantwortungsvoll wirkende Leute.

Und so saßen mit Ausnahme der Sprecherin heute andere Bürger auf den Plätzen der Peers als gestern.

»Können wir beginnen?« erkundigte sich Spascock. Der obligate Sarkasmus ließ seine Stimme beben.

»Ja, ich glaube schon, Richter«, sagte Arithamea.

»Gut. Dann werden wir mit Ihrer Erlaubnis beginnen.«

Grice erhob sich. Er war blaß und wirkte ebenso düster und dramatisch wie Spascock. Sie sind so unübersehbar zwei Exemplare derselben Art, daß man sie als Illustration des Typs benutzen könnte, den untergehende Reiche hervorbringen. Neben Grice wirkte der bewundernswerte, der unvergleichliche Stil wie die lebende Illustration des heutigen Themas.

Grice sagte: »Ich möchte meinen Kronzeugen aufrufen.«
»Einen Augenblick, Grice. Wie lautet die Anklage?«
»Das wissen wir doch, Richter«, sagte Arithamea, »es steht im Programm, das wir alle bekommen haben. Es geht darum, daß wir uns verwöhnen.«
»Wären Sie bitte so freundlich, mich die Verhandlung führen zu lassen?« Spascock schrie beinahe.
»Entschuldigung.«
»Was sie sagt, ist eigentlich nicht falsch«, bemerkte Grice.
Wieder prallten diese beiden dünnen, nervösen, bleichen, bebenden Individuen aufeinander und wirkten, als wollten sie sich im nächsten Moment aufeinanderstürzen, während sie gleichzeitig alle Anzeichen zärtlicher, schützender Fürsorglichkeit füreinander an den Tag legten.
»Ja, allerdings«, sagte Spascock, »aber es ist nicht in Ordnung, und ich kann einfach nicht...«
»Aber vielleicht könnten Sie ein Auge zudrücken. Es wird einen halben Tag dauern, um den zweiten Anklagepunkt zu verlesen.«
»Ich verstehe einfach nicht, warum niemand bereit ist, mich, den Richter, diese Verhandlung in meinem eigenen Gericht führen zu lassen. Aber wenn Sie darauf bestehen...«
»Ich will nicht darauf bestehen, sondern es geht ganz einfach um das Zuhören...«
Von draußen hörte man Geschrei und Lärm einer vorbeilaufenden Menschenmenge.
»Nun ja, vermutlich, aber es ist wirklich sehr...«
»Regelwidrig, ich weiß, aber...« Grice gab Stil ein Zeichen. Stil trat in den Zeugenstand und blieb dort abwartend stehen. Wieder entstand ein langes Schweigen. Auf Volyen hatte man noch nicht wirklich begriffen, daß Motz einmarschieren würde: »Sirius« war noch immer das Wort für die drohende Gefahr. Aber welch ein Gegensatz bestand zwischen diesem Menschen und ihnen, zwischen diesem Motzaner und jedem Volyener dieser Zeit.
Dort stand dieser unglaublich starke Mann – nur Muskeln und gebändigte Kraft. Seine präzisen und gemessenen Bewegungen

verrieten einen Mann, der jederzeit bereit ist, sich voll und ganz einzusetzen. Stil ist nicht größer als die Volyener. Er ist auch nicht intelligenter, genetisch nicht besser ausgestattet. Aber während die Volyener ihn ansahen, entrang sich ihnen ein tiefer Seufzer, und ich konnte beobachten, wie sie sich gegenseitig geringschätzig musterten.

Spion – vom allgegenwärtigen Krolgul in den Raum gestellt – konnte sich nicht behaupten. Die Atmosphäre schien dieses Wort zurückzuweisen.

»Ich bin kein Spion«, sagte Stil nachdrücklich und bedächtig, »das Gericht hat mich zu dieser Verhandlung eingeladen.«

»Das sagen alle Spione«, warf Krolgul ein, und Incent sagte: »Sei still, Shammat!« Er hatte nicht »Shammat« sagen wollen, tat es aber und stand dann dazu, denn er drehte sich um und fixierte Krolgul, der lässig und hohlwangig an der Wand lehnte und auf seine wichtigtuerische Weise lachte.

»Faschist«, sagte Krolgul.

Incent verlor nicht die Fassung.

Die Sprecherin, deren Geduld deutlich am Ende war, sagte: »Richter, machen wir weiter. Ich bin sicher, der Herr meint es gut, aber diese Art Gerede hat mich schon als Kind geärgert.«

»Die Sprecherin hat recht«, sagte Spascock, »machen wir weiter.«

»Ich möchte, daß du die Geschichte deines Lebens erzählst, Stil.« Und das tat Stil. Falsche Bescheidenheit ist unter den Motzanern nicht üblich, und seine Schilderung, die er weder ausschmückte noch entschärfte, war sehr eindrucksvoll. Wenn er etwas zu vergessen schien, unterbrach Grice: »Aber Stil, mir hast du gesagt, als du damals allein warst, ohne Familie, hast du davon gelebt, Pflanzen auszugraben und ...«

»Nein, das war, als ich mich zum zweitenmal allein durchschlagen mußte. Beim erstenmal fand ich eine Arbeit. Ich mußte Fische enthäuten. Die Häute wurden in der Familie eines Fischhändlers weiterverarbeitet.«

»Wozu habt ihr Fischhäute benutzt?«

»Wozu? Wozu benutzt *ihr* sie?«

»Wir benutzen sie nicht«, sagte Grice.
»Wir benutzen so einen Dreck nicht«, ertönte es aus den Zuschauerbänken.
»Dreck?« fragte Stil und nahm seinen dicken, weichen Gürtel ab, an dem alle möglichen Messer, Nadeln und ähnliche Utensilien hingen. »Fischhaut«, sagte er.
»Na gut, und als du keine Familie gefunden hast?«
»Ich habe eine Weile von Diebstahl gelebt, denn ich mußte schließlich etwas essen. Dann bin ich in die Sümpfe gegangen und habe eßbare Pflanzen ausgegraben und in den Siedlungen verkauft. So habe ich drei M-Jahre lang gelebt.«
»Und damals warst du zehn Jahre alt?«
»Ja.«
»Und du hast für deine beiden Geschwister gesorgt, einen Bruder und eine Schwester. Ihr habt in einer Höhle nahe bei einer Siedlung gelebt, wo die beiden Kinder Arbeit als Fischputzer fanden?«
»Ja.«
»Und sobald dein Bruder und deine Schwester alt genug waren, seid ihr zu dritt in eine unbesiedelte Gegend von Motz gezogen, habt Sümpfe trockengelegt und Entwässerungsgräben ausgehoben. Schließlich stießen andere zu euch, und es entstand eine Siedlung.«
»Ja.«
»Würdest du bitte dem Gericht sagen, welche Fertigkeiten du besitzt?«
Stil dachte einen Augenblick lang nach, dann folgte eine Aufzählung, die einige Minuten dauerte. Sie begann folgendermaßen: »Ich weiß alles, was mit dem Fangen, Säubern, der Haltbarmachung von Fisch und seinen Produkten zusammenhängt. Ich kann unfruchtbares, saures Land entwässern und urbar machen, ich kann Bäume pflanzen, und ich kann...«
Als er schließlich endete, entstand ein langes Schweigen.
Spascock: »Ich vermute, Ihr Argument ist, Grice, daß Ihr Mutterland Ihnen keine Bildung ermöglicht hat, die so vielseitig und umfassend ist wie die Stils?«
»Genau.«

»Ich glaube, sein Argument ist, Richter, daß die Härten Stil zu dem gemacht haben, was wir vor uns sehen... und das ist sehr bewundernswert«, sagte die Sprecherin.
Einige Zuschauer klatschten Beifall, und Spascock brüllte empört: »Das ist kein Theater!«
»So etwas wie ihn habe ich noch nie gesehen«, fuhr Arithamea fort, »ich bin sicher, keiner von uns. Aber, Gouverneur Grice, beklagen Sie sich wirklich darüber, daß Volyen Sie nicht schlecht behandelt hat, daß Sie nicht hungern mußten und all das?«
»Nicht ganz«, sagte Grice, doch im Grunde ging es ihm um etwas Ähnliches. »Ich weiß nur soviel: Ich tauge, wenn überhaupt, nur für das eine, eine Kolonie zu regieren, vorausgesetzt, ich habe genug Untergebene für die schmutzige Arbeit. *Ich* verstehe das technische Instrumentarium einer Administration nicht.
Mein ganzes Leben war ich verweichlicht, schwach und habe mich gehenlassen. Der leichteste Rückschlag bringt mich aus der Fassung, und Härten kann ich nicht ertragen. Ohne die Bequemlichkeiten und Annehmlichkeiten, an die ich gewöhnt bin, könnte ich keinen Tag überleben. Im Vergleich zu Stil, im Vergleich zu einem Motzaner bin ich nichts.«
Wir musterten alle Grice, und wir musterten Spascock. Eindeutig gab es an ihnen nicht viel zu bewundern. Der Motzaner stand schweigend und mit verschränkten Armen da und blickte geradeaus – ein Soldat in Habtachtstellung. Diesen Eindruck erweckte er mit seinem breiten, gesunden Gesicht, dem starken Nacken, den kräftigen, nackten Armen und Beinen unter dem auf Motz üblichen Obergewand. Arithamea fuhr fort:
»Ich möchte dem Zeugen eine Frage stellen.«
»Gewiß, wenn er sich dazu bereit erklärt«, sagte Spascock. Stil nickte.
»Wie viele Motzaner starben im Kindesalter unter solchen Bedingungen?«
Zum erstenmal schien Stil sich unbehaglich zu fühlen. »Ziemlich viele. Aber wir sprechen von der Vergangenheit. Sie wer-

den sich erinnern, daß wir einen unwirtlichen Planeten aus dem Nichts heraus erschließen mußten. Und es ist noch nicht lange her, daß...«

»Also starben viele?«

»Ja.«

»Nicht alle haben überlebt und können ihre Geschichte erzählen?«

»Nein.«

»Sind alle Leute auf Ihrem Planeten so vielseitig, stark und tatkräftig wie Sie?«

»Ja, ich würde sagen, das sind wir alle«, erwiderte Stil zu unserer Überraschung, denn wir hatten erwartet, daß er in seiner Ehrlichkeit nicht so weit gehen würde. Doch infolge seiner Ehrlichkeit wußten wir, daß er nicht übertrieb. »Jawohl, wir sind alle in der Lage, alles anzupacken, was getan werden muß. Wir fürchten uns nicht vor Härten und Entbehrungen. Wir können alles essen.«

»Ihr steht auf, wenn die Sonne aufgeht. Ihr arbeitet den ganzen Tag, seid mit zwei kleinen Mahlzeiten zufrieden. Ihr trinkt selten berauschende Getränke und schlaft nicht länger als drei oder vier Stunden nachts.«

Stil nickte: »So ist es.«

Ein ernsthafter, besorgt wirkender Mann, der den Platz des enttäuschten jungen Gecken neben Arithamea eingenommen hatte, sagte plötzlich:

»Mir scheint, in diesem Anklagepunkt wird Unmögliches gefordert.«

»Keineswegs«, erwiderte Grice, »es liegt auf der Hand und ist allgemein bekannt, daß ein verwöhntes und verweichlichtes Volk, dem man erlaubt, träge zu werden, schließlich zu nichts mehr taugt und degeneriert. Das ist ein Naturgesetz. Wir beobachten es immer wieder an Pflanzen, Tieren... und an Menschen. Obwohl bei uns auf Volyen die stillschweigende Überzeugung zu herrschen scheint, daß die Menschen von diesen Gesetzen ausgenommen sind und...«

»Darf ich eine Frage stellen?« erkundigte sich der besorgte Mann.

»Darf er eine Frage stellen, Sprecherin der Peers?« fragte Spascock.

»Ich wußte nicht, daß ich ihm die Erlaubnis dazu geben muß.«

»Er meint es sarkastisch«, erklärte Incent, der sich wie beschützend in der Nähe der Peers aufhielt, »achten Sie nicht weiter darauf.«

»Aber wir können den Richter nicht außer acht lassen, mein Lieber, selbst wenn er nicht so gute Manieren hat wie ich.«

»Vielen Dank, Sprecherin«, sagte Spascock.

»Meine Frage lautet: Im zweiten Punkt der Anklage, mit dem wir uns heute beschäftigen, sagen Sie, Imperien sind wie tierische Organismen. Sie haben eine aufsteigende Kurve und enden schließlich im Zerfall. Solange sie sich entwickeln, sind sie stark, ihre Bewunderung gilt schlichten Tugenden und Fähigkeiten. Sie lehren ihre Kinder Disziplin und Pflichtbewußtsein. In der aufsteigenden Kurve bringen sie Menschen wie diesen Stil hier hervor, die gesund und nicht neurotisch sind, die Tatkraft und Entschlossenheit bewundern und Verantwortung übernehmen. Doch während des Niedergangs sind die Leute wie... wie wir auf Volyen. Wir sind träge und sogar stolz darauf. Wir lehren unsere Kinder, daß ihnen alles zusteht, ohne daß sie dafür arbeiten müßten. Wir lassen uns gehen. Wir verbringen unsere Zeit mit Essen, Trinken und Schlafen. Wir kleiden uns, wie es uns gerade in den Sinn kommt, und viele von uns nehmen Drogen und Rauschmittel.«

»Das ist deine Meinung«, ertönte es aus dem Publikum.

»Wenn das nur meine Meinung ist, wo habe ich dann die ganze Zeit gelebt?« sagte der besorgte Mann, »aber wenn dies ein organischer Prozeß ist, und wenn ein Reich wie eine Gruppe, wie ein Mensch, wie ein Tier eine Zeit des Wachstums, der Blüte und dann des Zerfalls hat... wenn das so ist, wie kann man dann erwarten, daß Volyen, dieser Organismus, seine eigenen Gesetze verändert? Das haben Sie nicht dargelegt. Wie? An welchem Punkt hätte ›Volyen‹, was immer das auch sein mag – und ich habe gehört, daß selbst dieses Gericht noch nicht zu einem Ergebnis darüber gekommen ist –, sagen sollen: ›Ich

werde nicht zulassen, daß ich degeneriere und verweichliche. Ich werde alle Gesetze widerlegen, die – wie ich weiß – gelten‹?«
Erneutes Schweigen.
»Nun, Grice, das scheint mir eine vernünftige Frage zu sein«, sagte Spascock.
»Weshalb müssen wir es als selbstverständlich hinnehmen, daß es nicht anders möglich ist? Wieder Pessimismus. Das sieht uns ähnlich – Pessimismus und Negativismus.«
»Dem stimme ich zu«, sagte Stil plötzlich, »wenn ich als Zeuge überhaupt berechtigt bin, etwas zu sagen. Wenn wir uns etwas vornehmen, dann führen wir es auch durch. Es ist eine Frage des Willens.«
»Ja, aber ihr seid in der aufsteigenden Kurve, mein Lieber«, sagte Arithamea begütigend, »während es mit uns bergabgeht. Richter, erwartet man von uns, daß wir sagen, Volyen ist schuldig oder nicht schuldig, eine unvermeidliche Macht oder ein unvermeidliches Gesetz des Wachstums aufgehalten zu haben? Denn in diesem Punkt stimme ich meinem Peer zu.«
»Grice«, sagte Spascock auffordernd.
»Wie kommt es, daß ich Volyen in Person eines Staatsdieners, eines Lehrers, eines Richters oder eines Präsidenten, daß ich Volyen *nie* habe sagen hören... also nicht ein einziges Mal hat Volyen zu seinen Bürgern gesagt: ›Wir *waren* tatkräftig, diszipliniert und pflichtbewußt. Jetzt sind wir verweichlicht und taugen zu nichts!‹«
»Sie überraschen mich, Gouverneur Grice«, sagte Krolgul, »wie kommt es, daß Sie nicht davon sprechen, daß Volyen, während es all diese edlen und großartigen Eigenschaften besaß, jeden kleinen Planeten, auf den sein Blick fiel, eroberte, an sich riß und übernahm, die Bevölkerung tötete oder in die Gefängnisse warf?«
»Über diesen Punkt spreche ich jetzt nicht«, sagte Grice gequält.
»Also, mein Lieber«, fragte die Sprecherin der Peers Stil, »erobert und plündert ihr auch? Sperrt ihr auch Leute ein und tötet sie?«

Stil schwieg eine Weile und sagte dann: »Nein, nein, ich bin sicher, das tun wir nicht.«
Aber er wußte, daß die motzanischen Raumschiffe Volyen angriffsbereit umkreisten. Dieser Stil fühlte sich mehr als unwohl in seiner Haut. Er erlebte einen Angriff auf seinen gesamten emotionalen und intellektuellen Apparat. Zum erstenmal begriff er, daß die Tugend von Sirius sich nicht in ein Wort fassen ließ und undefiniert bleiben konnte.
Krolgul sagte: »Wenn Sirius einmarschiert, werden die Flotten von Motz die Vorhut bilden.« Er sagte das leichthin und lachte sogar. Diese Information war zu neu und kam zu unvermittelt, um richtig aufgenommen zu werden, und alle blickten zweifelnd auf diesen unheimlichen und bedrohlichen Gerichtsdiener.
»Machen wir weiter«, sagte Spascock noch einmal, »ich nehme an, daß der Spruch ergeht, ›Volyen‹ hätte uns davon in Kenntnis setzen müssen, daß diese Annehmlichkeiten, die wir unser ganzes Leben lang als selbstverständlich hingenommen haben, daß unsere Zivilisation und alles, worauf wir stolz waren, unser Leben im Wohlstand, unsere Bequemlichkeiten, unser Überfluß ... daß all dies Zeichen der Dekadenz sind, die unvermeidlich zu unserer Unterwerfung durch stärkere und lebenskräftigere Völker führen würde.«
Er blickte Grice mit einem bitteren, selbstkritischen und zornigen Lächeln an.
Und Grice erwiderte diesen Blick mit einem ähnlichen Lächeln. »Nun, was meinen Sie, Spascock?«
»Nun ja ... es ist meine persönliche Meinung«, sagte er leise und hastig, dann laut: »Also, meine Peers, das wäre es. Ziehen Sie sich bitte zurück und überlegen Sie sich Ihren Spruch.«
Die Peers sahen sich an und berieten dann leise.
Im Gericht herrschte die unruhige, beinahe gereizte Atmosphäre, die verrät, daß die Leute glauben, eine Sache habe ihren Lauf genommen, und als die Sprecherin der Peers verkündete: »Wir ziehen uns zurück, um über den Spruch nachzudenken«, war sogar ein Stöhnen zu hören.
Spascock: »Ich habe bereits gesagt, daß dies kein Theater ist.«

»Es fehlt nicht viel«, rief es aus den Reihen der Zuschauer. Unter allgemeinem Gelächter standen alle auf und drängten sich ungestüm, übermütig und lautstark durch die Türen. Die Stimmung der Menge stand in scharfem Gegensatz zu der ernsten Haltung, mit der die Peers sich zurückzogen.
Die Leute von der Straße, die zur Verhandlung gekommen waren, durchliefen drei Stimmungsphasen. Zuerst hofften sie, die schwerfälligen und absurden juristischen Prozeduren würden es ihnen ermöglichen, sich von ihrem Zorn und der Frustration über alles, was um sie herum auf Volyen geschah, durch Lachen zu befreien. Dann, als ihre Erwartungen enttäuscht wurden und sie erlebten, daß die Peers nach dem ersten Verhandlungstag bereit waren, die Sache ernst zu nehmen, wurden sie aufmerksam. Dann klagten sie, wie man es beim Hinausgehen immer wieder hören konnte: »Aber da ist so oder so nichts, woran man sich halten kann«, und deshalb erwachte der Spott wieder. Sie waren bereit, sich über alles und jeden im Gericht lustig zu machen. Jedenfalls verließen sie einmütig den Saal, und von da an blieben die Zuschauerbänke leer.
Spascock richtete einen leeren, entsetzten und ungläubigen Blick auf Grice, der in seinen Akten blätterte, als sei dort irgendeine Wahrheit, die sich ihm entzog.
»Grice«, zischte Spascock, »du kannst unmöglich weitermachen mit diesem ... dieser ...«
»Farce«, ergänzte Krolgul hilfreich.
»Aber gewiß«, entgegnete Grice.
»Siehst du nicht, daß du die volyenische Justiz in Mißkredit bringst?«
»Nein, nein, nein«, rief Incent, »im Gegenteil! Er stellt Fragen, die gestellt werden müssen.« Inzwischen hielt er sich in der Nähe von Grice auf, und seine großen, schwarzen Augen versprachen glühend jede gewünschte Unterstützung.
»Ja, aber doch nicht hier«, stöhnte Spascock.
»Es ist alles *logisch*«, sagte Grice, »nenne mir etwas, was ich gesagt habe, das nicht *logisch* wäre.«
Bei diesem Wort warf mir Incent einen zweifelnden Blick zu, denn er erinnerte sich, wie oft ich ihm gesagt hatte, daß man auf

der Hut sein muß, wenn dieses Wort auftaucht. Ich schüttelte den Kopf, und Incent sank auf den nächsten Stuhl und vergrub das Gesicht in den Händen.

Krolgul lächelte mir zu. Interessanterweise scheint unser alter Feind sich in solchen Momenten beinahe als ein Verbündeter zu betrachten.

»Ich sehe, in Punkt drei der Anklage wird das gesamte volyenische Erziehungssystem in Bausch und Bogen verurteilt«, bemerkte Spascock.

»Vermutlich läuft es darauf hinaus«, stimmte Grice zu, »könntest du vielleicht dafür sorgen, daß man die entsprechenden Bücher bringt?«

»Vermutlich deine nächsten Zeugen. Aber wir haben den Punkt zwei der Anklage noch nicht abgeschlossen.«

Die zwei stritten sich auf die harmlose, brummige Art, die ihre Beziehung charakterisiert, bis eine Gruppe ernster, ja sogar bekümmerter Leute das Gericht betrat. Es waren die Peers. Ihre Beratung hatte sie eindeutig geeint: Sie standen eng beisammen, als wollten sie sich gegenseitig stützen. Das verriet uns, daß jeder für die anderen sprechen konnte. Aber immer noch ergriff Arithamea das Wort, aber ohne vorzutreten oder sich aus der Gruppe zu lösen.

»Richter«, sagte sie, »unsere kleine Unterhaltung hat eines deutlich gemacht: Es geht um eine ernste Sache.«

»Ach ja?« stöhnte Spascock, »zu diesem Schluß sind Sie gekommen?«

»Jawohl, mein Lieber. Und wir üben Kritik am Verhalten des Gerichts. Die Angelegenheit ist von Anfang an nicht ernst genug genommen worden.«

»Waa-a-a-s?« krächzte Spascock und fragte dann Grice: »Sie, als Ankläger, beschweren Sie sich über die Verhandlungsführung?«

»Ich bin froh«, erwiderte Grice theatralisch, »daß meine Peers die Bedeutung dessen erkennen, was ich hier zu sagen habe.«

»Ich habe nicht gesagt, daß wir in allen Punkten einig sind, Gouverneur Grice. Nein, wir sehen es so: Was Sie sagen, klingt vernünftig. Das denken wir alle… oder?« Als sie die anderen

fragend ansah, erhielt sie Zustimmung durch Nicken, Lächeln und sogar in Form von Berühren oder einem kräftigen Druck.
»Jawohl, so ist es. Wir sind entsetzt, Richter, denn man hat uns Dinge vorenthalten, die wir wissen müßten. Wir sind Gouverneur Grice dankbar dafür, daß er sie zur Sprache gebracht hat. Aber da ist etwas, auf das wir sozusagen nicht den Finger legen können...«, sie blickte sich lächelnd auf ihre freundliche, mütterliche Art im Saal um, »...wir begreifen einfach nicht ganz, was an der Sache nicht ganz richtig ist. Wie sollen wir das ausdrücken...?«
»Es ist entweder richtig oder falsch«, sagte Grice und stand vor ihnen wie ein Mann vor dem Exekutionskommando – seine Existenz stand auf dem Spiel –, »entweder gut oder schlecht.«
»Entweder für mich oder gegen mich«, half Krolgul nach.
»Logisch«, ächzte der arme Incent, der immer noch zusammengesunken und niedergeschlagen auf dem Stuhl saß.
»Da haben wir es, mein Lieber. Das ist es. Irgend etwas ist albern daran. Aber wir kommen nicht ganz dahinter, was. Denn, wenn wir dasitzen und daran denken, was der Gouverneur gesagt hat, kommen wir zu dem Schluß, daß er recht hat. Aber dann sagt einer von uns: ›Trotz allem ist irgend etwas daran albern...‹«
Grice drehte sich in einer Geste der Langmut um, als wende er sich von ihr ab, von den Peers, dem Richter – von allen.
»Und deshalb verlangen wir, daß das Verfahren so lange vertagt wird, bis wir die Bücher gelesen haben. Und erst dann werden wir unseren Urteilsspruch abgeben.«
»Gute Frau, das kann doch unmöglich Ihr Ernst sein!«
»Warum nicht, Richter? Sind diese Bücher als Beweismaterial in den Gerichtssaal gebracht worden oder nicht?«
»Logisch«, hauchte Krolgul lächelnd.
»Denn wenn es so ist, und wir unsere Entscheidung auf Grund von Beweisen treffen sollen, haben wir das Recht zu...«
»O ja, ja, ja, ja, schon gut«, unterbrach sie Spascock, »man bringe die Peers in in ruhiges Zimmer, gebe ihnen die Bücher, verköstige sie, und so weiter.«
»Vielen Dank, Richter.«

»Oh, keine Ursache. Wir haben alle Zeit der Welt. Sie haben doch die Nachrichten heute morgen gehört?« Er funkelte Arithamea an.
»Wenn Sie damit sagen wollen, daß in einer Zeit des Nationalen Notstands ein solcher Fall bis zu einer passenderen Zeit vertagt werden soll, dann stimmen wir dem zu. Aber wenn Sie zugelassen haben, daß der Fall verhandelt wird, müssen Sie auch zulassen, daß er bis zum Ende durchgeführt wird.«
»Logisch. *Wenn... dann...*«, bemerkte Krolgul lachend.
»Ergo«, sagte Spascock, »und«, murmelte er gequält mehr zu sich, »ich vermute, er hat seinen Zweck erfüllt.«
»Und der ist?« fragte ihn Grice herausfordernd.
»Diesen armen Planeten, unser Volyen, endgültig, absolut lächerlich zu machen und noch *hoffnungsloser* erscheinen zu lassen, als es bereits der Fall ist. Oder ist Ihnen noch nicht klargeworden, Grice, daß man in bestimmten Kreisen keine Möglichkeit ausläßt, um... Ach, was nützt das schon! Der Fall wird vertagt, bis die etwa zwanzig Peers... wieviel sind es... mindestens einhundertfünfzig wissenschaftliche Werke gelesen haben.«
Er rauschte hinaus. Die Peers verließen den Saal, gefolgt von drei Gerichtsdienern, die den Wagen mit den Büchern schoben.
So endete das letzte Gerichtsverfahren auf Volyen, das unter der alten Ordnung stattfand.

KLORATHY AUF VOLYENDESTA, AN JOHOR.

Viele Ereignisse in kurzer Zeit!
Wie die Geschichtsbücher es ausdrücken werden, Sirius marschierte in Volyen ein – am Tag, nachdem der Prozeß vertagt worden war.
Auf Sirius tobt der Machtkampf. Die Zweifler, erst vor kurzem zurückgedrängt, eroberten ihre Position von neuem, und es

gelang ihnen, das Zentrum über der Frage zu spalten, ob man Volyen erobern solle oder nicht. Doch natürlich war das nur Teil der umfassenderen Frage: Die Zweifler gewannen die Mehrheit mit der Parole: »Wir planen keine weitere Expansion, bis wir von Canopus gelernt haben, uns in Einklang mit der ABSICHT zu bringen, bis wir wissen, *wozu* wir da sind.«
Du siehst, der Einfluß der schweigenden Fünf war in der Tat sehr groß.
Doch die unterlegene Fraktion forderte die sirianischen Heere in einer Geheimbotschaft auf, die bestehenden Anweisungen durchzuführen, und als die Zweifler davon erfuhren, war es zu spät.
In sirianischen Raumschiffen des Zentrums landeten Motzaner auf ganz Volyen. Sie trafen nur vereinzelt auf Widerstand. Sirianische »Agenten« sorgten dafür, daß die Verteidigungsstreitkräfte in Verwirrung gerieten und widersprüchliche Befehle erhielten. Die Anführungszeichen habe ich natürlich gemacht, weil viele immer noch keine Ahnung davon hatten, inwieweit man sie als sirianische Parteigänger betrachten würde. Die meisten Leute ließen sich von patriotischen Absichten leiten, und deshalb kam es in einigen Gebieten von Volyen zu erbitterten Kämpfen. Die Streitkräfte der Motzaner hatten in wenigen V-Tagen alles unter Kontrolle.
Ihre Demoralisation setzte sofort ein.
Noch vor der Landung hatten sie Gerüchte erreicht – die natürlich sofort dementiert wurden –, das »Zentrum« habe den Angriff überhaupt nicht befohlen. Die ohnehin unwilligen Soldaten wurden wütend. Und dann, als sie landeten, was mußten sie erleben ... diesen Überfluß! Diesen Überfluß an allem hatten sie sich nicht vorgestellt. Männer und Frauen – Motzanerinnen sind willige und gute Soldaten – liefen durch die Straßen der volyenischen Städte und trauten ihren Augen nicht. Man hatte ihnen Volyen als notleidenden und bitterarmen Planeten dargestellt, der sirianische Hilfe brauchte. In den Geschäften, auf den Märkten, in allen Straßen jeder Stadt, in jeder Siedlung türmten sich verschwenderisch Berge von Lebensmitteln: Früchte und Gemüsesorten, von denen die genügsamen Mot-

zaner noch nie etwas gehört hatten; Fleisch und Fisch auf tausend verschiedene Arten zubereitet; phantasievolle, feine, bezaubernde und ausgefallene Kleidung.
Da klare Befehle »direkt vom Zentrum« fehlten, hatten die Motzaner sofort angeordnet, das normale Leben wiederaufzunehmen. Also ging das normale Leben weiter, und die Motzaner konnten es nicht glauben. Zuerst hielten sie es für eine gigantische, raffinierte Verschwörung, die ihnen die Vision lächelnden Reichtums vorgaukeln sollte. Sie streiften durch die Straßen auf der Suche nach der schrecklichen Armut und Entbehrung, die sie erwartet hatten. Aber sie stellten wie Stil bei seiner Ankunft fest: »Wir könnten eine ganze Siedlung mit dem Abfall eines Tages gut ernähren!«
Plötzlich schwand ihre Disziplin, und sie wurden Besatzungstruppen; sie aßen und sie tranken – ganz besonders tranken sie, denn auf Motz gibt es kaum starken Alkohol. Betrunkene aggressive Motzaner in Horden plünderten Volyen, und wenn sie wieder zur Vernunft kamen, schämten und fürchteten sie sich, schrieben ihr Verhalten sogar einem schlechten Einfluß der volyenischen Atmosphäre zu. Wie auch immer, sie wollten alle so schnell wie möglich nach Motz zurückkehren – alle, auch die Offiziere. Von einem Ende Volyens bis zum anderen konnte man Motzaner beobachten, die in kleinen, dann in größeren Gruppen zusammenstanden und beratschlagten, Kommandotrupps, dann Bataillone bildeten und zu den Raumflughäfen marschierten. Beladen mit den Reichtümern Volyens, drängten sie sich in die Raumschiffe. Keine Befehle, kein Wort von Sirius, vom »Zentrum«, wo die Kämpfe weitergingen und immer noch weitergehen. Also kehrten die Motzaner einfach nach Hause zurück und waren nicht länger Sirianer. Diese schlichten, geradlinigen Leute brauchten sich nur die eine Frage zu stellen: »Sirius hat uns belogen. Wollen wir uns da noch als Sirianer betrachten? Nein!«
Sie sandten eine Botschaft an Sirius, in der sie erklärten, sie seien nicht länger Teil des sirianischen Imperiums und würden jeden Versuch einer Invasion zurückschlagen. Doch ihre Meuterei blieb nahezu unbemerkt. Der Abfall der Motzaner war

ihrem Nachbarn Alput nicht entgangen, dessen Truppen auf der Stelle auf Volyen landeten.
Ich füge einen Brief von unserem AM 5 bei. Ich fürchte, aus ihm spricht eine Hochstimmung, die das schlimmste Symptom des Kriegsfiebers ist:

Servus! (das habe ich von Krolgul schon lange nicht mehr gehört. Wo ist er?) Klorathy, erwartest du von mir, in einer solchen Situation nüchtern zu bleiben? Niemand auf Motz ist es! Oh, diese armen Tugendverkörperungen. Was haben sie für einen Schlag erlitten; sie lassen die Flügel ihrer TUGEND schlaff und kraftlos hängen. Nein, im Ernst, es ist ernst, Klorathy! Ehe sie darangingen, Volyen ebenso tugendhaft wie Motz zu machen, war keinem einzigen von ihnen der Gedanke gekommen, ihr Leben könne möglicherweise nicht das beste in der Galaxis sein. Und die Zurückgebliebenen glauben denen nicht, die auf Volyen waren. »Dort sieht man Straßen vollgestopft mit Lebensmitteln, Obst und allem möglichen. Die Volyener essen und trinken ganz nach Lust und Laune, noch dazu Dinge, an die wir noch nicht einmal im Traum gedacht haben. Und alles ist im Überfluß vorhanden. Der ärmste volyenische Haushalt lebt besser als unsere reichsten...« Aber darauf erhalten sie zur Antwort: »Das ist Propaganda. Du bist ihrer Propaganda erlegen!« »Nein, das ist die Wahrheit, glaubt mir!« Doch man glaubt ihnen nicht, und deshalb ist Motz gespalten. Motz ist nicht länger eines Geistes; die Motzaner sind verunsichert, verwünschen Sirius und haben jeden, den sie verdächtigen, ein Sirianer zu sein, hinausgeworfen – auch mich!
»Du bist ein Spion«, haben sie zu mir gesagt.
»Aber nicht von Sirius«, erwiderte ich, »ich bin ein Agent von Canopus«, und deckte die Karten auf. »Wie ihr euch von Volyen unterscheidet, so unterscheidet sich Volyen von Canopus. Aber wenn ihr euch von Volyen um ein Grad unterscheidet, dann unterscheidet sich Canopus von Volyen um tausend Grad. Versteht ihr?« Ich sagte: »Ihr seid von einem winzigen, zuckenden Schein geblendet. Wenn ihr euch Canopus jedoch auch nur vorstellen könntet...« Sie warfen mich hinaus. Sie

haben mich nicht umgebracht: Motz bleibt Motz, fair und anständig, wenn auch nicht nüchtern, denn sie haben von Volyen das Wissen um Läden voll zahlloser unterschiedlicher Weine und Spirituosen mitgebracht. Sie sagten: »Geh.« Und so kam ich nach Alput. Auf Motz gibt es keinen einzigen Fremden mehr, nicht einen einzigen!

Alput ist nicht Motz! Wenn Motz einen Menschentyp hervorbringt – hervorbrachte –, den Motzaner, einen soliden, schwerarbeitenden, engstirnigen, disziplinierten, dann bringt Alput die Repräsentanten von hundert Planeten hervor; sie sind alle Fremde. Nach dem Sturz der Fünf, als Sirius so *tugendhaft* wurde, füllten sich die Gefängnisse, und Alput wurde zum Gefängnisplaneten, auf dem sich die Besten und Schlimmsten aus allen Teilen des Reiches *zwangsweise* versammelten. Aber ihre Verschiedenheit bedeutet, daß die Starre und Konformität, die die TUGEND erzwingt, Zynismen sind, nicht Überzeugung wie auf Motz. Wie deutlich wird hier unser Gesetz, daß ein Staat oder Reich um so langlebiger ist, je weniger es der eigenen Propaganda glaubt! Motz hielt Sirius für vollkommen – und Motz gehört nicht länger zu Sirius! Alput glaubt alles und jedes, ist grausam und despotisch – und wird vermutlich hier ein sirianischer Vorposten bleiben, während alle anderen Kolonien sich von Sirius lossagen. Du kannst mir glauben, Klorathy, mit den Alputs nach Volyen zu gehen ist nichts, um dir einen *unterhaltsamen* Bericht zu liefern. Sie betrachteten sich den Reichtum und den Überfluß auf Volyen, die vielen Rassen und Arten, die (im großen und ganzen) einträchtig beieinanderleben; sie hielten endlose Reden, wie Eroberer das tun, in denen sie ihre Überlegenheit in lauten Tönen priesen – die sirianische TUGEND diente dabei ihren Zwecken ebensogut wie alles andere –, aber keine ihrer Überzeugungen geriet ins Wanken, als sie feststellten, wie reich und schön Volyen war, und wie – im großen und ganzen – tolerant und liebenswürdig seine Bewohner. Alput ist überbevölkert. Sie betrachten Volyen als einen nützlichen Besitz, in dem sie sich ausbreiten können. Sie haben getötet und getötet und getötet. Ich möchte dir Einzelheiten ersparen. Von den sirianischen »Agenten« auf Volyen wußten die Alputs ebensowenig etwas wie die Motzaner. Von einem Ende des Planeten bis zum anderen saßen Tausende von Volyenern nachts wach, kauten in Angstschweiß gebadet an ihren Nägeln und fragten sich: »Wie werden die Alputs, die sich als sirianisch bezeichnen, ohne je auf Sirius gewesen zu sein, die von Sirius sogar noch weniger wissen als wir, meinen Verrat (oder meine Weitsicht) beurteilen?« Manche stellten sich den neuen furchterregenden Eroberern mit den Worten: »Entschuldigung, aber ich glaube, ich bin einer von euch. Ich glaube an die sirianische TUGEND…«, und so weiter und so fort. »Ach ja, wirklich?… und?« war die Antwort. Hunderte dieser sentimentalen Agenten landeten in Gefangenenlagern, wo man sie verhungern ließ. Einige wenige werden von den Alputs in der Rolle von Aufsehern in den Dienst der HERRSCHAFT DER SIRIANISCHEN TUGEND (so bezeichnen sie ihre Regierung) übernommen.

Einer von ihnen ist Spascock. Wie ich höre, hat er unser Angebot abgelehnt, ihn nach Volyendesta zu bringen. Ich glaube, das war sehr mutig.

Ihm unterstehen die Gerichte, und er ist (die Strafe entspricht dem Verbrechen) ein Experte in den Auswirkungen der TUGEND auf den Alltag der Bevölkerung.

Und jetzt eine kleine Geschichte, ein Zwischenfall, ein Lichtstrahl in diesem Dunkel: Während Motz kam und wieder ging, saßen Arithamea und die Peers in einem Zimmer im Gerichtsgebäude und berieten über die Anklage gegen Volyen. Ja, sie wußten, daß Motz einmarschiert war. Aber hatte Motz nicht angeordnet: »Zurück zur Normalität«?

Ein paar motzanische Soldaten torkelten betrunken in den Raum, in dem die Peers saßen, eifrig lasen, sich Notizen machten oder ihre Gedanken austauschten; und da die Motzaner wußten, Bücher sind *gut*, torkelten sie wieder hinaus.

Bald darauf kamen die Alputs. Oh, Klorathy, stell dir diese Szene vor, stell sie dir vor, und erlaube mir, in diesem einen Vorfall genießerisch zu schwelgen…

Ein ziemlich verstaubtes Zimmer, dessen Fenster auf einen Innenhof hinausgehen. Von der Invasion und den vielen Morden ist nichts zu sehen und nichts zu hören. Zwanzig Peers, darunter Arithamea, sitzen an einem Ende des Zimmers; auf einem kleinen Podium steht ein ernster Mensch, der geduldig ein Dokument verliest. Sie sind alle sehr viel dünner, denn die Verpflegung ist unregelmäßig. Alle machen sich Sorgen um ihre Familien und um das Schicksal Volyens. Aber man hat ihnen diese Pflicht übertragen, und sie werden ihre Pflicht erfüllen! Bei dem Dokument handelt es sich um eine Zusammenfassung der Anklageschrift gegen Volyen.

Der Mann auf dem Podium weiß noch nicht, daß die Alputs brutal sind und schon oft aus einer Laune heraus getötet haben. Beim Anblick der fünf fremdartigen Soldaten – die Alputs haben die unterschiedlichste Erbmasse; charakteristisch ist für sie eine lässige, zynische, nachsichtige Freundlichkeit, mit der sie alles tun, mit der sie essen, trinken, sich paaren, morden, lügen, betrügen – hebt er nur die Hand und sagt: »Einen Augenblick, wir beraten immer noch unseren Spruch«, und liest weiter:

»Dies sind meine wichtigsten Punkte:

Erstens. Du, Volyen, hast mir nie ein Hindernis in den Weg gestellt. Von der Wiege bis zur Bahre hat man mir den Weg geebnet.

Zweitens. Du hast mich verwöhnt und verweichlichen lassen, so daß ich mir nichts versagen konnte.

Drittens. Du hast mich gelehrt, daß mir alles zustand, weil ich den Wunsch danach hatte.

Viertens. Du hast mir ein Leben unerträglicher Langeweile aufgezwungen, weil du mir alle Risiken und Gefahren genommen, das Gesicht des Todes verborgen, weil du dich wie eine allzu nachsichtige Mutter verhalten hast, die glaubt, Essen und Bequemlichkeiten seien gleichbedeutend mit Liebe...«

»Einen Augenblick«, unterbrach ihn der Anführer des kleinen Trupps Alputs. »Was glaubt ihr denn, was ihr hier tut?«

»Wir tun unsere Pflicht als volyenische Bürger im Rahmen unserer Berufung als Peers.«

»Wer hat das angeordnet?«

»Richter Spascock.«

Der Anführer schickte Soldaten hinaus, um herauszufinden, wem die Gerichte zur Zeit unterstehen, und hörte wieder zu.
»Fünftens. Du hast mich nie darüber informiert, daß im volyenischen Wesen das Bedürfnis liegt, uns zu transzendieren, über die Leichen unserer gestorbenen und toten Ichs unablässig vorwärts und aufwärts zu steigen und die Stufen der Evolutionsleiter höher und höher zu klimmen.
Du hast mich gelehrt, daß essen, trinken, schlafen und mich zu vergnügen das Ziel meines Lebens seien.«
»Entschuldigung«, unterbrach ihn der Anführer. »*Wer* beklagt sich hier bei *wem*?«
»Ja, mein Lieber«, sagte Arithamea, »das ist noch nicht entschieden. Irgendwo muß ein Sonderausschuß sitzen und darüber beraten.«
»Schwachsinn«, murmelte der Anführer, »ist es zu fassen?«
»Und als Sprecherin der Peers muß ich Sie wirklich bitten, uns nicht länger aufzuhalten. Es ist unsere Pflicht, verstehen Sie.«
»Siebtens. In anderen Worten, du hast mich meines Geburtsrechts beraubt, nämlich mich zu bemühen, zu kämpfen, zu leiden, zu überwinden, das Unmögliche zu vollbringen, Wunder zu bewirken und...«
An diesem Punkt kehrt der Soldat mit der Nachricht zurück, die Gerichte seien von Sirius unter die Aufsicht eines gewissen Spascock, eines Volyeners, gestellt worden.
»Also, ich glaube, wir müssen euch weitermachen lassen«, sagte der Alput, den das alles anödet, und der entsetzt ist über den Einblick in den »volyenischen Alltag« (wie er glaubt), der sich ihm darbot.
»Was für ein Haufen«, murmelt ein Alput dem anderen zu, als sie durch die Flure wieder hinaus auf die Straße zu ziehen, um sich von neuem dem Genuß des Zerstörens und Plünderns zu widmen. »Also, wenn die ein bißchen hart angepackt werden wollen, kann ich das gern übernehmen!«
Und so bin ich also hier auf Volyen als Dolmetscher bei den Alputs. Soll ich bleiben, Klorathy? Soll ich nach Volyenadna gehen? Nach Volyendesta? Ich sehe nicht, daß ich hier viel tun

kann. Das ist eine Methode, um zu sagen, daß ich nicht hierbleiben möchte. Ich kann mir nicht vorstellen, daß Volyen etwas mehr sein kann als die fünftrangige Kolonie eines auseinanderbrechenden Imperiums.

Und so kommt es, Johor, daß *ich* auf Volyendesta bin.
Ich befahl AM 5, auf Volyen zu bleiben. Ich beauftragte ihn, Kontakt mit den Peers aufzunehmen und zu pflegen, denn sie würden sich auch weiterhin als Gruppe betrachten und das Wissen über die Gesetze der Gesellschaft lebendig erhalten, das sie durch intensives Studium erworben haben. Spascock schützt sie. Spascock ist inzwischen *unser* Agent – diesmal eindeutig. Ich sagte zu ihm: »Bleib am Leben. Wenn du es schaffst, ist das schon viel. Schütze die Peer-Gruppe, die sich durch den Grice-Prozeß gebildet hat. Sie werden ganz Volyen beeinflussen, und wenn die Alputs abziehen, weil das sirianische Reich endgültig zerfällt, wird eine Gesellschaft entstehen, die sich auf das Wissen vom wirklichen Zusammenhang und den wahren sozio-psychologischen Gesetzen gründet. Eines Tages werden von Volyen Einflüsse ausgehen, die alle Planeten in diesem Teil der Galaxis verändern. Aber im Augenblick muß diese kleine verwundbare Gruppe geschützt werden. Und das ist deine Aufgabe, Spascock!«
Ehe ich über die Lage auf Volyendesta spreche, ein paar Worte über Volyenadna.
Mit Ausnahme der Eiskappen glüht der ganze karge, kleine Planet in einem sanften Rot. Das sah ich, als ich in meiner Raumfähre darüber hinwegflog. Calder brachte die Arbeiterorganisationen dazu, unterirdische Fabriken zu bauen, um die tausend Produkte von Rocknosh zu verarbeiten. Man bewundert ihn wegen seiner Weitsicht so sehr, daß er im wahrsten Sinne des Wortes der Boß des Planeten ist. Die Fabriken befinden sich unter der Erde, weil man sich an meine Worte über bevorstehende Invasionen erinnerte. Sirius landete, wieder auf Grund geheimer Befehle, die von den Zweiflern zu spät widerrufen wurden: Das Ziel der Besetzung waren natürlich die Bodenschätze des Planeten. Aber »Sirius« erschien hier als

geradezu abenteuerliche Menschenmischung. Die Armee, die Volyenadna eroberte, setzte sich zusammen aus Truppen des landhungrigen Alput, Soldaten von mehreren sirianischen Fabrikationsplaneten, die in der Phase des Zusammenbruchs alle dringend Rohstoffe brauchten. Diese Armee war eigentlich ein Konglomerat aus vielen Armeen, aus Völkern, die sich nicht mochten, die sich nur darüber einig waren, daß man diesen öden kalten, kleinen Planeten, der nur aus Tundra und Felsen besteht und von sturen, mürrischen Menschen bevölkert ist, aus ganzem Herzen hassen mußte. Alput lebt von Volyens Reichtum und hat seinem Heer gesagt, es müsse sich selbst versorgen. Die Fabrikationskolonien fühlen sich von Sirius im Stich gelassen, haben ihre Unabhängigkeit erklärt, und seitdem ist ihre Versorgung zusammengebrochen. Es herrschen Chaos und Hunger; überall kam es zu Kämpfen zwischen den Armeen und zwischen den einzelnen Fraktionen innerhalb der Armeen. Calder und seine Leute sahen zu, und niemand verriet den Eindringlingen etwas von den gefüllten unterirdischen Vorratslagern. Als die Fremden bemerkten, daß man die rötliche Kruste von den Felsen schabte, erzählten ihnen die Volyenadnaner, es handle sich dabei um Flechten, die zum Färben und in den Bergwerken benutzt würden; und die Soldaten glaubten es. Die Besatzungstruppen hatten bald nichts mehr zu essen.

Calder und seine Leute brachten sie dazu, den Planeten zu verlassen, indem sie ihnen genügend Lebensmittel für die Rückreise auf ihren weit entfernten Heimatplaneten anboten.

»Lebensmittel!« höhnten die Alputs und die hungernden Truppen von den Fabrikationsplaneten. »Wie wollt ihr sie beschaffen?«

»Wir geben euch alle Vorräte, die wir für Notzeiten aufbewahrt haben ... denn es gibt bei uns schlechte Jahre, in denen es während der Wachstumsphase nur schneit. Deshalb müssen wir Lebensmittelvorräte anlegen.«

»Zeigt sie uns!«

Man führte sie in ein paar unterirdische Vorratslager, die man eigens dazu hergerichtet hatte. Dort stapelten sich nur ein paar wenige der zahllosen Nahrungsmittel und Produkte, die man aus Rocknosh herstellen kann. Die Besatzungstruppen zogen ab – die Laderäume ihrer Raumschiffe bis oben hin gefüllt mit Lebensmitteln, die sie nicht gerade schätzten. Sie bedauerten und verachteten die Volyenadnaner, ohne das geringste von den gefüllten unterirdischen Vorratslagern zu ahnen.

Also ist Volyenadna unabhängig; unabhängig von Volyen und von Sirius. Seine Wirtschaft wird von Tag zu Tag differenzierter, und unter dem Einfluß der neuen Pflanze verändert sich das rauhe Klima recht schnell. Volyenadna, bis vor kurzem noch der ärmste und trostloseste der fünf Planeten, aus denen das »Reich« Volyen bestand, wird es in Zukunft am leichtesten haben, und ihm stehen mindestens vier oder fünf V-Jahrhunderte stetiger Entwicklung bevor.

Ich halte unsere Präsenz dort nicht für erforderlich, und mit deiner Erlaubnis plane ich, mit Ausnahme der Agentin AM 59 alle unsere Agenten abzuziehen. Die Immersion in eine Periode des Optimismus und des Selbstvertrauens wird ihr guttun. Ich habe ihr gesagt, sie werde zu unserem Nutzen dort sein, aber in Wahrheit ist es zu ihrem eigenen Nutzen.

Bei meiner Landung auf Volyendesta erwartete mich Incent bereits. Hinter ihm entdeckte ich Krolgul, der Incent ängstlich anstarrte und sehnsüchtig beobachtete, wie ich mich ihnen näherte, dann seine Aufmerksamkeit wieder Incent zuwandte und ihn mit den Augen förmlich verschlang. Das war Shammat, das jämmerliche Tier, dessen Rollen und Masken versagt hatten. Incent erwartete mich lächelnd und stolz darauf, sich gegen Krolgul behauptet zu haben.

»Wir haben ihn erledigt«, sagte er zu mir, während Krolgul um uns herumhüpfte – der affenähnliche Krolgul, zusammengesunken und mager in seiner adretten, gutgeschnittenen militärischen Uniform.

»Für den Augenblick«, erwiderte ich.

Krolgul bemühte sich zu verstehen, was ich sagte. Ich hob die Stimme. »Ich habe gesagt, Krolgul, daß du deine Verschlagenheit und Überheblichkeit nur vorübergehend abgelegt hast.«

»Warum haßt ihr Canopäer uns so sehr?« winselte er. »Was

haben wir getan? Warum sind wir soviel schlimmer als alle anderen? Alle Planeten haben ihre Zeiten, in denen sie nehmen, was sie bekommen können. Trotzdem ist Canopus immer da und hilft ihnen. Selbst in ihren schlimmsten Phasen. Hat Canopus den Volyenern den Rücken gewendet, als sich das Reich Volyen auf seinem Höhepunkt befand?«

Er rannte neben uns her, manchmal ein paar Augenblicke lang sogar auf allen vieren – richtete sich wieder auf, rannte vor uns und hinter uns.

»Ja, das stimmt«, sagte ich, »aber ihr seid nie etwas anderes als ein diebischer, verlogener Planet gewesen.«

»Du sagst selbst«, japste er, »daß Reiche entstehen und zerfallen… sie haben ihre Gesetze, sie können sich nicht dagegen wehren.«

»Ja, aber du kannst dich wehren, Shammat!«

»Wie?« rief Incent empört und blieb wie angewurzelt stehen. »Diese Tiere sind besser als…«

Auch Krolgul verharrte, stützte sich mit dem Handrücken auf den Boden und blickte zu uns auf. In seinen Augen lag Sehnsucht und Verzweiflung.

»Wieso können wir uns selbst helfen? Wieso… was sagst du da, Canopus?«

»Ihr habt euch von Anfang an in Opposition begeben, Shammat. Von eurem ersten Moment als Planet war Canopus für euch der beste und strahlendste – ihr habt euch dafür entschieden, von allen zu stehlen… vor allem aber von uns. Ihr habt uns beobachtet, ihr habt über uns nachgedacht; Shammat denkt jahrein jahraus über uns nach. Ihr wißt sehr viel über uns. Ihr wißt sehr wohl, was ihr tun solltet und was nicht. Wenn ihr lügt, stehlt, Komplotte und Intrigen schmiedet, dann wißt ihr sehr wohl, was ihr tut.«

Krolgul verharrte, immer noch mit einer Hand auf dem Boden, und blickte unsicher zu mir auf.

»Also das kannst du doch nicht sagen!« rief Incent aufgebracht, »sie wissen *nichts*. Alle ihre Aktionen gegen uns, ihre ganze Bosheit während der Zeit von Volyens Untergang waren umsonst, führten zu nichts, weil sie *nichts* wußten. Sie hatten keine Ahnung, wie schnell Sirius einmarschieren und damit all ihre Bemühungen zunichte machen würde.«

»Ja, ja, ja!« rief Krolgul hastig, ängstlich und eifrig. »Das stimmt, wir wußten nichts. Und ihr habt uns ruhig zugesehen, ihr habt uns nicht gewarnt...« Und vor Frustration und Zorn begann er zu springen und herumzuhüpfen.

»Hör ihn dir an«, spottete Incent, »›ihr habt ruhig zugesehen‹, sagt er, als hätte er nicht alles unternommen, um uns zu schaden, alles, um uns zu vernichten, und mich als eine Art Kanal benutzt, um canopäische Macht zu stehlen. ›Ihr habt ruhig zugesehen‹, ja wirklich!« Er versetzte Krolgul einen Tritt, der aufjaulte und sich die Stelle rieb, wo Incents Stiefel ihn getroffen hatte.

Verblüfft über sich selbst, fürchtete Incent mich anzusehen und schämte sich, Krolgul anzusehen, der, merkwürdigerweise mutig und kühn geworden, ihm triumphierende Blicke zuwarf, näher kam und sich umdrehte, als wolle er Incent zu einem zweiten Tritt auffordern.

»Es gibt mehr als einen Weg, um Shammat mit Canopus zu nähren«, sagte ich.

»Oh, Klorathy, es tut mir so leid. Was kann ich tun? Meine Dummheit nimmt kein Ende.« Incent standen Tränen in den Augen.

Krolgul erkannte, daß diese Gelegenheit vorüber war, und richtete sich auf, schien sich aber noch etwas zu versprechen.

»Krolgul«, sagte ich, »da Shammat seit so langer Zeit an nichts anderes als an Canopus denkt, habt ihr viel über die ABSICHT, das GESETZ, die AUSRICHTUNG gelernt. Und doch benutzt ihr dieses Wissen nur zum Schlechten. Hast du je – hat Shammat je – überlegt, was geschehen würde, wenn Shammat mit der Bitte zu Canopus käme: ›Unterweist uns, wir sind nicht länger Diebe‹?«

Shammat krümmte und wand sich, lächelte und grinste, wirkte aber gleichzeitig verwirrt. Und ich wußte, eines Tages...

Ich sagte freundlich: »Shammat, vielleicht überrascht es dich zu erfahren, daß ihr mehr über uns wißt als jeder andere Planet in der Galaxis. Ihr wißt ebensoviel wie die Fünf von Sirius, die im Exil schmachten und darauf warten, daß ihr zerfallendes Reich sie endlich versteht. Viele Wege führen zum Pfad der ABSICHT. Wann werdet ihr verstehen, was ihr eigentlich tun könntet?«

»Dieses Tier«, stöhnte Incent, »diese entsetzlichen Shammatter, o *nein*, Klorathy, du kannst doch unmöglich...«

Und wirklich; Krolgul umtanzte uns in schrecklichem Triumph und wirkte wie ein Affe oder eine Spinne – nur Arme, Beine und Augen – und grölte: »Besser als... besser als... wir sind besser als...«

»Das habe ich nicht gesagt, nicht einmal annähernd«, erwiderte ich, »*besser* habe ich nicht gesagt.«

Aber Krolgul stürmte im Taumel des Eigenlobs davon, wobei er kläffte und jaulte: »Besser... am besten...«

Incent schwieg eine Weile. Dann fragte er: »Wozu soll das gut gewesen sein... für ihn, für sie?«

»Er wird sich daran erinnern«, erwiderte ich, »er wird daran denken, wenn er wieder klar bei Verstand ist.«

Incent ging schweigend neben mir her hinüber zu Ormarin, der nichts von dem großspurigen, verbindlichen Mann mehr an sich hatte. Er war ebenfalls zu meiner Begrüßung gekommen und wirkte ernüchtert, vernünftig und sogar müde.

»Mir wäre es lieber, ich wüßte das nicht«, sagte er. »Es ist schwer zu ertragen, sich Shammat so vorstellen zu müssen. Es ist schlimm genug zu erfahren, daß man Tag und Nacht, jede Minute auf der Hut sein muß, ganz zu schweigen davon, daß man nicht vergessen darf, dieses Tier ist... dieses Tier ist...«

»Dieses Tier ist was?«

Es folgte ein langes Schweigen. Ormarins Haus tauchte bereits vor uns auf, als Incent schließlich bemerkte: »Ich war seine Beute. Wozu macht mich das?«

Dir entgeht sicher nicht, daß Incent inzwischen das ist, was ich mir für ihn erhofft hatte. Durch seine Lektionen hier, auf und durch Volyen hat er gelernt, was wir beabsichtigten, als wir über seine Zukunft sprachen. Zerbrechlich, ja, das ist er – sehr, verwundbar, instabil und weit davon entfernt, immun zu sein gegen das, wozu Krolgul ihn verlocken wird. Aber er wird sich nie wieder im Rausch genußvollen Leidens winden, wird nie wieder ein bereitwilliges Opfer der Worte sein. Und ich kann berichten, daß alle unsere Agenten diese Prüfung gut überstanden haben; sie sind stärker und gleichmütiger geworden und können größere Verantwortung übernehmen.

Aber ich muß noch über Volyendesta berichten.

Als Sirius noch ein stabiles Reich war, hatte es die unterschiedlichsten Pläne für die volyenischen Planeten. ME 70 und ME 71 sollten Soldaten für die Invasion auf Volyenadna stellen und später für die Invasion anderer Teile der Galaxis. Die beiden Planeten werden ganz gewiß den Weg der Eroberung weitergehen, allerdings unter eigener Regie. Volyenadnas Schicksal hätte darin bestanden, auf ewig ein besetzter Planet zu sein, um den Nachschub an Bodenschätzen zu sichern. Sirius rechnete nicht damit, daß Volyen der Invasion und den Besatzungstruppen großen Widerstand leisten würde – dank der vielen sirianischen Agenten und der Bewunderung für die sirianische TUGEND, die unter den Volyenern erwacht war. Außerdem hielt Sirius wenig von den Volyenern, die durch das bequeme Leben völlig verweichlicht waren.

Ihre größten Anstrengungen konzentrierten sich auf Volyendesta. Hier wollten sie ein Hauptquartier zur Verwaltung jener Planeten einrichten, die einmal »Volyen« gewesen waren, und zur weiteren Expansion des Reiches.

Überall auf Volyendesta bauten sie Straßen, errichteten Stützpunkte – ganze Städte, die einmal sirianisch sein sollten. Auf dem Planeten gibt es Lager und Siedlungen, in denen die Sklaven dahinvegetieren, die diese Straßen, Stützpunkte und Städte gebaut haben. Sie kommen von vielen verschiedenen Planeten und stehen auf den unterschiedlichsten Stufen der Evolution. Aber während der Zeit des gemeinsamen Leids haben sie Organisationen aufgebaut, die ungeachtet der Unterschiede an der Befreiung aller arbeiten, die Aufstände und Revolutionen planen – gegen Sirius. Aber noch ist Sirius nicht hier. Ganz Volyendesta wartet auf die sirianische Invasion. Auch viele Volyener haben sich hierher geflüchtet und bewohnen die Städte und Stützpunkte, die für die Sirianer geplant waren.

Kurz gesagt, im Gegensatz zu ME 70 und ME 71 (Maken und Slovin), im Gegensatz zu Volyenadna und ähnlich wie Volyen – jedoch weit mehr – drängen sich hier die Rassen, Arten, Unterarten, Typen, Nationen, Klassen, Geschlechter, Gattungen, Familien, Stämme, Sippen, Sekten, Kasten, Gemeinschaften, Gruppen, Schichten und sogar Spezies: Und sie alle eint das *Warten*.

Auf dem sirianischen Mutterplaneten führen die Fraktionen ihren Krieg mit allen Mitteln. Sie bekämpfen sich auf den Straßen; sie streiten unablässig in den Rathäusern, Parlamenten und hinter verschlossenen Türen; sie intrigieren, wechseln die Seiten, geloben ewige Bruderschaft und bringen sich gegenseitig um. Unbestreitbar haben die Zweifler vom formalen, rechtlichen Standpunkt aus betrachtet die Oberhand; doch die Wahrer der »Tugend« erlassen Verordnungen, erteilen Befehle ganz nach Belieben und den momentanen Eingebungen der Anführer und Kommandanten. Das sirianische Reich zerfällt. Ein Planet in den Randgebieten des Reichs erhält Anweisung, einen anderen zu besetzen, der rebelliert; doch ehe es zur Invasion kommt, trifft ein anderer Befehl ein. Die Planeten proklamieren ihre Unabhängigkeit, den Abfall vom Reich, und auf jedem Planeten tobt ein verbaler oder ein tatsächlicher Krieg, denn die früheren Herrschenden, die ihre Befehle von Sirius entgegennehmen, bekämpfen die neuen Machthaber, die sie ihrerseits als Feiglinge und Speichellecker verachten. Planeten proklamieren ihre Unabhängigkeit unter einer Regierung, die am nächsten Tag schon gestürzt werden kann; sie bleiben unabhängig, aber mit anderen Zielen, etwa, indem sie planen oder nicht planen, einen reicheren Nachbarn zu überfallen, oder ihn zur Zusammenarbeit auffordern. Viele neue Bündnisse zwischen Planeten werden geschlossen – zwischen Planeten, die sich gerade aus der sirianischen Knechtschaft befreit haben, werden ebenso viele Bündnisse geschlossen, wie es Invasionen gibt; ebenso viele Verträge wie Ultimaten – »Sirius ist tot. Ergebt euch uns!« Und währenddessen tobt der Streit, der Kampf, der Krieg. *Veränderung* heißt die Devise des Augenblicks. Wohin man auch blickt, alles ist in Bewegung und än-

dert sich. Überall ist Shammat, ist Puttiora mit allen zur Verfügung stehenden Mitteln am Werk. Sie stiften Uneinigkeit, Hader und Krieg und nähren sich vom allgemeinen Zerfall.
Man weiß, die Invasion auf Volyenadna stand schon mehrmals unmittelbar bevor; aber sie war jeweils von anderen Planeten geplant.
Ormarin hat zu sich selbst gefunden. Alle seine vielfältigen Qualitäten kommen zum Einsatz... »*Endlich*«, wie er gelassen frohlockt. Denn die Ereignisse haben den Widerspruch, unter dem er immer gelitten, der ihn immer gequält hat, aufgelöst. Er spricht jetzt für die Millionen Sklaven; man lädt ihn zu geheimen Versammlungen ein; er eint die volyenischen Flüchtlinge durch Pläne, wie sie der Invasion begegnen und wie sie überleben können; er ist überall... und war nicht anwesend, als Incent und ich in seinem Hauptquartier eintrafen.
Wir beschlossen, Grice in der Klinik für Rhetorische Krankheiten zu besuchen, wo er Patient in Rhetorischer Logik ist. Ich gestehe, ich war beunruhigt wegen Incent, und ich sagte ihm das auch. Ihn erfüllte großes Selbstvertrauen, und er bestand sogar darauf, sofort die Grundlagen-Rhetorik aufzusuchen, wo wir durch das Beobachtungsfenster einige Opfer sahen, die unter denselben Symptomen litten wie er noch vor kurzer Zeit. Es handelte sich um etwa zwanzig junge Männer und Frauen, meist Flüchtlinge von Volyen. Sie trugen alle ähnliche Kleidung, die an Uniformen erinnerte, und saßen zusammengedrängt auf dem Fußboden; sie wiegten sich vor und zurück, von einer Seite zur anderen, und sangen ein Klagelied, einen Trauergesang, wie man ihn sich deprimierender kaum vorstellen kann:

We shall overcome
We shall overcome
We shall overcome some day
Deep in our hearts
We do believe
We shall overcome one day.

Die Melodie dieser Trauerhymne entstand vor vielen V-Jahrtausenden auf Volyen in der Zeit, als es eine volyenadnanische Kolonie war; und aus ihr sprach die Hoffnungslosigkeit der Sklaven.
»Merkwürdig«, sagte ich zu Incent, »daß man glaubt, starke *Worte* könnten eine so trostlose Melodie aufwiegen.«
Incent schwieg. Alles an ihm verriet bestimmte, nur allzu vertraute Emotionen.
Die armen Opfer, die immer wieder den Augenblick erlebten, in dem ihre dilettantischen Verteidigungen von den eindringenden Motzanern beiseitegefegt worden waren, sangen:

We shall not be moved
They shall not pass!
We shall not be moved
They shall not pass!

Incent weinte. »Hast du je so etwas Bewegendes gesehen?« fragte er.
»Incent, hör sofort damit auf. Möchtest du die ganze Behandlung noch einmal durchmachen?«
»Nein, natürlich nicht. Tut mir leid.« Er nahm sich zusammen.
»Glaubst du, ich kann dir Logik zumuten?« fragte ich.
»Ja, ja, natürlich.«
»Und sie ist kaum so *bewegend* wie Grundlagen... Wir werden sehen.«
Vor der Invasion der Motzaner hatten wir allen, die Volyen verlassen wollten, angeboten, sie wegzubringen. Grice wich nicht aus dem Gericht – eine hagere, grüne, gespenstische Gestalt mit nach innen gerichtetem Blick. Er murmelte unablässig Sätze vor sich hin wie: »Wenn A gleich B ist, dann muß C gleich D sein. Nimmt man ein Pfund saure Gurken, dann folgt so gewiß wie die Nacht auf den Tag, daß... Nehmen wir A für die Wahrheit und B für Lügen, dann ist C...«
Incent und ich nahmen ihn beim Arm, damit er uns bemerkte, und sagten: »Grice, du bist krank. Komm mit uns.«

»Krank? Ich bin Gouverneur Grice, und ich mache Volyen den Prozeß wegen… Wer ist das? Ach du bist es, Incent. Haben wir den Prozeß verloren? Ach, du auch, Klorathy? Aber ich bin doch im Recht, nicht wahr? Sieh mich an, Klorathy, sieh mich an, Incent! Was bin ich für ein Versager! Alles ihre Schuld. Wenn mich nur einmal in meinem Leben jemand an der Hand genommen und mich gezwungen hätte, mich *allem* zu stellen…«
»Wir nehmen dich bei der Hand, Grice, keine Angst«, sagte Incent, der, erschüttert, beinahe von seinen Gefühlen überwältigt worden wäre.
»Schließlich ist mein genetisches Material in Ordnung. Ich habe mich untersuchen lassen! Weshalb läuft *alles* falsch, was ich anfasse?«
»Nicht *alles*, Grice«, sagte Incent und tätschelte und streichelte ihn, »vielleicht denkst du, das da drin sei *alles* eine Art Farce gewesen, aber…«
»Eine Farce, sagst du? Es war das einzig Konstruktive, was ich in meinem Leben je getan habe!«
»Ja, ja, und irgendwann, aber dann werden wir beide schon lange tot sein…«
»Und je früher Volyens Boden von meiner nutzlosen Last befreit wird…«
»Ja, ja, ja«, sagte Incent, »aber ich wollte sagen, dieser ganze Unsinn da drin führt eines Tages dazu, daß deine Peers eine neue…«
»Unsinn, das ist es! Ja, ich bin der Stoff, aus dem Unsinn gemacht wird.«
Ich sorgte dafür, daß er nach Volyendesta ausgeflogen und in der Klinik für Rhetorische Krankheiten untergebracht wurde.
Wir fanden Grice ganz allein in einem großen, weißen Raum mit einem schlichten schwarzen Fußboden, der abgesehen von ein paar schwarzen Stühlen und unserer Logik leer war. Sein Zustand hatte sich deutlich gebessert, und er beschäftigte sich intensiv mit seiner Therapie.

I. Ist ein bestimmter Herrscher laut Definition im Recht, weil er den Vorwärtsdrang der Geschichte verkörpert, dann ist das Versagen einer von ihm oder seiner Regierung gestellten Aufgabe laut Definition ein feindseliger Akt gegen die Geschichte selbst. Ziehe sozio-historische Methoden heran und stelle fest, welche Strafen angemessen sind.

1) Tod. 2) Schwere Folter. 3) Gefängnis.

II. Niemand kennt die Folgen unserer Handlungen; bestimme die angemessene Strafe für Handeln an sich.

1) Tod. (Auf diese Frage kann es eindeutig nur eine Antwort geben.)

III. In einer bestimmten Zeit hielt man in den nordwestlichen Randgebieten von Shikasta Frauen für böse; die willkürlichen Kriterien (verbale Formeln) dafür gingen auf eine männliche herrschende Klasse zurück; die Frauen wurden gefoltert, um Geständnisse zu erpressen, und dann bei lebendigem Leibe verbrannt. Ihre Familien mußten für die Kosten des Scheiterhaufens ebenso wie für die Zeit und Mühe der Richter und Henker aufkommen; war keine Familie vorhanden, wurde der Besitz konfisziert.

Dieses schöne, unvergleichliche Beispiel für Logik erschließt sich in seinem ganzen Reichtum nur nach tiefer Kontemplation. Versuche das und erörtere dann den Fall.

IV. Lese *Die Gedanken des Präsidenten Motz*, dann beurteile unter dem Gesichtspunkt sirianischer »Tugend« in ihren verschiedenen Bedeutungen den Grad *subjektiver* und *objektiver* Schuld in der folgenden Geschichte:

Ein treuer Anhänger der Partei der Tugend verursacht durch eine Fehleinschätzung den Hungertod mehrerer Millionen Menschen; seine oder ihr erklärtes Ziel dabei war, die Herrschaft der Tugend zu errichten, um das Los dieser Millionen zu verbessern.

V. Berechne, wie viele Drehungen auf der *Logistischen Spirale* notwendig sind, um von: »Diese Persönlichkeit ist die Verkörperung der schönsten Blüte der Klassentugend« zu: »Sieh dir an, was hier gerade aus dem Gebälk kriecht!« zu gelangen.

VI. Berechne auf der *Logistischen Spirale* die Parameter von: »Wer nicht für uns ist, ist gegen uns.« Erörtere das Ergebnis.

VII. Zeichne, male, gestalte oder porträtiere auf andere Weise deine Auffassung von der *Logik der Geschichte*.

VIII. These: Die sirianische Tugend muß laut Definition jedem Teil der Galaxis, den sie erreicht, den Fortschritt bringen.
Antithese: In Wirklichkeit bringt sie Tyrannei, Elend, Versklavung und Entbehrungen.
Synthese: ?

Grice sah sehr viel besser aus. Er war immer noch bleich und hohlwangig, wußte aber sofort, wer wir waren; er begrüßte uns fröhlich.
»Dieser Planet wird in Kürze überfallen werden«, sagte ich.
»Nicht zu fassen«, stöhnte er und erlitt einen Rückfall, »sobald ich an einem Ort bin, der, wie ich spüre, mir guttut, muß Sirius natürlich einmarschieren. Was kann man anderes erwarten?«
»Ich fürchte, du bist noch lange nicht geheilt«, sagte ich, »aber diesmal wird es nicht Sirius sein. Also beruhige dich.«
»Ach, du meinst, ich mache mir Sorgen, weil ich ein Spion bin!« sagte er mürrisch, »ich habe ziemlich viel darüber nachgedacht. Wenn ein Spion jemand ist, der die Interessen seines Landes verrät, und es stellt sich heraus, daß durch irgendeine Laune der Geschichte... entschuldige, ich meine natürlich durch die Dynamik der Geschichte... oder durch die Logik der Ereignisse dieses Land auf lange Sicht tatsächlich aus seinen Aktionen Nutzen zieht...«
»Diese Frage könntest du in deinen Rhetorik-Computer eingeben«, sagte ich.
Aber er wird schon gesund werden.

Der demoralisierte und verwirrte Planet Motz, der nicht in der Lage ist, sich selbst ein Heilmittel zu verordnen, erinnert sich an Grice, der lesend über der geraubten Bibliothek saß, ein Grice, der von sozio-ökonomischen Gesetzen sprach, einen Grice, den sie für einen Verrückten hielten.
Sie möchten ihn als Berater für Vergleichende Planetologie zurückhaben. Ich werde ihn ermuntern, diese Berufung anzunehmen.
Da Ormarin immer noch unterwegs ist, nutze ich die Gelegenheit, um mich »auszunüchtern«. Es hilft nicht, sich vorzusagen, ich sei von der geballten Überemotionalität der letzten Ereignisse nicht beeinflußt worden. Auch Incent hat das Gefühl, er braucht eine Ruhepause. Wir werden uns freiwillig als Patienten in die Grundlagen-Rhetorik begeben, und zwar auf der Station *Vollständiger Stimulationsentzug*. Das hohe, dämmrige, stille, isolierte Hotelzimmer auf Volyen ist in Anlehnung daran entstanden.

ORMARIN AN KLORATHY.

Wie ich gehört habe, hältst du dich auf Volyendesta auf. Bei dieser Nachricht wurde mir sehr viel leichter. Es ist sinnlos, vor dir zu verbergen, daß mich gewisse Gerüchte zutiefst beunruhigen; ich bin sicher, sie sind auch dir zu Ohren gekommen. Ich meine damit natürlich die mögliche Invasion dieses Planeten. Ich gestehe freimütig, daß du mich vor dieser Eventualität gewarnt hast. Ich und meine Kollegen haben alle in unserer Macht stehende Schritte unternommen, um unsere Verteidigungsbereitschaft zu erhöhen. Aber seit neuestem schicken unsere Agenten Berichte über Luftlandetruppen, die man mehr als einmal über der Wüste im Landesinnern gesichtet hat; das heißt, es handelt sich um Verbände einzelner Soldaten, die – wenn man den Berichten Glauben schenken kann – in großen Transportschiffen ankommen. Die Soldaten verlassen die Raumschiffe und bewegen sich dann *aus eigener Kraft* durch die Luft. Für deinen galaktischen Rat wäre ich sehr dankbar. Ich hatte den Eindruck, mir seien alle Spezies unter sirianischer Oberherrschaft bekannt – aber wie ich höre, hat sich vieles geändert... oder? Doch weder ich noch einer meiner Kollegen hat je von einer Spezies mit Flügeln gehört.

KLORATHY AN JOHOR, ANLAGE ZU OBIGEM BRIEF.

Dieser Brief zeigte mir, daß Ormarin, wie sehr er sich auch verändert haben mochte, während er – zwar nicht nominell, aber de facto – Herrscher des Planeten wurde, nach wie vor ein Beamter war.

Der Brief bewies mir auch, daß ich nachlässig gewesen war, weil ich mir nicht die Mühe gemacht hatte, darüber nachzudenken, wie die Truppen von ME 70 (Maken) hier wirken mußten. In einer für uns sehr kurzen, für sie aber sehr langen Zeit haben die Bewohner von ME 70 ihre Lebensgewohnheiten so weit geändert, daß es auf einen sozialen, wenn auch nicht genetischen, Evolutionssprung hinausläuft. Eine widerstands- und anpassungsfähige fliegende Spezies, die überall auf ME 70 vorkommt, wurde in einer Art sozialer Osmose zu ihren Partnern. Auf ME 70 mangelte es an Last- und Arbeitstieren. Ihnen fehlt eine Spezies, die sich gezielt in dieser Richtung entwickeln läßt. Der fliegende Pipisaurus erfüllt diese Funktion. Er trägt Lasten über große Entfernungen, liefert ihnen Häute, aus denen sie Kleidung und eine Reihe praktischer Gegenstände herstellen, und ein Drüsensekret, durch das sie die nicht sehr reichen Nahrungsquellen des Planeten ergänzen. Es gibt Gebiete, in denen die Menschen nichts anderes als das auf unterschiedliche Weise zubereitete Sekret essen und trinken. Die Partnerschaft zwischen den beiden Arten ist so eng und harmonisch, daß man einem kleinen Kind der höheren Art sofort bei der Geburt einen eigenen Pipisaurus zugesellt. Die beiden wachsen zusammen auf, leben und schlafen zusammen, teilen aber nur selten die Nahrung. Der Pipisaurus ist ein Vogel- und Insektenfresser; und deshalb kann man nicht zulassen, daß er sich ungehindert vermehrt. In einer gewissen Periode gab es infolge der großen Pipisaurusscharen beinahe keine Vögel und Insekten mehr. Der Brauch, jedem Kleinkind einen kleinen Pipisaurus zu geben, aber sonst keinen mehr, dient wirkungsvoll dazu, ihre Zahl unter Kontrolle zu halten. Du kannst dir unschwer diese enge Bindung vorstellen und wie groß der Verlust empfunden wird, wenn einer der Partner stirbt. Der Überlebende siecht meist dahin und stirbt oder tötet sich selbst.

Unter Volyen betrachtete man Maken im wesentlichen als Lieferant von Pipisaurusprodukten für die »Elite« des volyenischen »Reichs«. Außerdem war es ein beliebter Ferienplanet, da er als rückständig und primitiv galt. Die verweichlichte herrschende Klasse des »Reichs« liebte Erholungsplätze, wo man die Bewohner in enger Relation zu den primär körperlichen Mechanismen erleben konnte; Geschichten und Darstellungen der »Barbaren« und ihrer Herden fanden immer großes nostalgisches Interesse.

Volyen erlaubte dem Planeten Maken nicht, ein eigenes Heer aufzustellen. Volyen fürchtete Soldaten, die zu Lande und in der Luft kämpfen konnten. Insgeheim wurde jedoch auf Maken eine Armee ausgebildet. Die Sitte, daß jeder Pipisaurus eng mit seiner Herrin und seinem Herren zusammenlebte, machte es möglich, Guerillatruppen auszubilden und zu bewaffnen, ohne daß die volyenischen Herren von diesen Maßnahmen etwas bemerkten.

Maken schüttelte als erster Planet die volyenische Herrschaft ab – und das mühelos, dank der Schlagkraft seiner Armee. Maken half Slovin, Volyen zu vertreiben, und es wird dich nicht überraschen zu hören, daß sie dann als »Beistand« auf Slovin blieben. In anderen Worten, Maken ist jetzt der eigentliche Herr auf Slovin. Maken steht am Anfang seiner Entwicklung zu einem Reich – einem Reich, das die Nachbarplaneten unterwerfen wird, auf denen jetzt Chaos und Bürgerkrieg herrschen, nachdem sie sich von Sirius losgesagt haben. Aber Maken weiß das nicht und hat keine derartigen Pläne. Maken

betrachtet sich als tugendhaft, als eine wahre Verkörperung der Tugend, ja als der Erbe der sirianischen Tugend.
Die Partei auf Maken, die die volyenischen Streitkräfte besiegte, nannte sich »Sirius«. Maken weiß nichts von der sirianischen Skrupellosigkeit, von der willkürlichen, launenhaften Grausamkeit, die für die Endzeit von Sirius charakteristisch ist. Makens idealistische Jugend hatte Geschichten von dieser »Tugend« gehört, war fasziniert von der edlen Sprache, von den Gerüchten über ein Goldenes Zeitalter, von Gerechtigkeit, Freiheit, Gleichheit, von – natürlich – der Logik der Geschichte und all dem anderen. Mit Liedern über die sirianische Tugend befreite und unterwarf Maken Slovin. Wenn die Truppen von Maken am Himmel über Maken und Slovin exerzieren – und seit kurzem dreist über den Wüsten von Volyendesta –, singen sie von der Tugend, und ihr Schlachtruf verspricht Wohlstand und Frieden.
Aber ich hatte mir nicht die Zeit genommen, darüber nachzudenken, wie dies alles auf den armen Ormarin wirken mußte, der noch nie fliegende Tiere gesehen hatte, die größer als seine Hand oder sein Kopf waren. Ormarin konnte sich Tiere nicht als Kollegen – mehr noch –, als Freunde, Blutsfreunde vorstellen. (Denn wenn man einem Kleinkind seinen Pipisaurus gibt – noch ehe beide richtig laufen können –, öffnen die Erwachsenen bei Kind und Tier eine Ader, damit das Blut der beiden sich vermischen kann.)
Ich traf mich mit Ormarin in einem Sklavenlager, auf einer Ebene zwischen Bergen, wo sie in Plantagen eine bestimmte Beere anbauen, aus der man ein stimulierendes Getränk zubereitet. Die Sklaven bearbeiten diese Plantagen. Das Lager bestand aus gleichförmigen Reihen kleiner Behausungen mit einem Zimmer und einem kleinen kastenförmigen Anbau zur Verrichtung der körperlichen Bedürfnisse. Diese Hütten erstreckten sich nach allen Richtungen, so weit das Auge reichte. Ich stand im Zentrum und wartete. Die Sklaven – oder ehemaligen Sklaven – stammten alle vom Planeten 181 und haben sich immer nur innerhalb der eigenen Art fortgepflanzt. Deshalb begegnet man in den Lagern nur den sehr großen, geschmeidi-

gen, langgliedrigen Geschöpfen von gleichförmig blaßgelber Hautfarbe. Ihre Größe und die außergewöhnlich langen Arme sind ein Vorteil bei der Beerenernte. Planet S 181 hat nie eine Besatzung erlebt, und seine Bewohner entwickelten sich einheitlich. Während ich dort stand, erlebte ich ein unvertrautes Gefühl. Ich erkannte darin Langeweile, die aus Mangel an Abwechslung oder Stimulation resultiert. Überall umgaben mich diese großen, gelben, dünnen Menschen mit ihren schwarzen Augen; sie waren sich alle so gleich. Während ich auf Ormarin wartete, dachte ich daran, daß man auf den Straßen, in den Städten von Volyendesta stundenlang die Leute an sich vorbeiziehen lassen kann, ohne zu erleben, daß sich Gesichter wiederholen und Gestalten gleichen. Volyendesta ist so oft überfallen, besiedelt, »beschützt« worden, hat selbst andere Planeten überfallen, seine Gene sind so lange und gründlich durcheinandergewirbelt, gemischt, durch neues Genmaterial bereichert, belebt und vermehrt worden, daß man bei den Einheimischen nicht von einem generellen Typus sprechen kann. Sie sind groß, schlank, blauäugig und haben helle Haare; sie sind klein, dick, dunkelhaarig und haben schwarze Augen, ihre Hautfarbe reicht von cremig weiß bis zu glänzend schwarz, und es gibt jede vorstellbare Mischung dieser Merkmale. Ich werde nie müde, auf einem der öffentlichen Plätze von Volyendesta zu sitzen und den unerschöpflichen Einfallsreichtum der Galaxis zu bewundern. Und es sind nicht nur die Einheimischen. Die volyenischen Einwanderer sind ebenso unterschiedlich, denn Volyen wurde ebenfalls besiegt und erobert, hat selbst erobert und besiegt. Die volyenischen Einwanderer und die Einheimischen haben sich fünfzehn V-Jahrhunderte lang miteinander gemischt. Die Bewohner der beiden Planeten, Volyen und Volyendesta, sind ein so buntes Gemisch, wie man in dieser Galaxis überhaupt antreffen kann. Ein Bewohner von Volyendesta hält es für ganz selbstverständlich, daß er nie zwei Individuen sehen wird, die sich ähneln. Zwei, die sich gleichen, sind Anlaß zu einer Bemerkung.

Die Sklaven von S 181, die anderen von Volyen hierhergebrachten Sklaven, die Sklaven, die für Sirius Straßen und Landeplät-

ze gebaut haben, werden abgesondert in Lagern gehalten; ein durchschnittlicher Bewohner sieht sie im allgemeinen nicht.
Dort in diesem Lager verstand ich allmählich das Unbehagen, ja sogar die Ablehnung der Volyendestaner, die oft sagten: »Sie scheinen alle aus demselben Material, aus derselben Form gestanzt zu sein.«
Und die Bewohner von Maken? Was würden die Volyendestaner sagen, wenn Makens Heer landete?
Ormarin kam allein zwischen den Hütten auf mich zu. Ich wußte, daß er jetzt selten ohne eine Gruppe von »Kollegen«, ohne sein Gefolge zu sehen war, und ich begriff, daß er immer noch fürchtete, man könne mich für einen sirianischen Spion halten.
Er rauchte seine Pfeife, und auf seinem Gesicht lag ein breites kameradschaftliches Lächeln.
Die Sache mit der Pfeife: Die Bewunderung für Ormarin hat das Pfeiferauchen in Mode gebracht. Auf dem ganzen Planeten stecken die Bewohner sich kleine Holzgegenstände in den Mund, aus denen Rauch aufsteigt. Auf Volyendesta gibt es nicht so viele Wälder, wie man gerne hätte. Als das Holz knapp wurde, mußte man andere Materialien benutzen. Ein Zeichen der inneren Ruhe, Zuverlässigkeit und der Vernunft wird sinnlos, wenn eine ganze Bevölkerung es adaptiert. Deshalb wurde ein Gesetz verabschiedet, das nur höheren Beamten das Pfeiferauchen erlaubt. Deshalb kann man die oberen Ränge in jeder Menschenmenge an ihrer Pfeife erkennen. Es wird dich nicht überraschen zu hören, daß in den Sklavenlagern das Pfeiferauchen zum geheimen Ritual geworden ist. Aus der Art, wie die Pfeife gehalten, angezündet und mit dem Kraut gestopft wird, und wie der Rauch aus dem Pfeifenkopf aufsteigt, leitet man alle möglichen Aussagen ab. Ein Vorgesetzter zeigt sein Wohlwollen etwa dadurch, daß er bei einem besonderen Anlaß seinen Untergebenen einlädt, am rituellen Rauchen teilzunehmen.
»Möchtest du rauchen?« fragte Ormarin mich als erstes. Wir standen dort inmitten der häßlichen kleinen Behausungen der Sklaven von S 181 – er rauchte, ich nicht.

Bei näherer Betrachtung konnte einem nicht entgehen, daß dieser große, gutmütige Mensch sich nicht wohl in seiner Haut fühlte.
»Ormarin«, sagte ich, »ich werde dir jetzt deine Situation beschreiben. Unterbrich mich, wenn ich mich irre... du bist über den ganzen Planeten gereist, du hast Sklaven und Bürger geeint, Volyendestaner und ehemalige Volyener, Flüchtlinge und sirianische Beamte, die sich hier niedergelasssen haben, du hast den ganzen Planeten in der aufrichtigen, leidenschaftlichen Entschlossenheit geeint, jeden Versuch einer Invasion zu bekämpfen.«
»Richtig!« sagte Ormarin. Er stand breitbeinig vor mir, richtete die grauen Augen unverwandt auf mich, seine Lippen preßten sich um den Stiel der Pfeife, in der das Kraut rot aufglühte, grau wurde, glühte, grau wurde...
»Ihr gedenkt euch gegen Sirius zu verteidigen...«
»Du hast gesagt, Sirius würde hier einmarschieren.«
»Ihr werdet im Namen von Sirius angegriffen werden, aber von Truppen, die bei der Invasion nichts benutzen werden, was Sirius zu diesem Zweck gebaut hat – sie werden keine Straßen, noch nicht einmal die Flughäfen benutzen.«
Er nickte. »Also hast du dich geirrt?«
»Selbst wenn ich genau gewußt hätte, welcher Planet euch erobern wird, hätte ich euch keinen anderen Rat geben können, als euch psychologisch auf die Invasion vorzubereiten.«
Während er angestrengt nachdachte, hielt er die Pfeife achtlos in der Hand, denn im Grunde machte er sich nichts aus Rauchen.
»Nun ja, zumindest haben wir den Planeten geeint«, sagte er, »das ist immerhin etwas.«
»Und ihr wollt alle bis zum letzten Blutstropfen kämpfen?«
»Was sonst?« fragte er und zog so heftig an seiner Pfeife, daß er in Rauchwolken gehüllt wurde. »Welcher Planet es diesmal auch sein wird, ich nehme an, er ist auch nicht besser als Sirius? Erzähl mir nicht, daß wir uns noch einmal mit dem ganzen Quatsch, mit der Tugend herumschlagen müssen?«
»Ich fürchte, ja.«

»Weißt du, ich glaube, ich würde mich lieber mit einem Despotenplaneten abfinden, der sagt, daß er blutrünstig, grausam und habgierig ist. Ich glaube, noch eine Dosis Tugend, und ich bin erledigt.«

»Was ist schon ein Wort?« fragte ich, nicht ohne eine gewisse moralische Erschöpfung.

»Wie auch immer, wir werden uns für die neuen Herren kein neues Vokabular zulegen müssen.«

»Wieso setzt du voraus, daß ihr unterliegt?« fragte ich.

»Ich weiß nicht... es sind die Berichte über diese... *was sind sie*, Klorathy? Halb Mensch, halb Vogel? Ich habe mir nie vorgestellt... ich gestehe, ich habe eine Mordsangst! Ich sage das natürlich nur dir, niemals meinen Kameraden...« Er wirkte bleich vor Entsetzen und ganz eingefallen. »Ich weiß, wir in unserer Galaxis haben zum Teil die merkwürdigsten Formen und Gestalten. Ich meine, es dauerte eine Weile, bis ich mich an die hier gewöhnt hatte...« Wir betrachteten die Leute von S 181, die um uns herumstanden und uns neugierig, aber mit diesem passiven, introvertierten, vorsichtigen Blick beobachteten, der verrät, daß ein unterworfenes Volk auf seinen Augenblick wartet. Diese großen, unglaublich dünnen Geschöpfe mit der stumpfgelben Haut, den runden, schwarzen, glänzenden Augen... »Im Vergleich zu den Vogelmenschen sind sie unsere Zwillinge!«

»Ormarin, es sind keine Vogelmenschen...« Und ich erklärte ihm die Beziehung der Leute von Maken zu ihren Tieren. Ich sah, wie Ormarin sein Gesicht verzog, zuerst vor Abscheu und dann vor Angst. »Du willst mir sagen, daß diese Leute Tiere bei sich in den Häusern haben?«

»Ein Maken schläft mit dem Kopf auf der Flanke seines Pipisaurus.«

»Und sie essen die Sekrete dieser Tiere?«

»Manchmal nichts anderes. Kannst du dir vorstellen, wie eng diese Bindung ist?«

»Das will ich nicht«, erwiderte Ormarin und schüttelte sich, »ich will einfach nicht darüber nachdenken.«

»Nun gut, aber über etwas mußt du nachdenken... Wie kannst

du ihre Macht, ihren Einfluß hier in Grenzen halten? Denn das kannst du!«

»Wenn ein Planet einen anderen überfällt, tut er das nur wegen der Beute!«

»Ihr habt sehr wenig, was sie interessieren wird. Wenn es Sirius gewesen wäre, ja... eure Plantagen hier, zum Beispiel. Die Sirianer hatten vor, auf Volyendesta riesige Plantagen dieser Beeren anzulegen. Wegen eurer ungewöhnlichen und vielfältigen genetischen Substanz wollten sie euch für alle möglichen sozialen Experimente benutzen. Aber Maken ist Jahrtausende weit vom Interesse an sozialen Gedanken entfernt. Sie sehen sich noch nicht auf diese Weise. Ihre Stärke, der Pipisaurus, ist auch ihre Schwäche. Sie sind nur in dieser Osmose lebensfähig. Sie sehen sich nur im Kontext zu diesem Tier. Sie werden andere Planeten überfallen, jedoch nur nehmen, was Maken unter diesem Gesichtspunkt von Nutzen ist.«

»Und was wird das sein?«

»Sehr wenig. Sie suchen Vögel und Insekten, die sie nach Maken bringen und dort züchten wollen, damit sich jeder mehr als einen Pipisaurus leisten kann. Und auf ihrem jetzigen Entwicklungsstand *ist* dieses Tier ihr Reichtum, ihre Stärke, der Mittelpunkt ihrer Zuneigung, ihrer Emotionen.«

»Und ihre Schwäche!«

»Ja, denn sie werden alle möglichen neuen Arten Vögel, Insekten, sogar kleine Säugetiere züchten, die sich zur Ernährung des Pipisaurus eignen. Ihre Zahl wird wachsen – und man wird sich nicht länger an das Verhältnis: ein Maken – ein Pipisaurus halten. Bald wird es riesige Herden oder Scharen Pipisaurier geben, die keine emotionale Bindung an die Menschen haben. Sie werden ihre Unabhängigkeit erklären, denn sie sind sehr intelligent und in einer sehr schnellen Entwicklung begriffen. Auf Maken wird ein grauenhafter Bürgerkrieg ausbrechen. Aber das alles liegt weit in der Zukunft – an eurer Zeit gemessen. Die Zeit, in der das Reich Maken kein Reich von Menschen mehr ist, sondern von Pipisauriern, muß dich nicht beunruhigen. Aber es wird eine Schreckensherrschaft sein... Dein unmittelbares Problem ist zu erreichen, daß die Makens landen, daß ihr sie willkommen heißt, daß ihr einige *auffordert*, als eure Gäste hierzubleiben, daß ihr ihnen gebt, was sie wollen, damit sie euch nicht ausplündern, daß ihr alle, die bleiben wollen – denn manche werden bleiben wollen –, so weit verändert, daß sie ebenso beweglich und aufgeschlossen werden, wie ihr es seid, daß ihr wartet, bis sie gehen – vielmehr, bis ihr eines Tages feststellt, daß euch Makens Streitkräfte schon lange keinen Besuch mehr abgestattet haben, daß die Zurückgebliebenen sind wie ihr, daß ihr sie so weit absorbiert habt, daß Volyendesta in Wirklichkeit unabhängig, obwohl dem Namen nach ein Teil des Reichs Maken ist...«

»Werden wir denn nie unabhängig sein?« stöhnte er.

»Doch, so gut wie... und zwar sehr bald.«

»Das werden sie nie durchhalten«, protestierte er. Er dachte an seine ausgedehnten Reisen über den Planeten, bei denen er von Verteidigung, Blutvergießen und freiwilligem Martyrium gesprochen hatte.

»Doch, sie werden es. Versuch es!«

Also werden Incent und ich mit Ormarin und seinen Kollegen durch Volyendesta reisen, um die Bevölkerung auf einen Anblick, auf ein Ereignis vorzubereiten, das sie ohne Vorbereitung nur so abstoßend, so grauenvoll empfinden müßten, daß es bis zum völligen inneren Zusammenbruch führen könnte.

DIE GESCHICHTE DES REICHES VOLYEN, BAND 97, TEIL III: DIE INVASION VOLYENDESTAS DURCH MAKEN. (VERFASST VON KLORATHY.)

Die Bewohner von Volyendesta sahen der Landung von Makens Truppen gefaßt entgegen, da Ormarin sie darauf vorbereitet hatte. Agenten unterrichteten sie vom Herannahen der Raumschiffe. Die riesigen Flugkörper, die jeweils tausend Männer mit ihren Tieren aufnehmen konnten, schwebten einige Zeit über dem Planeten und wirkten wie harte silbrige Wolken. Überall auf Volyendesta standen die Menschen in geordneten und disziplinierten Gruppen beisammen und blickten in ängstlicher Erwartung zum Himmel hinauf. Man hatte ihnen den Anblick der Truppen beschrieben, aber selbst jetzt im letzten Moment konnten sie nur schwer daran glauben.

Im Rumpf der Transportschiffe öffneten sich kleine schwarze Luken, und aus jeder fielen kleine, schwarze Punkte, die sich zu Einheiten von jeweils hundert formierten. Sie schwebten in so großer Höhe, daß man sie zunächst nur als Punkte wahrnehmen konnte. Aber bald sanken diese Einheiten oder Kompanien tiefer, und die »Vogel-Menschen«, von denen die Gerüchte erzählt hatten, kamen in Sicht. In diesem Moment hätte Panik ausbrechen können – das geschah aber nicht. Sie sanken tiefer und tiefer, und am Himmel hing ein Netz des Grauens, das sich langsam über sie legte... Der Pipisaurus sieht wie eine Echse mit Fell aus, besitzt aber einen breiten, wuchtigen Schnabel; auf jedem Pipisaurus saß wie mit ihm verwachsen ein Maken, in Pipisauruspelze gehüllt, den Kopf unter einem Helm, der ein vollständiger Pipisauruskopf war – mit Ohren und Schnabel. Und so entstand der Eindruck, als habe der furchteinflößende Pipisaurus zwei Köpfe, denn über den massigen Köpfen ragte noch einmal der gleiche Kopf auf. Tausende und aber Tausende dieser Ungeheuer senkten sich auf den Planeten herab, und die Flügel – schwarze Membrane, die sich über dünne Knochenstäbe spannten – erzeugten ein schlagendes, flatterndes, dröhnendes Geräusch, das die Luft erfüllte und in den Ohren weh tat, so daß man überall Leute sah, die sich die Ohren schützend zuhielten, während sie gleichzeitig angestrengt zum Himmel hinaufblickten.

Dicht über dem Boden verharrten die »Vogel-Menschen«, damit jeder sie deutlich sehen konnte. Die Leute von Maken hatten zu ihrer Überraschung und Freude festgestellt, welche Furcht sie ihren Gegnern durch ihren Anblick einjagten.

Aus der Nähe wirkten diese doppelköpfigen Vogeltiere mit den schrecklichen gefährlichen Schnäbeln, den harten, funkelnden Augen, dem dicken schwarzen Fell, den klatschenden, heftig schlagenden, gewaltigen Flügeln und den gekrümmten Klauen noch grauenerregender, als man den Volyendestanern angekündigt hatte. Doch die Menschen harrten aus; sie ließen sich ihre panische Angst nicht anmerken, sondern blieben äußerlich ruhig und gelassen.

Noch ehe die Truppen landen konnten, trat Ormarin vor – wie andere Repräsentanten es auf dem Planeten ebenfalls taten – und begann eine Begrüßungsrede zu halten.

»Leidensgefährten, Opfer Volyens! Opfer des Kolonialismus! Wir, der zweite von Volyen kolonisierte Planet, heißen euch willkommen! Wir heißen euch auf unserem Boden willkommen, ihr, die ihr als dritter Planet Volyen zum Opfer gefallen seid! Landet, tretet näher und erlaubt uns, euch voll Freude zu begrüßen...«, und so weiter.

Während solcher Reden landeten die »Vogel-Menschen«, legten die Flügel an und warteten. Zu jeder Kompanie gehörte ein Anführer, der von seinem Pipisaurus sprang und neben ihm stehenblieb. Einen Augenblick lang herrschte Unschlüssigkeit. Die Tiere trugen festgebunden auf dem Rücken Waffen aller Art, denn das Spionagesystem von Maken war noch sehr unterentwickelt, und die Truppen hatten geglaubt, sie müßten bei der Landung um ihr Leben kämpfen. Doch sie erlebten auf Volyendesta ruhige, freundliche Menschenansammlungen und Begrüßungsreden.

Die Soldaten nahmen die Waffen vom Rücken der Tiere und hielten sie locker, aber nicht aggressiv in der Hand. Die Volyendestaner beobachteten ruhig, wie die Dinge sich entwickelten: Inzwischen stand neben jedem Tier seine »andere Hälfte« – ein zweibeiniges, aufrecht gehendes Wesen. In Erscheinung und Körperbau sahen sie den anderen Bewohnern der Galaxis nicht unähnlich; sie sahen auch den Volyendestanern nicht unähnlich. Aber die Makens steckten immer noch in ihren enganliegenden Pelzjacken und -hosen, trugen noch immer die großen Helme, deshalb konnten die Volyendestaner noch nicht sehen, wie sehr sie sich eigentlich glichen. (Die Ähnlichkeit sollte den Volyendestanern in Zukunft immer Unbehagen bereiten.)

Schließlich berieten sich die Anführer der Invasionstruppen. Sie beschlossen, von Maken neue Befehle zu erbitten, und spielten im Augenblick die Rolle des willkommenen Gastes – sie nahmen die Kopfbedeckungen ab, behielten die Waffen aber im Arm. Die Volyendestaner betrachteten bestürzt diese kleinen, eher plumpen Wesen in den Fellen mit den runden, glatten, kahlen, gelben Köpfen – sie rasierten sich – und glatten, runden, gelblichen Gesichtern mit kleinen, schwarzen, schrägstehenden Augen ohne Wimpern oder Brauen: Glatte, dunkle, behaarte Tiere mit larvenähnlichen Gesichtern – und alle sahen gleich aus! Obwohl man die Volyendestaner darauf vorbereitet hatte, obwohl sie durch die Sklaven von S 181 eine solche Gleichförmigkeit kannten, vermochten sie es nicht zu fassen. Sie fühlten sich unbehaglich und wußten nicht, wohin sie blikken sollten. Dann sahen sie sich voll Erleichterung und Dankbarkeit gegenseitig an. Sie beruhigten ihre Augen und ihren Verstand mit der eigenen unendlichen Vielfalt, mit blonden und braunen, roten, silbernen und schwarzen Haaren, mit weißer, cremiger und grauer, rosa, gelber, brauner und schwarzer Haut. Sie konnten gar nicht genug davon bekommen, sich gegenseitig anzusehen und über den unendlichen Reichtum an Gestalt, Größe und Beschaffenheit zu staunen, überrascht und verwundert festzustellen, *was* sie waren. Dann richteten sich ihre Blicke wieder auf die Fremden, die inzwischen ihre enganliegenden, glatten Pelzanzüge ausgezogen hatten und sich ihnen als rundliche, kräftige, glatte, gelbliche Menschen darboten mit rundlichen, schlitzäugigen, gelblichen Gesichtern. Alle waren sie gleich! Alle, alle völlig gleich! Es mochte kleine Unterschiede in Größe und Körperumfang geben, und wenn man in ihren Gesichtern prüfend nach persönlichen Merkmalen suchte, nach einer leichten Abweichung in der Form eines Mundes, einer Nase, dann konnte man tatsächlich geringfügige Unterschiede entdecken.

Volyendesta war noch nie zuvor so geeint gewesen; und diese Einigkeit entstand aus der richtigen Einschätzung ihrer selbst und ihrem reichen Erbe.

Währenddessen fanden Festlichkeiten statt und wurden Reden

gehalten. Als die Makens müde wurden, brachte man sie in neu errichtete Kasernen, die umsichtig so geplant waren, daß die Soldaten mit ihren Tieren dort Platz fanden. Die Futterbeschaffung für die Tiere hatte sich jedoch als problematisch erwiesen; das führte sofort zu Gesprächen – Ormarin schlug sie vor; der große, kräftige, vertrauenerweckende, vernünftige Ormarin schien überall zu sein –, wie man Makens Bedürfnisse erfüllen könnte, von denen man auf diesem Planeten schon lange gehört hatte, und die die Volyendestaner aus dem Gefühl der Sympathie heraus, das ein kolonisierter Planet für einen anderen empfinden muß, mit neuen Tierarten, Vögeln und Insekten nur zu gerne erfüllen würden.
Die Makens wußten nicht, was sie davon halten sollten. Sie gehören nicht zu den intelligentesten, scharfsinnigen, geistig beweglichen Völkern. Sie hatten sich auf einen heftigen, unerfreulichen Eroberungskrieg eingerichtet, in dem sie siegen wollten, und dann... Ja, was dann? Auf Slovin waren sie als Alliierte gelandet und hatten dann die Macht an sich gerissen. Auch dort hatten sie nicht gekämpft. Im stillen sehnten sie sich nach Krieg und wollten sehen, ob ihre furchterregende Erscheinung – und mittlerweile wußten sie darum – tatsächlich die Gegner lähmen würde. Aber nun hatten sie wieder kampflos einen Planeten erobert. Aber was nun? Die Makens fühlten sich in jeder Hinsicht als Gäste so unbehaglich wie ihre »Gastgeber«. Sie verbrachten jede Minute bei ihren Tieren. Sie wachten neben ihren Freunden auf, umarmten sie, leckten und küßten sie, wurden von ihnen geleckt und geküßt, dann schwangen sie sich auf den Rücken der Tiere und jagten durch die Luft, bis genug Vögel gefangen und verzehrt (im Flug) worden waren, um den Pipisaurus zu sättigen. Oder sie rannten, hüpften und sprangen mit ihren großen krallenbewehrten Füßen über den Boden, bis die starken Schnäbel genügend Insekten aufgespießt hatten (Insekten, die auf Maken oft die Größe eines ihrer kleinen Kinder erreichten), um ihren Hunger zu stillen. Danach verbrachten sie den Tag meist in der Luft: Dort fanden alle möglichen Spiele, Turniere und Wettkämpfe statt. Wieder auf dem Boden, gab es neue Wettrennen und sportlichen Zeitver-

treib. Zweimal täglich nahmen die Soldaten eine kleine Mahlzeit zu sich, die manchmal aus einem Trunk von den Drüsen des Tieres bestand oder manchmal auf dem Rücken des Pipisaurus verzehrt wurde.

Auf Volyendesta unternahmen sie halbherzige Versuche, wie auf Maken zu leben. Aber es war nicht dasselbe. Zum einen war die Atmosphäre anders, und die Makens wurden deshalb lethargisch. Zum andern genossen die Makens zwar die Vorstellung, daß sie für andere Planeten furchteinflößende Wesen waren – doch sie kamen sich selbst nicht furchteinflößend vor –, aber jetzt wurden sie verlegen, wenn so viele Volyendestaner ihnen zusahen und sie anstarrten, wenn sie versuchten, sich zu vergnügen. Ja richtig, nicht ängstlich, nein, vielmehr, als wirkten sie, die Makens, irgendwie abstoßend oder unangenehm. Drittens empfanden die Makens für die Volyendestaner genau das gleiche wie die Volyendestaner für sie: Anfangs konnten sie es nicht fassen, und dann konnten sie sich an die zahllosen Menschen nicht gewöhnen, die sich alle voneinander unterschieden. War daran nicht etwas Befremdliches... nein, Unerfreuliches, sogar *Falsches*? Wie konnte es unter Leuten ein Zusammengehörigkeitsgefühl, echte Gemeinsamkeit geben, die, wenn sie sich ansahen, etwas erblickten, das sich so sehr von ihnen unterschied! Sicher mußten sie immer Spiegel bei sich tragen, um sich immer wieder zu versichern, daß ihre eigene Erscheinung ebensogut, wertvoll und *richtig* war wie das, was sich täglich im Umgang mit den anderen ihren Blicken bot? Es mußte schrecklich sein, dachten die Makens, zu einem Planeten zu gehören, der so beschaffen war, daß es keine angenehmen, selbstverständlichen, *natürlichen* und *richtigen* äußerlichen Ähnlichkeiten gab. Es mußte schrecklich sein, sich immer Unterschieden anzupassen, anstatt sich behaglich auf das Wissen zu stützen, daß jeder wie der andere war. Manche Makens schlichen sich sogar in die Lager der Sklaven, um sich durch den Anblick einer großen Menge von Leuten zu beruhigen, die alle gleich aussahen. Und dann beschäftigte sie die Frage, wieso diese beruhigenden, richtigen Leute in Lagern als Sklaven gehalten wurden, als seien sie etwas Schlechteres als die so übertrieben unterschiedlichen und ungleichartigen Volyendestaner.

Danach gefragt, erwiderte Ormarin, so sei es nicht! Diese Leute seien nicht länger Sklaven, nachdem Volyen abgezogen war, nachdem der sirianische Mutterplanet... »Ja, ja, wir wissen, ihr habt den Mantel der Tugend geerbt! Aber Sirius brachte diese Sklaven hierher. Es war nicht unsere Idee – nachdem wir uns wieder auf uns besinnen und unabhängig sind, dulden wir keine Sklaverei mehr.«

Nach dieser Information, daß der – doch sicher? – besiegte Planet Volyendesta sich für unabhängig hielt, baten die Eroberer wiederum Maken um Anweisungen. Sie erhielten den Befehl, sie sollten eine Besatzungstruppe aufstellen, alle Arten befreien, die vielleicht von Nutzen sein konnten, und nach Hause zurückkehren. Nur allzugern führten die Truppen diesen Befehl aus. Es gab Reden, Feiern, selbst ein paar Umarmungen. Nicht alle Volyendestaner fanden alle Makens abstoßend. Zum genetischen Erbgut des Planeten würde bald ein Schuß makenisches Blut gehören; und das war ein erfreulicher Gedanke für sie alle, und noch erfreulicher, nachdem sie gelernt hatten, wie traurig es ist, wenn die Menschen eines Planeten alle gleich aussehen.

Die Raumschiffe kamen und schwebten überall am Himmel von Volyendesta. Die Makens zogen ihre Pelzanzüge an, setzten ihre schnabelbewehrten Helme auf, schwangen sich auf den Rücken ihrer Tiere, und wieder füllten die schrecklichen doppelköpfigen Wesen den Himmel; ihre klatschenden Flügel ließen die Luft rauschen, vibrieren und dröhnen, daß es in den Ohren schmerzte. In Formationen von jeweils hundert flogen sie zu ihren Raumschiffen hinauf; und man konnte sehen, wie ein kleiner schwarzer Punkt nach dem anderen durch die schwarzen Luken im Bauch der Raumfähren verschwand. Und dann verschwanden die Raumschiffe, und der Himmel von Volyendesta war wieder leer.

Die »Besatzungstruppen« waren keineswegs darüber erfreut, auf diesem polyglotten, überfreundlichen, schwierigen, kleinen Planeten zurückgelassen zu werden. Doch sie schufen sich bald angenehme Lebensbedingungen. Sie schliefen und aßen mit (von) ihren Tieren, vertrieben sich auch weiterhin die Zeit mit Sport, Spiel und Wettkämpfen; und bald fanden sie das Leben hier gar nicht so schlecht. Ja, vielleicht war es tatsächlich eine Art Beschränktheit gewesen, nur Leuten zu begegnen, die genauso aussahen wie man selbst; vielleicht war es gar nicht so richtig, immer Teil einer Symbiose mit dem Pipisaurus zu sein.

Sehr bald vergaß Maken Volyendesta mehr oder weniger. Die Makens auf Volyendesta hörten auf, Makens zu sein.

Die Straßen, die Raumflughäfen, die Einrichtungen, die Sirius für seinen Nutzen geschaffen hatte, machten Volyendesta reich und wohlhabend. Von den vier Planeten, die Volyen kolonisiert hatte, erlebte dieser Planet die längste Zeit des Friedens, der Unabhängigkeit und des Wohlstands, ehe – wie es immer in dieser Phase der galaktischen Geschichte geschehen ist – ein stärkerer Planet der Unabhängigkeit ein Ende bereitete. Aber das ist nicht Teil dieser Geschichte.

KLORATHY IM RAUMSCHIFF UNTERWEGS NACH SHAMMAT, AN JOHOR.

Leider war ich im Hinblick auf den armen Incent zu optimistisch, denn er hat einen Rückfall erlitten. Überzeugt, daß es seine Mission ist, Krolgul zu reformieren, ist er...

Stanisław Lem

Fiasko

Roman. 432 Seiten. Leinen

Fiasko, ein Buch von grandiosem pessimistischen Zuschnitt, nimmt eine Idee auf, die die intellektuelle Science-fiction bislang gemieden hat: die Möglichkeit der Selbstzerstörung unseres Planeten.

Den Ausgangspunkt der Geschichte, die Lem ins 22. Jahrhundert datiert, bildet der Versuch eines Raumfahrtkommandos, mit einer außerirdischen Zivilisation Kontakt aufzunehmen, doch kristallisiert sich als das eigentliche Thema des Romans bald der fatale Zustand jener fremden Zivilisation heraus. Im Verlauf eines hundertjährigen kalten Krieges und Wettrüstens ist das ganze Planetensystem, in welchem sich auch der Planet Quinta – Ziel des Raumschiffs ›Hermes‹ – befindet, »militarisiert« worden und bildet nun eine gewaltige »Sphäromachie«, in der unzählige hochautomatisierte Satelliten sich gegenseitig in Schach halten. Nachdem alle Versuche des ›Hermes‹, mittels Funksignalen eine Verbindung zu den Quintanern herzustellen, gescheitert sind, erzwingt er schließlich die Kontaktaufnahme durch Einsatz technologischer Überlegenheit und durch eine gewaltige Zerstörungsaktion: einem einzigen Mann wird so die Landung erlaubt. Doch was der Astronaut auf dem Planeten vorfindet, entspricht so wenig seinen Erwartungen, ist menschlichem Vorstellungsvermögen so fremd, daß er zuletzt nicht einmal weiß, ob er die Planetenbewohner überhaupt zu Gesicht bekommen hat. Ein tragisches Mißverständnis endet das Ganze: Der Roman schließt mit einer entsetzlichen nuklearen Explosion.